Adolf Streckfuss, u. a.

Bibliothek der Unterhaltung und des Wissens

Jahrgang 1888

Adolf Streckfuss, u. a.

Bibliothek der Unterhaltung und des Wissens
Jahrgang 1888

ISBN/EAN: 9783741129933

Hergestellt in Europa, USA, Kanada, Australien, Japan

Cover: Foto ©Andreas Hilbeck / pixelio.de

Manufactured and distributed by brebook publishing software
(www.brebook.com)

Adolf Streckfuss, u. a.

Bibliothek der Unterhaltung und des Wissens

Bibliothek

der

Unterhaltung

und des

Wissens.

Mit Original-Beiträgen

der

hervorragendsten Schriftsteller und Gelehrten.

Jahrgang 1888.

Vierter Band.

Stuttgart.

Verlag von Hermann Schönlein.

Inhalts-Verzeichniß des vierten Bandes.

Verborgene Ketten.

Roman

von

Adolph Streckfuß.

(Fortsetzung.)

Hans v. Werber lud seinen Gast ein, auf dem Sopha Platz zu nehmen, und bot ihm eine Cigarre an.

„Danke sehr, ich rauche lieber meine eigenen Cigarren," erwiederte Graf Panin, sich in der Sophaecke bequem zurecht setzend, die Cigarrentasche hervorholend und sich eine Cigarre anzündend; als diese brannte, fuhr er fort: „Sie sehen, ich mache keine Umstände. Nichts ist mir widerlicher, als Höflichkeitsformeln unter guten Freunden; da ich nun hoffe, mit Ihnen, lieber Baron, in eine recht enge, freundschaftliche Verbindung zu treten, werfe ich schon beim ersten Beginn derselben die widerliche Form über Bord."

Was hatten diese sonderbaren Worte, was hatte das eigenartige Wesen des Grafen zu bedeuten? Bisher hatte dieser sich stets nur in den feinsten gesellschaftlichen Formen bewegt, er hatte sich fast zu glatt und höflich gezeigt, und nun plötzlich diese burschikose Rücksichtslosigkeit, diese ungeschliffene Korbialität, durch die Hans sich beleibigt fühlte, die er aber doch nicht zurückzuweisen wagte.

„Ich sehe es Ihnen an," fuhr Panin fort, „daß meine Formlosigkeit Sie in Erstaunen setzt, aber ich denke, Sie werden sich an dieselbe gewöhnen, ja gewöhnen müssen, denn ich wüßte keinen Grund, weßhalb ich, wenn ich mit Ihnen allein bin, mich diesem Zwange unterwerfen sollte. Meinen Sie nicht auch, lieber Baron?"

Hans gab keine Antwort, er verbeugte sich nur leicht. Der Graf wurde ihm mit jedem Augenblick räthselhafter und unheimlicher.

„Wir sind also einverstanden," sagte der Graf spöttisch lächelnd. „Das freut mich · und ich bin überzeugt, wir werden uns auch ferner vortrefflich verstehen. Ich will daher, alle Förmlichkeiten bei Seite lassend, gleich zu dem eigentlichen Zweck meines heutigen, Sie überraschenden Besuches übergehen. Ich habe eine Bitte an Sie, um Sie aber zur Erfüllung derselben geneigt zu machen, habe ich doch noch eine kleine Vorfrage zu erledigen. Ich habe hier in meiner Brieftasche," er zog diese aus der Tasche und öffnete sie, „einen kleinen in etwa drei Wochen fälligen Wechsel, der ausgestellt ist von Ihnen, der aber das Accept des Freiherrn Ludwig v. Werber trägt. Kennen Sie den Wechsel, lieber Baron?"

Hans war starr vor Schrecken, mit erloschenem Auge blickte er auf das ihm nur zu wohl bekannte, schreckliche Papier. Er war nicht im Stande, zu antworten.

„Kennen Sie diesen Wechsel?" fragte Panin noch ein-

mal mit plötzlich ganz verändertem, barsch befehlendem
Ton. „Ich verlange Antwort!"

„Ja! Herr v. Armin versprach mir, den Wechsel nicht
vor dem Einlösungstage aus der Hand zu geben," stotterte
Hans.

„Dann hat Armin mehr versprochen, als er halten
konnte," erwiederte Panin trocken. „Sie sehen, der
Wechsel befindet sich jetzt in meinem Besitz. Ich habe ihn
genau betrachtet und finde einen recht bedenklichen Unterschied zwischen der mir bekannten Unterschrift des Freiherrn Ludwig v. Werber und den Schriftzügen im Accept
des Wechsels. Ob ich Veranlassung finde, die Echtheit
des Acceptes zu konstatiren, indem ich den Wechsel dem
Freiherrn Ludwig v. Werber vor dem Verfalltage, vielleicht schon heute oder morgen, präsentiren lasse, wird
ganz davon abhängen, wie Sie die Bitte aufnehmen,
welche ich an Sie zu richten habe. Ich glaube, wir verstehen uns! Es wird kaum nöthig sein, Ihnen zu sagen
daß ich meinen Freunden gern jeden Dienst erweise, daß
ich aber meine Feinde mit unbarmherziger Konsequenz
verfolge, bis ich sie vernichtet habe! Ich kann Ihnen
also nur rathen, Herr Baron, meine Feindschaft nicht
herauszufordern, sondern sich meine Freundschaft zu er-
werben."

Bleich, zitternd, mit gesenktem Auge hatte Hans die
drohenden Worte Panin's vernommen. Von diesem Menschen, das fühlte er, hatte er kein Erbarmen zu erwarten,
Was auch Panin fordern mochte, er mußte es gewähren.

„Sie antworten nicht," fuhr Panin fort, „ist auch

nicht nöthig. Ich gehe jetzt zu meiner Bitte, oder sagen
wir richtiger, zu der Forderung über, welche ich an Sie
richten will und welcher Sie nachkommen müssen. Sie
wissen, daß in meinen Salons hoch, sehr hoch gespielt
wird. Ich habe in letzter Zeit viel Glück gehabt, habe
so bedeutende Summen gewonnen, daß dies Mißtrauischen
auffallen könnte, daß mir sogar baran liegen muß, ebenso
bedeutende Summen, wie ich gewonnen habe, wieder zu
verlieren, das heißt, scheinbar wieder zu verlieren, denn
ich wäre ein Thor, wollte ich durch wirkliche Verluste
mich schädigen. Sie, Herr Baron, sollen mir in meiner
Verlegenheit hilfreich zur Seite stehen. Sie sind ein
kühner, ja ein tollkühner, verwegener Spieler. Niemand
kann es auffallen, wenn Sie, bei Ihrer Art des Spiels,
große Summen gewinnen oder verlieren. Ich bitte Sie,
fortan regelmäßig mein Gast zu sein und wieder am
Spiele bei mir Theil zu nehmen, anfangs niedrig, dann
aber immer höher zu setzen, und zwar große Summen
auf diejenigen Felder des Tempels, welche andere Spieler
nicht so hoch besetzt haben; ich werde Ihnen selbst die
Mittel liefern, um ein hohes und gewagtes Spiel zu
unternehmen; aber es darf kein Spiel auf Ihre eigene
Rechnung sein — denn ich will von Ihnen weder gewinnen noch verlieren. Sie spielen auf meine Rechnung,
Ihr Gewinn fällt mir anheim, Ihre Verluste trage ich.
Daß dies Verhältniß ein Geheimniß zwischen uns Beiden
bleibt, versteht sich von selbst. Ich fordere dafür Ihr
Wort nicht, denn für Ihr Schweigen bürgt mir der
Wechsel in meiner Brieftasche und außerdem auch Ihr

eigener Vortheil, denn Sie würden zweifellos sofort Ihren Abschied nehmen müssen, sobald bekannt würde, daß Sie zu mir in ein Verhältniß, wie ich es fordere, getreten sind. Verstehen wir uns, Herr Baron? Jetzt fordere ich eine Antwort!"

„Sie wollen mich zum Mitschuldigen machen beim falschen Spiel!" schrie Hans wild auf. Ein Lichtstrahl war plötzlich in das Dunkel gefallen. Jetzt begriff er, daß er damals seinen ganzen Gewinn und außer diesem noch eine bedeutende Summe hatte verlieren müssen! Er war schmählich durch einen falschen Spieler betrogen und in das Elend gestürzt worden. Er bebte vor Wuth und mit Abscheu betrachtete er den Grafen, der vor ihm so ruhig, als habe er über die gewöhnlichste Geschäfts= angelegenheit gesprochen, in der Sophaecke saß und den Rauch seiner Cigarre in kunstvollen, blauen Ringen in die Luft blies. Der beleidigende Ausruf, den die Wuth Hans erpreßte, ließ den Grafen ganz ruhig, er bewirkte nur ein verächtliches Lächeln.

„Und wenn es so wäre?" fragte Panin spöttisch. „Wechselfälscher oder Falschspieler — ich sehe keinen großen Unterschied. Aber beruhigen Sie sich, mein ver= ehrter Herr Baron, Niemand muthet Ihnen zu, falsch zu spielen; auch der Bankhalter hat dies nicht nöthig, um zu gewinnen, wenn durch Ihr verwegenes Spiel angeregt, die übrigen Mitspielenden ebenso unvernünftig setzen, wie Sie selbst. Ich verlange recht wenig von Ihnen! Sie sollen wöchentlich einige Male vortreffliche Cigarren rauchen, Champagner trinken und in auserlesener Gesell=

schaft nicht auf eigene Rechnung, sondern auf die meinige
sich am Spiel betheiligen. Wollen Sie das nicht, dann
steht Ihnen infame Kassirung, ein Prozeß wegen Wechsel=
fälschung und das Zuchthaus bevor, wenn Sie es nicht
vorziehen, Ihren ursprünglichen Plan wieder aufzunehmen
und sich eine Kugel durch das Hirn zu jagen. Wählen
Sie!"

Welche Wahl! Ein Schauer durchrieselte Hans, als
Panin ihn so kaltblütig auf den Selbstmord, als den
letzten Ausweg aus dem Labyrinth von Schande und
Schuld verwies. Die schreckliche Energie, welche er damals besessen, hatte er heute nicht mehr. Er fürchtete
den Tod.

„Sie wollen mich zu Ihrem Sklaven machen?" rief er
verzweifelt. „Wollen Sie mir wenigstens gestatten, wenn
ich Ihren Vorschlag annehme, meinen Wechsel einzulösen?"

„Daß ich ein Thor wäre! Dieser kostbare Wechsel ist
die verborgene Kette, mit welcher ich den vornehmen,
glänzenden, liebenswürdigen Freiherrn Hans v. Werber
gefesselt halte. So lange ich den Wechsel in meiner Hand
habe, ist er mein Sklave. Sie haben das richtige Wort ge=
braucht, als Sie sich meinen Sklaven nannten; aber Ihre
Kette soll eine Rosenkette, Ihre Sklaverei die leichteste
und angenehmste sein, wenn Sie es nicht versuchen, die
Kette zu zerreißen, wenn Sie mir als Freund zur Seite
stehen! Bedenken Sie, Herr v. Werber, daß es in meinem
Vortheil liegt, Ihnen von dem Augenblick an, in welchem
Sie mein treuer Bundesgenosse werden, die Mittel zu
einem sorgenfreien, glänzenden Leben zu verschaffen. Der

Freiherr v. Werber, der in meinem Salon bedeutende Summen gewinnt, muß leben können, wie ein glücklicher Spieler zu leben pflegt! Dafür, daß Sie es können, werde ich in meinem eigenen Interesse sorgen. Ein schönes, glückliches, frohes Leben liegt vor Ihnen, wenn Sie meine Bitte erfüllen, Schande oder Tod, wenn Sie sich weigern. Können Sie thöricht genug sein, mit der Entscheidung zu zögern?"

Ja, es war eine Thorheit, zu zögern, das sagte Hans sich selbst, und doch zögerte er. Noch einmal regte sich in ihm der Abscheu gegen den Falschspieler und Abenteurer Schließlich gab er aber doch das geforderte Versprechen.

Es war am Spätnachmittage, als Hans gesenkten Hauptes nach der Cäcilienstraße wanderte; er folgte der Einladung des Grafen Panin, der beim Abschied gefordert hatte, daß die Spielbundesgenossenschaft noch am selben Tage begründet werde. Hans trug eine bedeutende Summe in Gold und Banknoten bei sich, Panin hatte sie ihm gegeben mit der Weisung, daß er sie möglichst beim Beginn des Spieles zur Schau lege, die Mitspielenden sollten sich überzeugen, daß Hans reichlich mit Geldmitteln versehen sei. Langsam ging Hans durch die belebten Straßen; noch selten war ihm ein Weg so schwer geworden, wie der nach der Wohnung des Grafen Panin, der Weg zur unauslöschlichen Schande! Drohte ihm auch jetzt schwerlich mehr die Gefahr, daß die Fälschung seines Wechsels entdeckt werde, so war ihm doch nach den Aeußerungen des Grafen auch jede Hoffnung verloren, durch eine Einlösung des Wechsels das Zeugniß für die Fälschung für

immer aus der Welt zu schaffen. So lange der Wechsel
in der Hand des Grafen sich befand, so lange war Hans
der Sklave des falschen Spielers, dies fühlte er und diese
Erkenntniß raubte ihm allen Lebensmuth.

„Mein Gott, Werder, mit welchem Leichenbittergesicht
laufen Sie in der Welt umher? — Sie sehen ja entsetzlich
aus!"

Graf Strackwitz war es, der Hans so anredete, er traf
diesen fast auf derselben Stelle, an welcher er ihm begegnet war an jenem Tage, der so unglücksvoll entscheidend auf das Schicksal des leidenschaftlichen Spielers ein-
gewirkt hatte. Damals war Strackwitz auf dem Wege
nach dem Spielsalon Panin's gewesen, heute war es
Hans.

„Sagen Sie doch, lieber Werder, was fehlt Ihnen? Sie
sind seit einiger Zeit so hohläugig, so matt und trüb-
sinnig; gar nicht mehr der lustige, flotte Kamerad, der
früher die Seele jeder Gesellschaft war."

„Ich fühle mich nicht recht wohl; aber es ist nichts
von Bedeutung," entgegnete Hans, die Augen nieder-
schlagend; er mochte dem kleinen Grafen nicht in das
treuherzige offene Auge schauen.

„Ich glaube wirklich, Werder, Sie sind ernsthaft ver-
liebt in die reizende Hertha."

„Und wenn ich es wäre?"

„Dann würden Sie dem Grafen Panin in's Gehege
kommen. Ich würde das dem unheimlichen Menschen
gönnen, gegen den ich einen wirklichen Abscheu habe, seit
er Sie so erbarmungslos gerupft hat; aber ich fürchte

nur, auch für Sie wird eine ernsthafte Liebe zur schönen Hertha traurige Folgen haben. Sie ist ebenso arm, wie schön. Sie können wohl kaum daran denken, sie zu hei= rathen, ganz abgesehen davon, daß Sie doch auch wohl Anstand nehmen würden, Ihren Namen einer Nichte un= seres würdigen Freundes Armin zu geben und dadurch dessen Neffe zu werden. Beiläufig gesagt, mit den reizenden Donnerstagsgesellschaften bei Armin wird es für mich zu Ende sein; ich werde keine Einladung mehr annehmen."

„Weshalb?"

„Ich glaube, der Kriminalkommissär v. Höhnstädt, dem ich nie recht getraut habe, hat seine Hand im Spiel. Mein Oberst hat mir gestern eine ganz abscheuliche Predigt gehalten. Er hat, wie er mir gesagt hat, durch den Polizeipräsidenten erfahren, daß ich alle Donnerstage im Armin'schen Hause verkehre. Ein solcher Verkehr sei eines Grafen Strackwitz unwürdig, behauptet er; er hat mir mein Wort abgenommen, keine Einladung wieder anzu= nehmen. Da wird mir denn kaum etwas Anderes übrig bleiben, als bei Frau v. Marsow Visite zu machen, wenn ich meine neueste Flamme, Fräulein Elwine, wiedersehen will. — Aber da stehen wir in dem kalten, ungemüthlichen Wetter auf der Straße. Kommen Sie, Werder, wir wollen zusammen im Kasino einer Flasche den Hals brechen, hier auf der Straße plaudert es sich gar zu un= gemüthlich."

„Ich bedaure, ich bin leider versagt. Ich habe dem Grafen Panin versprochen, spätestens um sechs Uhr bei ihm zu sein. Es fehlen kaum noch einige Minuten."

„Sie gehen wieder zu Panin?" rief Strackwitz er=
staunt, ja erschreckt Hans betrachtend.

„Ja, ich habe es versprochen."

„Sie wollen spielen?"

„Nun ja, weshalb nicht?" antwortete Hans, aber er
vermied es, Strackwitz anzusehen, es war ihm gar nicht
gemüthlich bei dessen Fragen.

„Weil Sie meiner Anschauung nach es kaum mit
Ihrer Ehre vereinigen können, wieder in einer Spiel=
gesellschaft bei Panin zu erscheinen. Kommen Sie, Werber,
geben Sie mir Ihren Arm, wir wollen zusammen im
Kasino spielen, meinetwegen so hoch Sie wollen; aber
thun Sie es mir zu Liebe, lassen Sie sich nicht wieder
mit dem Grafen Panin ein."

„Ich begreife Sie nicht. Er ist von damals ja ver=
pflichtet, mir Revanche zu geben."

„Er wird Sie ruiniren. Seien Sie vernünftig, Werber.
Es ist wirklich eine Ehrensache für Sie, Panin nicht wieder
zu besuchen. Ich darf Ihnen nicht wiedererzählen, was
damals gesprochen worden ist; aber das kann und muß
ich Ihnen sagen, daß selbst Ihre besten Freunde an Ihnen
irre werden würden, wenn Sie wieder bei Panin spielten."

Hans fühlte nur zu gut, wie wohlgemeint der Rath
seines Freundes war. Wie gern hätte er denselben be=
folgt, aber er konnte es ja nicht, er war nicht mehr frei,
sein Wille war gefesselt. Da er den Rath des Freundes
nicht befolgen konnte, mußte er wenigstens den Schein
retten, als ob er ihn für unrichtig halte.

„Ich muß wohl am besten wissen, was Ehrensache

für mich ist," antwortete er, eine Empfindlichkeit zeigend, welche er nicht fühlte. „Für mich ist es eine Ehrensache, ein gegebenes Wort zu halten. Ich muß Sie bitten, jeden Versuch aufzugeben, mich davon zurückzuhalten."

„Sehr wohl, Herr Baron v. Werder. Ich werde mir nicht wieder erlauben, Ihnen mit einem Rathe oder einer Bitte lästig zu fallen. Ich habe die Ehre, mich Ihnen zu empfehlen."

Graf Stradwitz grüßte sehr steif und ceremoniell, dann machte er kurz Kehrt und ging eiligen Schrittes weiter. Wie gern hätte ihn Hans zurückgerufen, wie gern wäre er dem Davoneilenden gefolgt! Tief aufseufzend setzte er seinen Weg nach der Cäcilienstraße fort. Er hatte seinen besten Freund verloren.

17.

Der Gesellschaftssalon des Grafen Panin bot fast das= selbe Bild, wie an jenem Tage, an welchem ihn Hans v. Werder zuerst besucht hatte. Es waren schon zahl= reiche Gäste versammelt, meist Kavallerie=Offiziere, nur wenige Civilröcke bemerkte man zwischen den vielen glän= zenden, bunten Uniformen; aber alle die Gäste, Offiziere wie Civilisten, gehörten der bevorzugten Gesellschaft der Residenz an, Alle trugen hochtönende aristokratische Namen.

Hans v. Werder erfreute sich wieder, als er in den Gesellschaftssaal trat, eines ausgezeichneten Empfanges durch den Grafen Panin. „Sie machen mir durch Ihren lieben Besuch eine außerordentliche Freude, Herr Baron," sagte Graf Panin mit absichtlich erhobener Stimme, so daß die Aufmerksamkeit der sämmtlichen schon versammelten Gäste auf Hans gelenkt werden mußte, dem er mit wahrem Feuereifer die Hand kräftig schüttelte. „Ich habe es recht schmerzlich bedauert, daß Sie so lange Zeit meinem Hause fern geblieben sind, um so mehr freue ich mich nun, Sie wieder zu sehen und Ihnen nun enblich Revanche geben zu können für den harten Verlust, den Sie bei Ihrem letzten Besuch erlitten haben."

Nach diesen herzlichen Worten, auf welche Hans einige Phrasen erwiederte, mußte der Graf sich einem andern, eben ankommenden Gaste zuwenden und es Hans überlassen, sich in der zahlreichen Gesellschaft nach Bekannten umzuschauen; dies war keine schwere Aufgabe, denn die meisten Offiziere waren Hans bekannt, viel schwerer aber wurde es ihm, sich denselben zur Anknüpfung eines Gesprächs zu nähern, denn von keinem der vielen Kameraden wurde er freundschaftlich oder auch nur freundlich begrüßt, keiner gönnte ihm mehr, als eine steife, förmliche Verbeugung.

Im Gespräch mit drei Offizieren stand der Rittmeister v. Weblow, dessen über alle Anderen ragende Riesengestalt Hans gleich beim Eintritt in den Gesellschaftssaal bemerkt hatte. Hans konnte nicht umhin, den Rittmeister zu begrüßen; er war diesem jedenfalls Dank schuldig dafür, daß er sich früher zu seinen Gunsten bemüht hatte, wenn dies auch auf Veranlassung des Grafen Strackwitz geschehen war.

Er nahte dem Rittmeister und begrüßte ihn, die anderen beiden Offiziere traten zurück und wendeten sich einer

anberen Gruppe zu, so stand denn Hans dem Herrn
v. Weblow allein gegenüber in einer keineswegs beneidens=
werthen Situation, denn sein zuvorkommender Gruß wurde
so kalt, so förmlich erwiedert, daß diese Erwiederung fast
einer Abweisung ähnlich sah; aber Hans wollte sich nicht
abweisen lassen, er mußte in dieser großen Gesellschaft
doch einen Menschen haben, mit dem er ein Wort sprechen
konnte. Es war gar zu peinlich, ganz allein zu stehen;
er bot beßhalb seine ganze Liebenswürdigkeit auf.

„Ich bin sehr glücklich, Herr Rittmeister, Sie end=
lich wieder zu sehen und Ihnen noch einmal danken zu
können für die große Gefälligkeit, welche Sie damals —“

Der Rittmeister unterbrach ihn barsch. „Kein Wort
über diese Angelegenheit, Herr Baron! Ich muß jeden
Dank zurückweisen. Ich habe damals nicht Ihnen, son=
bern lediglich dem Grafen Strackwitz eine Gefälligkeit er=
weisen wollen, an Strackwitz mögen Sie daher Ihren
Dank richten, wenn Sie es für nöthig finden; ich ver=
bitte ihn mir. Am wenigsten bin ich geneigt, ihn hier
zu empfangen. Ich kann Ihnen nicht verhehlen, Herr
Baron, daß ich erstaunt bin, Sie hier zu sehen, und mit
mir sind es, wie sie sich leicht überzeugen können, alle
diejenigen Herren, welche Zeugen der beleidigenden Wei=
gerung des Grafen Panin gewesen sind, Ihnen für das
Spiel weiteren Krebit zu geben. Zwei dieser Herren
haben mir soeben noch einmal die sehr unerquickliche Scene,
der ich zu meiner Freude nicht beigewohnt habe, geschil=
....klärt, es sei ihnen unbegreiflich, daß Sie,
.... : einer solchen Scene noch einmal den

Grafen Panin besuchen können. Ich glaube, daß diese
Meinung von allen hier anwesenden Kameraden einstim-
mig getheilt wird."

„Graf Panin hat mich sehr bringend eingeladen, er
hat sich entschuldigt," stotterte Hans in peinlicher Verlegenheit.

„Da er sie öffentlich beleibigt, aber nur privatim um
Entschuldigung gebeten hat, dürfte diese Entschuldigung
kaum etwas in der Anschauung der Herren Kameraden
ändern. Ich habe es für meine Pflicht gehalten, Ihnen
das mitzutheilen, Herr Baron, weil Sie ein Freund
meines jungen Freundes Strackwitz und durch diesen beim
Grafen Panin eingeführt worden sind. Ein Recht, Ihnen
einen Rath zu ertheilen, habe ich nicht. Sie müssen selbst
am besten wissen, ob Sie es mit Ihrer Ehre vereinbar
halten, der Gast eines Mannes zu sein, der Sie öffentlich
einst so schwer beleibigt hat."

„Dies geht zu weit, Herr Rittmeister!" rief Hans
empört.

„Ich habe nicht die Absicht gehabt, Sie zu beleidigen,
verzeihen Sie, wenn es trotzdem wider meinen Willen
geschehen ist. Als älterer Offizier und als Freund Ihres
Freundes glaubte ich, Ihnen die Wahrheit nicht verhehlen
zu dürfen."

Hans biß sich wüthend auf die Lippen. Er mußte
die beleibigenden Worte ruhig hinnehmen, zu einer Erwiederung ließ ihm der Rittmeister gar keine Zeit, mit
einer kühlen Verbeugung und indem er sich zu einem
anderen Offizier wendete, beendete er die unerquickliche

Unterredung. Hans stand allein und er blieb allein, bis unmittelbar nach der Ankunft des Prinzen Sarolat Graf Panin die Gesellschaft einlud, ihm nach dem Spielsalon zu folgen.

Wie gewöhnlich gruppirte sich die Gesellschaft ganz nach Belieben theils sitzend, theils stehend um den Tempel= tisch. Der Rittmeister v. Weblow nahm heute einen Sessel zur Linken des Grafen Panin, während sich Prinz Sarolat wie damals zur Rechten des Grafen niederließ. Hans nahm auf einen kaum bemerkbaren Wink Panin's diesem gegenüber seinen Platz ein, ein verständnißvoller Blick des Grafen auf die Stöße von Papiergeld und die Geldrollen, welche für die Bank aufgestapelt waren, er= innerte Hans, daß er die Verpflichtung habe, die recht bedeutende Summe zur Schau zu stellen, welche er am Morgen von Panin empfangen hatte; er that es, indem er den Haufen Gold und Papiergeld neben sich auf den Tisch legte und er bemerkte es wohl, daß viele recht er= staunte Blicke sich auf den ansehnlichen Geldhaufen rich= teten.

Das Spiel begann. Es hatte anfangs für Hans gar kein Interesse. Er konnte nicht gewinnen und nicht ver= lieren, er war ein Statist, eine Strohpuppe ohne Bedeu= tung, ob der Geldhaufen an seiner Seite zusammenschmolz oder sich vergrößerte, ihm konnte es gleichgiltig sein. Er wendete deshalb dem Spiele Anderer ein größeres In= teresse zu, als seinem eigenen, besonders beobachtete er das des Rittmeisters v. Weblow.

Es war merkwürdig, wie zaghaft der riesige Kürassier=

Offizier sich zeigte, der früher in dem Ruf gestanden hatte,
ein sehr leidenschaftlicher, kühner, und dabei glücklicher
Spieler zu sein. Auch heute war ihm das Glück hold,
aber namhafte Summen konnte trotzdem der Glückliche
nicht gewinnen, denn er besetzte konsequent ein einziges
Feld des Tempels mit dem niebrigsten Einsatz und wählte
dazu stets ein Feld, welches von allen anderen Spielern
vernachlässigt war. Waren alle Felder besetzt, dann pau-
sirte er wohl eine Zeit lang oder wählte das am wenigsten besetzte Feld für seinen Einsatz.

Es fiel diese seltsame Art des Spielens Hans um so
mehr auf, als am Morgen Panin ihm die Weisung ertheilt hatte, selbst die am niedrigsten besetzten Felder anfangs mit mäßigen, aber im Laufe des Spieles immer
höher steigenden Beträgen zu besetzen; zu seinem Staunen
bemerkte er, daß die von dem Rittmeister sehr niebrig besetzten Karten fast nur dann verloren, wenn auch er selbst
dieselben besetzt hatte, daß die Bank, während sie gegen
fast sämmtliche Spieler recht unglücklich spielte, gegen ihn
ein wunderbares Glück entwickelte.

Er stieg höher mit seinen Einsätzen, immer höher.
Das Spiel fing an ihn zu interessiren und sein Verdacht,
daß Graf Panin falsch spiele, schwand immer mehr und
mehr; der bedeutende Verlust, welchen die Bank erlitt,
schloß einen solchen Verdacht fast ganz aus, und Hans
wußte ja nur zu wohl, daß der Gewinn, den die Bank
von ihm, fast dem einzigen Verlierer, bezog, für den Grafen
illusorisch war.

Die Stimmung der ganzen Spielgesellschaft hob sich

mit jeder Minute. Wie Hans seine anfangs sehr niedrigen Einsätze verdoppelte, verdreifachte, verzehnfachte, so geschah dies auch von den übrigen Spielern, die den glücklichen Moment benutzen wollten. Nur Hans spielte mit unvergleichlichem Unglück, der Geldhaufen an seiner Seite schwand mehr und mehr zusammen, nur noch etwa tausend Mark in Goldstücken lagen neben ihm auf dem grünen Tisch, er nahm die ganze Summe und setzte sie auf die Fünf, welche nur noch von dem Rittmeister v. Weblow mit fünf Mark besetzt war.

Panin hielt einen Augenblick länger, als es nöthig war, im Spiel inne. „Herr Baron v. Werber, Sie sind im Unglück und wagen zu viel," sagte er sehr ernst. „Ich darf Ihnen keine Rathschläge ertheilen, aber ich bitte Sie, bitte Sie recht dringend, ermäßigen Sie Ihren Satz."

Erstaunt blickte Hans den Grafen an, er war im Begriff, dessen Bitte zu erfüllen, da bemerkte er, wie Panin fast unbemerkbar den Kopf schüttelte; er verstand dies von keinem anderen Mitspieler beachtete Zeichen. „Sie haben andere gleich hohe Sätze nicht zurückgewiesen, Herr Graf," erwiederte er mit scharfer Betonung. „Ich glaube das gleiche Recht zu haben."

„Der Herr Baron v. Werber ist zweifellos in seinem Rechte," bemerkte jetzt auch der junge Prinz Sarolat.

„Unzweifelhaft, Durchlaucht! Ich will es auch keineswegs beschränken, nur eine freundschaftliche Bitte habe ich mir erlaubt. Will sie der Herr Baron v. Werber nicht erfüllen, dann muß ich mich bescheiden."

Hans schüttelte statt der Antwort nur den Kopf, da

zuckte Graf Panin bedauernd die Achseln, dann nahm das
Spiel seinen Fortgang. Die Fünf kam, sie gewann, Hans
ließ Einsatz und Gewinn stehen, er gewann zum zweiten
Male, wieder ließ er die ganze Summe stehen.

Abermals zögerte Graf Panin. „Sie spielen wirklich
zu hoch," sagte er noch einmal sich zu Hans wendend;
aber dieser achtete nicht auf die scheinbar so wohlgemeinte
Mahnung, und er that recht daran, denn zum dritten
Male gewann die Fünf; als jetzt Hans Einsatz und Ge=
winn eingezogen hatte, lagen wieder fast achttausend Mark
in blanken Goldstücken neben ihm auf dem grünen
Tisch.

Das Glück hatte sich gewendet, es blieb fortan Hans
unverbrüchlich treu, die übrigen Mitspielenden dagegen
hatte es verlassen; von ihnen gewann die Bank, während
Hans bei einem ganz ungeregelten tollkühnen Spiel große
Summen einzog, fast der ganze Gewinn, den jetzt die
Bank von den übrigen Spielern zog, floß ihm zu.

Es erging Hans seltsam bei diesem Spiel. Die Lei=
denschaft war in ihm erwacht; er hatte vergessen, daß er
gar nicht für sich selbst spielte, mit glühendem Auge ver=
folgte er die Karten, seine Hand zitterte, wenn er die
Goldstücke auf eines der Tempelfelder schob.

Auch Graf Panin schien heute von dem Spiel weit mehr
aufgeregt, als sonst jemals. Er plauderte nicht mit dem
Prinzen Sarolat, kein Scherz kam über seine Lippen, mit
finsterem Blick verfolgte er die großen Summen, die er
dem glücklichen Hans auszahlen mußte, und als dieser
jetzt, übermüthig tollkühn durch das Glück geworden, aus=

rief: „Va banque auf die Dame!" verließ den Bank=
halter die Selbstbeherrschung ganz und gar.

„Das geht zu weit!" rief er aus. „Ein so hohes Spiel
übersteigt die Grenzen des Erlaubten."

„Sie haben niemals für die Höhe der Einsätze eine
Grenze gezogen, Herr Graf!" erwiederte ihm Prinz Caro=
lat, der mit dem höchsten Interesse das tollkühne Spiel
Werber's beobachtet hatte.

Die Worte des jungen Prinzen übten immer eine
zauberhafte Wirkung auf Graf Panin, auch jetzt beugte
sich dieser dem Willen seines knabenhaften Gönners. Er
biß sich wüthend auf die Lippen, mit einem grimmigen
Blick auf Hans sagte er: „Durchlaucht erinnern mich an
eine verabsäumte Pflicht. Ich muß unter diesen Um=
ständen allerdings das gebotene va banque annehmen,
aber ich glaube, Durchlaucht werden ebenso, wie alle die
anderen Herren, mit mir einverstanden sein, wenn für
jeden ferneren Satz die höchste Grenze mit tausend Mark
gezogen wird. Für ein Spiel in Freundeskreise ist diese
Grenze wohl weit genug! Sind Sie einverstanden, meine
Herren?"

Ein allgemeines „Ja" ertönte, nur Hans rief aus:
„Auf mein va banque kann diese Erklärung noch keinen
Einfluß haben. Ich hatte es vor derselben ausgesprochen
und halte es aufrecht."

„Und ich nehme es an!" erwiederte Panin. Seine
Stimme klang ruhig, aber seine Hand zitterte, als er die
Karten weiter abzog. Eine tiefe Stille herrschte in dem
Saale, mit hochgespannter Aufmerksamkeit schauten alle

Anwesenden, ihr eigenes Spiel vergessend, nach den Karten, welche Panin langsam zur Linken und Rechten auf die kleinen Kartenhäufchen legte. Ein allgemeines „Ah!" ließ sich hören, als schon nach dem dritten Abzuge die Dame für den verwegenen Spieler umgeschlagen wurde.

„Die Bank ist gesprengt!" sagte Graf Panin mit tonloser Stimme. „Sie haben Ihre Revanche erhalten, Herr Baron v. Werber! Eine furchtbare Revanche! — Das Spiel ist zu Ende, meine Herren, ich bin außer Stande, heute eine neue Bank aufzulegen! Morgen, meine Herren, bitte ich Sie, mir wieder die Ehre Ihres Besuches zu gönnen."

Die Spieler erhoben sich von ihren Plätzen, sie traten in kleine Gruppen zusammen zu eifriger Unterhaltung, deren Thema natürlich die Sprengung der Bank und der ungeheure Gewinn des Barons v. Werber war. Auf Hans, der noch beschäftigt war, die gewonnenen Goldstücke und Banknoten zu ordnen und einzustecken, waren Aller Blicke gerichtet, er war ein Gegenstand des Neides für alle die weniger glücklichen Spieler. Er allein hatte eine ungeheure Summe gewonnen, außer ihm war nur noch der Rittmeister v. Weblow, Prinz Sarolal und ein Herr v. Rothkirch so glücklich gewesen, überhaupt zu gewinnen, aber nur unbedeutende Beträge, einige Hundert Mark, während alle anderen Spieler mehr oder weniger, einige sogar recht bedeutend verloren hatten. Es war für die Verlierer ein schlechter Trost, daß ihr gutes Geld nicht in die Bank, sondern in die Tasche des tollkühnen Spielers geflossen war und sie daher für heute wenigstens

keine Hoffnung hatten, es wieder zu gewinnen. Hans
war es, der durch sein tolles Spiel die Leidenschaft der
sämmtlichen Mitspieler erregt und diese zu höheren Sätzen,
als sie sonst gewagt haben würden, verführt hatte; er
trug daher indirekt die Schuld an den herben Verlusten,
die Mehrere erlitten hatten. Er stand allein inmitten
der großen Gesellschaft, Niemand wünschte ihm Glück zu
seinem Gewinn, alle die Kameraden zogen sich von ihm
zurück, sie betrachteten ihn mit recht unfreundlichen Blicken,
selbst der junge Prinz v. Sarolat, der doch während des
Spiels ein großes Interesse für Hans gezeigt hatte, hütete
sich doch jetzt, ein Wort an ihn zu richten; er sprach mit
einigen anderen Offizieren und schien den Baron v. Werder
gar nicht zu sehen.

Auch der Rittmeister v. Weblow hatte sich erhoben;
er wollte, da das Spiel zu Ende war, sich von Graf
Panin verabschieden, dieser aber bat ihn noch um einige
Worte unter vier Augen. Nur widerwillig gewährte der
Rittmeister diese Bitte, er folgte dem Grafen in eine der
Fensternischen.

„Sie können mir eine große, eine sehr große Gefälligkeit erweisen, Herr v. Weblow,“ so begann Graf Panin
ohne eine weitere Einleitung das Gespräch; er hoffte wohl,
daß der Rittmeister seine Bereitwilligkeit aussprechen
würde, dies aber geschah nicht, nur durch eine kühle Ver=
beugung antwortete Herr v. Weblow und der Graf mußte
daher fortfahren: „Der unerwartete Ausgang unseres
heutigen Spiels hat mich in eine peinliche Verlegenheit
gebracht. Es war nicht nur eine Redensart, eine leere

Entschuldigung, als ich erklärte, heute nicht im Stande
zu sein, eine neue Bank auflegen zu können, meine Kasse
ist in der That gesprengt, ich habe einen ungeheuren Ver=
lust erlitten und muß nothwendiger Weise meinen Kredit
in Anspruch nehmen, wenn ich meine Einladung für
morgen aufrecht erhalten soll."

„Das bedaure ich. Leider bin ich nicht in der Lage,
Sie zu bitten, von mir ein Darlehen annehmen zu wollen,"
erwiederte der Rittmeister sehr kühl.

„Nur auf Ihre Fürsprache sollte sich meine Bitte
richten," fuhr Panin fort. „Sie erinnern sich, daß ich
damals, als der Baron v. Werber eine Ehrenschuld an
mich abzutragen hatte, mich auf Ihre Befürwortung so=
fort bereit erklärte, auf die Zahlung so lange zu warten,
bis der Baron sie ohne Unbequemlichkeit abtragen könne;
ich glaube hierdurch ein Recht erworben zu haben, jetzt
auch Ihr Fürwort für mich bei Herrn Baron v. Werber
in Anspruch nehmen zu dürfen. Er wird, wenn Sie ein
Wort für mich einlegen, gewiß gern bereit sein, mir
vielleicht die Hälfte seines großen Gewinnes für wenige
Tage zur Disposition zu stellen, und nur um wenige Tage
handelt es sich, dann erhalte ich auf telegraphische An=
weisung hin die Summe, welche ich brauche, aus Ruß=
land von meinem Gutsverwalter. Darf ich auf Ihre
Fürsprache rechnen?"

Noch eifiger als vorher antwortete der Rittmeister.
„Ich bedaure sehr, aber meine Fürsprache würde ganz
wirkungslos sein, auch habe ich kein Recht zu derselben,
da ich nicht die Ehre habe, mich zu den Freunden oder

auch nur zu den Bekannten des Herrn Freiherrn v. Werber
rechnen zu dürfen. Ich muß mich Ihnen leider jetzt
empfehlen, Herr Graf. Irre ich nicht, dann darf ich
wohl Ihre Einladung für morgen als zurückgenommen
betrachten?"

„Keineswegs!" erwiederte Panin eifrig. „Ich werde
mich direkt an den Baron v. Werber wenden; aber
auch wenn ich von diesem eine abschlägige Antwort erhalten sollte, werde ich anderweit Rath schaffen. Jedenfalls werde ich morgen eine ansehnliche Bank auflegen.
Ich muß mir Revanche holen von diesem Herrn Baron!"

Er wollte dem Rittmeister die Hand zum Abschiede
reichen, dieser aber bemerkte die ihm dargebotene Hand
nicht, er verabschiedete sich mit einer sehr förmlichen Verbeugung. Panin schaute ihm mit finsterem Blick nach.
„Was er nur im Schilde führen mag?" dachte er. „Der
Mensch hat etwas gegen mich und auch gegen Werber!
Er ist mir ganz unbegreiflich. Ich muß ihn beobachten.
Vielleicht wäre es doch am besten, ihn gar nicht wieder
einzuladen, zu gewinnen ist ja ohnehin nichts von ihm,
seit er so zaghaft wie ein junges Mädchen spielt. Aber
das geht nicht, er hat zu viele reiche, gute Freunde! --
Bah, mag er kommen und seine hundert Mark gewinnen
oder verlieren! Was könnte mir wohl dieser ungeschlachte
Kürassier schaden?"

Er schlug die Gardine zurück und trat aus der Fensternische wieder in den Salon. Er fand die ganze Gesellschaft in Auflösung. Einige Herren hatten sich schon ent-

fernt, andere waren im Begriff zu gehen, nur Hans
v. Werder stand, noch mit dem Einpacken seines Gewinnes
beschäftigt, allein an dem verlassenen Spieltisch.

„Bleiben Sie hier, wir haben noch Manches zu be=
sprechen," flüsterte Panin im Vorübergehen, dann wendete
er sich an die übrigen Herren, mit Jedem sprach er zum
Abschied ein freundliches Wort und wiederholte die Ein=
ladung für morgen; er begleitete die Scheidenden durch
den Gesellschaftssalon bis zum Flur.

„Gott sei Dank, endlich sind sie Alle fort!" rief Panin,
Hans, der noch immer auf derselben Stelle am grünen
Tisch stand, vertraulich auf die Schulter schlagend. „Nun,
lieber Baron, lassen Sie uns einmal unsere Kasse an=
schauen. — Sie haben wie ein Gott gespielt, Baron!
Ihre Leidenschaftlichkeit war geradezu entzückend. — Aber
nun wollen wir sehen, wie unsere Kasse steht. Legen Sie
das ganze Geld gefälligst hier auf den Tisch, wir wollen
zählen."

Hans war so von innerer Wuth erfüllt über die un=
würdige Rolle, welche er hatte spielen müssen, über die
beleidigende Kälte, welche ihm beim Abschied wieder von
allen Kameraden gezeigt worden war, daß er seiner ganzen
Kraft bedurfte, um sich zu beherrschen, um seinem Aerger
nicht durch heftige Worte Luft zu machen. Er antwortete
nicht, schweigend leerte er seine Tasche und warf Gold
und Banknoten achtlos durcheinander auf den grünen Tisch.

Graf Panin schaute höchst vergnügt lachend den an=
sehnlichen Haufen an, er sonderte das Gold von den Bank=
noten und zählte dann mit wahrem Genuß. „Ueber

zwanzigtausend Mark gewonnen!" rief er endlich froh=
lockend. „Für eine gesprengte Bank ist das doch etwas!
Morgen wird es alle Welt wissen, daß ich eine ungeheure
Summe verloren habe! Der dumme Riese, der Ritt=
meister v. Weblow, wird es verbreiten, daß ich mich in
schwerer Geldverlegenheit befinde, wenn nicht der Baron
v. Werder mir großmüthig durch ein Darlehen aushilft.
Aber wenn sie dann morgen kommen und die Bank
wieder mit Gold gefüllt finden, fragen sie nicht, wo
es herkommt, sie spielen mit verdoppelter Leidenschaft
in der Hoffnung, vielleicht ebenso viel zu gewinnen,
wie gestern der Baron Werder. Sie sind ein kostbarer
Freund und Bundesgenosse, lieber Baron! Gestatten
Sie, daß ich Ihnen hier fünfhundert Mark als Honorar
für die Mühe des Spielens auf meine Rechnung über=
reiche."

Fünfhundert Mark! Ein Trinkgeld! Der Abfall von
dem durch falsches Spiel erschwindelten Gewinn!

Ein tiefes Roth brannte auf den Wangen des jungen
Offiziers. So gedemüthigt, so entwürdigt hatte er sich
selbst in jenem Augenblick nicht gefühlt, als er das
Wechselaccept fälschte. Er biß die Zähne zusammen, um
seiner Wuth keine Worte zu geben, aber — er nahm die
fünf Hundertmarkscheine, zerknitterte sie in der Hand und
steckte sie in die Tasche. Das war der erste Sklavenlohn,
den er empfing! Es wäre ein Wahnsinn gewesen, ihn
zurückzuweisen, Graf Panin würde nur darüber gelacht
und dann die Kette um so schärfer angezogen haben.

18.

„Herr Doktor Maximilian Schnorrig bittet, dem Herrn
Baron seine Aufwartung machen zu dürfen."

Hans lag auf dem Sopha, als sein Bursche ihm die
Meldung machte. Er hatte in der Nacht nach dem Spielabend bei dem Grafen Panin wenig geschlafen. Vergeblich hatte er sein Hirn zermartert, um ein Mittel zu
finden, durch welches er sich in den Besitz seines unseligen
Wechsels setzen und hierdurch das schmachvolle Band zerreißen könne, durch welches er an den Grafen gefesselt
war. Auch als er ziemlich spät am Morgen mit schwerem
Kopf und müden Gliedern das Bett verlassen hatte,
peinigte ihn der eine Gedanke, der ihn ganz beherrschte;
er sann und sann, er schmiedete die abenteuerlichsten
Pläne, einer immer unausführbarer als der andere — er
fand nichts, gar nichts! Er mochte schier verzweifeln.

Da wurde ihm der Doktor Maximilian Schnorrig
gemeldet. Schnorrig, der Urheber seines Elends, derselbe
Mann, der ihm damals die Waffe aus der Hand genommen, der ihm das Leben gerettet und dann den verhängnißvollen Rath gegeben hatte. Eine wilde Wuth erfüllte Hans, als er den verhaßten Namen hörte; aber sie
legte sich in demselben Moment wieder, als in ihm ein
leuchtender Gedanke aufblitzte. Hatte damals, im Augenblick der höchsten Noth, Schnorrig einen Ausweg gefunden,
der ihm das Leben rettete, vielleicht fand er heute einen
Weg, um den Wechsel dem Grafen Panin aus der Hand
zu nehmen; durch welches Mittel, das sollte gleichgiltig
sein, selbst einen Diebstahl würde Hans zu diesem Zwecke

nicht gescheut haben; er befahl dem Burschen, den Herrn
Doktor zu ihm zu führen, und als dieser mit dem Hut
in der Hand sich tief verbeugend in das Zimmer trat,
ging er ihm entgegen, um ihn möglichst zuvorkommend
zu begrüßen; aber ein freundliches Willkommenswort erstarb ihm auf der Zunge, er trat zusammenschaudernd
einen Schritt zurück, als er den verhaßten Menschen
wieder vor sich sah.

Doktor Maximilian Schnorrig sah heute noch schäbiger,
verfallener, ekelerregender aus, als an jenem Oktobertage,
an welchem ihn Hans zum ersten Male gesehen hatte.
Sein Gesicht glänzte in noch dunklerer Kupferröthe, seine
kleinen Augen blitzten noch tückischer, sein Lächeln erschien
noch widerwärtiger. Hans konnte sich nicht zur Freundlichkeit gegen diesen Menschen zwingen. Mit einem kurzen:
„Was führt Sie zu mir?" empfing er ihn.

„Der Wunsch, Ihnen zu dienen, Herr Baron!" erwiederte Schnorrig mit einem Lächeln, welches gewinnend
sein sollte, aber so treulos, heuchlerisch erschien, daß sein
häßliches Gesicht noch häßlicher, noch abschreckender wurde.
„Ja, Herr Baron, lediglich der Wunsch, Ihnen zu
dienen, veranlaßt mich zu einem Besuch, den ich schon viel
früher hätte machen sollen, aber nicht zu machen wagte,
ehe ich Ihnen nicht wenigstens mit einem Rathe zu dienen
hoffen konnte. Ich erinnere mich, daß in wenigen Wochen
der Wechsel, dessen Verkauf ich vermittelt habe, fällig sein
muß, und ich glaube wohl annehmen zu dürfen, daß
Ihnen die Einlösung dieses Wechsels einige Schwierigkeiten bereiten wird. Ich würde in Verzweiflung ge-

rathen, wenn Ihnen aus dem Wechsel Unannehmlichkeiten
erwüchsen, wenn etwa gar Graf Panin ihn mißbrauchte,
um —"

„Sie kennen Graf Panin? Sie wissen, daß er den
Wechsel in der Hand hat?" rief Hans erstaunt.

„Gewiß, Herr Baron. Ich kenne diesen Grafen nur
zu gut; er benutzt die Menschen, er preßt sie aus wie
eine Citrone, und wirft sie dann fort! Auch mir hat er
es so gemacht. Ich hasse ihn. Nichts würde mir eine
größere Freude bereiten, als wenn ich mich durch einen
empfindlichen Schlag an ihm rächen könnte, allerdings
ohne daß er weiß, von wem der Schlag ausgegangen ist."

Schnorrig's kleine Augen blitzten, als er diese Worte
mit erhobener Stimme sprach. In diesem Augenblicke
heuchelte er nicht.

„Sie fürchten den Grafen — weshalb?"

„Ja, ich hasse und fürchte ihn; ich weiß es selbst nicht,
ob mein Haß grimmiger oder meine Furcht größer ist!
Er ist ein Teufel! Ich habe ihm gedient, dafür hat er
mich bezahlt, aber wie ein Vieh hat er mich behandelt.
Es fehlte nur, daß er mich mit den Füßen gestoßen hätte!
Ich dürste nach Rache; aber er hat mir die Hände ge-
bunden, ich kann mich nicht rühren, ja, ich muß ihm ein
demüthig lächelndes Gesicht zeigen, stets zu seinem Dienst
bereit scheinen. Ich kann Ihnen nicht sagen, weshalb,
aber ich versichere Ihnen, es ist so; ich schwöre es Ihnen
zu!"

Hans bedurfte dieser Betheuerungen nicht, um dem
Doktor Schnorrig zu glauben; befand er sich doch selbst

in der gleichen Lage; auch er haßte und fürchtete den
Grafen, auch er hätte an diesem mit Freude seine Rache
gekühlt; aber auch er wagte es nicht, auch er mußte stets
demüthig zum Dienst bei dem Verhaßten bereit sein.

„Ja, ich hasse den Grafen," fuhr Doktor Schnorrig
fort, „und deshalb komme ich zu Ihnen, Herr Baron.
Ich will Ihnen mit meinem Rath zur Seite stehen, damit
Sie sich befreien können von dem Druck, welchen der Graf
unbarmherzig auf Sie ausübt, indem er Sie zwingt, für
ihn zu spielen —"

„Sie wissen das?" rief Hans erschreckt.

„Man hat seine Konnexionen, Herr Baron, auch wenn
man ein armer Teufel ist. Ich weiß mehr von dem
Herrn Grafen Panin, als er ahnt. Wenn er mich gebraucht hat, um für ihn zu spioniren, so habe ich gelernt,
wie man es macht! Ich weiß viel von ihm, so viel, daß
ich ihn in's Zuchthaus bringen könnte, wenn ich Beweise
hätte! Aber Beweise, daran fehlt es! Bedientenklatschereien
sind keine Beweise, und kluge Kombinationen, die den
Nagel auf den Kopf treffen, noch viel weniger. Ich
weiß — aber ich kann nichts beweisen, sonst hätte ich die
Rache ja in meiner Hand, sonst hätte ich ihn an der
Kette, wie er jetzt mich. Aber ich will mich doch rächen
an ihm, durch Sie, Herr Baron, er soll es fühlen!
Deshalb komme ich zu Ihnen. Hören Sie mich, Herr
Baron; ich habe für Sie einen Plan entworfen, wie Sie
von dem Grafen loskommen können, wie Sie Ihren
Wechsel zurückerhalten und dabei den Schuft kränken bis
tief in das Herz hinein, indem Sie ihm die Aussicht auf

eine reiche Heirath zerstören. Wollen Sie mich hören, Herr Baron?"

„Sprechen Sie!"

„Der Graf will Fräulein Hertha v. Ragnow heirathen. Den armen Armin hat er in der Tasche, der muß, wie er will. Fräulein Hertha mag zwar nichts von dem Grafen wissen; aber endlich wird sie doch mürbe gemacht werden durch Armin's Bitten, und darauf rechnet der Graf. Gelingt ihm sein Plan, dann steckt er eine schöne halbe Million — nicht Mark sondern Thaler! — in die Tasche, denn so viel erbt Fräulein v. Ragnow in kurzer Zeit, nur ein alter, kinderloser, sterbender Mann steht noch zwischen ihr und der Erbschaft."

„Sie träumen!"

„Nein, Herr Baron! Ich bin meiner Sache sicher! Wenn Sie mit kühnem Muth dem Grafen zuvorkommen, gehört nicht Jenem, sondern Ihnen die Erbschaft! Sie sind ein schöner junger Mann aus vornehmer Familie, Fräulein v. Ragnow interessirt sich für Sie — widersprechen Sie nicht, Herr Baron, ich weiß Alles — die junge Dame wird mit Freude ihr „Ja' sagen, wäre es auch nur, um durch Sie von dem ihr verhaßten Grafen befreit zu werden. Nur eines kühnen Schrittes von Ihnen bedarf es! Jetzt ist es noch Zeit, Armin und der Graf müssen durch Ihre Verlobung mit Fräulein v. Ragnow überrumpelt werden. An dem Tage, an welchem Ihre Verlobung in den Zeitungen steht, schaffe ich Ihnen Geld, so viel Sie wollen, Sie können Ihren Wechsel einlösen."

„Graf Panin hat ihn in der Hand."

„Was thut das? Sie überbringen Ihrem Oheim das Geld zur Einlösung des Wechsels, ehe dieser noch fällig ist. Mag ihn dann immerhin der Graf präsentiren lassen, er wird eingelöst und vernichtet. Nur Muth, Herr Baron! Mit einem kühnen Entschluß können Sie Alles gewinnen.“

Hans überlegte schweigend. Die Mittheilung, welche ihm Doktor Schnorrig gemacht hatte, überwältigte ihn. Er sah plötzlich einen Ausweg aus dem Labyrinth der Schande, in welchem er sich verirrt hatte, eine wunderbar schöne Hoffnung erblühte ihm. — Eine halbe Million! Die Fülle des Reichthums! Und mit Hertha vereint sollte er das ihm erblühende Glück genießen; dies war mehr werth, als der ungeheure Reichthum selbst! Sein Herz klopfte stürmisch. Das Glück, welches ihm der häßliche Doktor in so nahe Aussicht stellte, gerade in dem Augenblicke, in welchem er verzweifeln wollte, war so überwältigend groß, daß er nur zitternd an die Möglichkeit desselben glauben konnte. Aber es war möglich! Hatte nicht Hertha sich ihm in letzter Zeit freundlicher und liebenswürdiger gezeigt, als jemals früher? Ja, sie erwiederte seine Liebe, nur eines kühnen Wortes bedurfte es, um ihr Jawort zu erringen. Doktor Schnorrig war ein unbezahlbarer Rathgeber! Nur ein kühner Entschluß war nothwendig, so hatte der Doktor gesagt. Er hatte Recht, kein Zögern mehr! Durch einen kühnen Entschluß war das schon verloren geglaubte Lebensglück wieder zu gewinnen!

Hans sprang neubelebt von dem Sopha auf. „Ich danke Ihnen, Doktor, für Ihren Rath und Ihre Mit-

theilung," sagte er, dem Doktor die Hand reichend. „Ich
will in Erwägung ziehen, was Sie mir gerathen haben.
Besuchen Sie mich morgen wieder, dann will ich Wei=
teres mit Ihnen besprechen. Gelingt es mir, durch Ihre
Hilfe meinen Wechsel einzulösen, dann sollen Sie reich
belohnt werden!"

Doktor Schnorrig verbeugte sich sehr tief und respektvoll. Er nahm es durchaus nicht übel, daß Hans ihn
in so formloser Weise verabschiedete, er war ja daran
gewöhnt, von oben herab behandelt zu werden. Mit der
Versicherung, daß er stets nach bester Kraft bestrebt sein
werde, dem Herrn Baron zu dienen, und dem Versprechen,
morgen wieder zu kommen, empfahl er sich.

Kein Zögern mehr! Jede verlorene Stunde war eine
verlorene Stunde des Glücks!

Als der junge Offizier eine Viertelstunde später in
dem Hause Nro. 18 der Herrenstraße die Klingel gezogen
hatte, öffnete Hertha selbst ihm die Thür.

Ein staunender Blick traf Hans, Hertha hatte seinen
Besuch nicht erwartet und konnte ihn nicht erwarten, denn
bisher hatte sich Hans stets nur zu den Donnerstag-
Abendgesellschaften im Armin'schen Hause eingefunden.
Staunen sprach sich in den Blicken Hertha's aus, aber
eben nur Staunen, nicht eine freudige Ueberraschung,
welche darauf hingedeutet hätte, daß der Besuch besonders
angenehm wäre. Sie empfing Hans als einen Bekannten
mit unbefangener Freundlichkeit, aber gerade die Unbe=
fangenheit, mit welcher sie ihm sagte, daß ihr Onkel und
ihre Tante ausgegangen seien und es gewiß sehr bedauern

würden, daß der Herr Baron v. Werder sie nicht zu
Haus treffe, erschien Hans als ein recht verdächtiges und
bedenkliches Vorzeichen für die Erfüllung seiner Hoffnungen.
Es lag in dieser harmlosen Erklärung eigentlich eine Abweisung seines Besuches, Hertha setzte es als selbstverständlich voraus, daß er nicht ihr selbst seine Visite machen
wolle, sie erwartete, daß er sich mit einem Worte des
Bedauerns empfehlen werde.

Dieser Erwartung aber mochte Hans nicht entsprechen.
Es war ein Glück, daß er Hertha allein traf; er hatte
darauf gehofft, denn er wußte, daß Herr und Frau
v. Armin gern die Vormittagsstunden zu Besuchen und
Geschäftsgängen benutzten, während Hertha das Haus hütete;
aber Ausnahmen kamen doch vor, und in Gegenwart des
Onkels oder der Tante hätte Hans unmöglich seiner
Werbung Worte geben können. Jetzt oder niemals! Der
Augenblick der Entscheidung war gekommen, sein Entschluß
stand fest; aber er fühlte doch ein peinigendes Bangen
jetzt, da er ihn zur Ausführung bringen sollte.

„Mein Besuch galt Ihnen, gnädiges Fräulein. Wollen
Sie ihn abweisen?" sagte er mit bittendem Tone nicht
ohne Verlegenheit.

„Mir?" fragte Hertha. Ein flüchtiges Roth färbte
ihre Wangen, sie war überrascht, aber nicht angenehm
überrascht, sie zögerte sogar einen Moment, ehe sie ihm
die erbetene Erlaubniß gab, und als sie es that, geschah
es in einer kühlen, förmlichen Weise, welche durchaus
nichts Ermuthigendes für Hans hatte. Sie führte ihn
nicht in das Wohnzimmer, sondern in den Empfangssalon,

und als sie ihn durch einen Wink ersucht hatte, auf einem Sessel neben dem Sopha Platz zu nehmen, fragte sie wieder in sehr kühler, jede Vertraulichkeit ausschließender Weise: „Was also verschafft mir die Ehre dieses unerwarteten Besuches?"

Eine bange Ahnung überkam Hans, aber — jetzt oder niemals! Er hatte es sich zugerufen draußen vor dem Beginn dieser peinlichen Unterredung, er rief es sich wieder zu, und mit einem kühnen Entschluß besiegte er jedes Bedenken. Er erklärte Hertha, daß er seit Wochen den gegenwärtigen Augenblick ersehnt habe, um ohne die Gegenwart lästiger Zeugen zu ihr aus vollem Herzen sprechen zu können. Er sagte ihr, daß er sie liebe, daß er sie geliebt habe von dem ersten Tage an, als er sie gesehen. Anfangs sprach er stockend, aber im Verlauf seiner Rede stieg sein Muth, seine Worte gaben seiner Leidenschaft einen feurigen Ausdruck, er wurde beredt, als er Hertha sagte, daß er sie mit aller Gluth seines Herzens liebe, daß er nur ein Lebensglück kenne, das, mit ihr vereint zu sein für das Leben, als er sie bat, ihm ihr Jawort zu schenken.

Hertha hatte ihn nicht unterbrochen, sie hatte ihm erröthend, mit gesenkten Augen zugehört, das war ein gutes Zeichen, als er aber ihre Hand ergreifen wollte, um sie zu küssen, zog sie die Hand nicht nur schnell fort, sie rückte sogar weiter von ihm zurück, und als sie nun zu ihm aufschaute, lag in ihrem Auge der Ausdruck tiefer Bitterkeit und um ihre Lippen zuckte ein verächtliches Lächeln.

„Sie haben mir in sehr feurigen Worten Ihre Liebe
erklärt, Herr Baron," sagte sie mit einer Ruhe, welche
Hans wie ein eisiger Hauch traf, „würden Sie ebenso
feurig um mein Jawort gebeten haben, wenn Sie nicht
wüßten, daß Herr Ulrich v. Ragnow schwer erkrankt ist?
Die arme, aussichtslose Hertha v. Ragnow würden Sie
schwerlich der Ehre für würdig erachtet haben, die Frei-
frau v. Werder zu werden. Diese Ueberzeugung beruhigt
mich und macht es mir weniger schmerzlich, Ihnen zu
sagen, daß ich auf die mir zugedachte Ehre Verzicht leisten
muß!"

„Sie thun mir bitteres Unrecht!" rief Hans verzweifelt. „Ich schwöre es Ihnen, ich liebe Sie mit
reiner, uneigennütziger Liebe. Nur Ihr Herz, Ihre Liebe
will ich mir erringen! Ich flehe Sie an —"

Hertha unterbrach ihn, sie stand auf, und einen Schritt
zurücktretend sagte sie mit ernster Bestimmtheit: „Ich
bitte Sie, Herr Baron, sparen Sie sich und mir ganz
nutzlose Betheuerungen. Ich weiß durch meinen Onkel,
daß Sie niemals einem armen Mädchen Ihre Hand bieten
würden, daß Sie es nicht könnten, selbst wenn Sie es
wollten. Ich konnte, da ich das wußte, mich Ihnen in
der Gesellschaft freundlich erweisen; ich glaubte nicht Gefahr laufen zu müssen, mißverstanden zu werden, denn
vor einer Bewerbung um meine Hand glaubte ich sicher
zu sein, weil ich mich für arm und aussichtslos hielt;
erst vor kurzer Zeit habe ich erfahren, daß mir eine
Erbschaft in Aussicht steht, die meine Hand vielleicht
begehrenswerth machen kann. Ich bedauere, daß auch)

Sie von dieser unseligen Erbschaft Kenntniß erhalten
haben —"

„Ich schwöre Ihnen —"

„Wollen Sie wirklich schwören, mir Ihr Ehrenwort
darauf geben, daß Sie nichts von der mir bestimmten
Erbschaft wissen?"

Hans schlug die Augen nieder, es war ihm unmöglich, dem klaren, forschenden Blick Hertha's zu begegnen.
Es war Alles verloren, jetzt hatte er nichts mehr zu
hoffen, durch sein Schweigen sprach er sich selbst das Urtheil! Er fühlte sich tief beschämt und gedemüthigt. Der
Schmerz, der ihn ergriff, sprach sich so ungeheuchelt in
seinen Zügen aus, daß Hertha fast wider ihren Willen
Mitleid mit ihm fühlte.

„Verzeihen Sie mir, Herr Baron, wenn ich hart,
vielleicht zu hart zu Ihnen gesprochen habe," sagte sie
mild. „Ich hätte Ihnen in schonenderer Weise mein
‚Nein‘ aussprechen sollen."

Hans antwortete nicht. Was hätte er auch antworten
sollen, es war ja jedes Wort verloren, nur zu neuer
Demüthigung konnte es führen. Er sprang auf und
stürmte fort, ohne Abschied zu nehmen. Sein Kopf glühte,
das Blut jagte ihm fieberhaft heiß durch die Adern.
Wie im Traum eilte er im Sturmschritt durch die
Straßen ohne Zweck, ohne Ziel; seine wirren Gedanken
wogten durcheinander, nur Eines war ihm klar, für ihn
gab es keine Hoffnung, kein Glück mehr im Leben!

Ein eisiger Wind, der sich plötzlich erhob, durchfröstelte
ihn und erweckte ihn aus seinen Träumen. Er schaute

sich um. Er hatte, ohne sich dessen bewußt zu sein, die Straßen der Residenz verlassen und den Stadtpark erreicht, jetzt stand er vor derselben im Gebüsch verborgenen Bank, auf welcher er vor Wochen gesessen hatte mit dem Revolver in der Hand, damals, als er entschlossen gewesen war, sich der ihm bevorstehenden Entehrung durch den Tod zu entziehen.

Der Platz sah noch öder und unheimlicher aus, als damals, die Bank war mit einer Kruste halbgeschmolzenen, schmutzigen Schnee's bedeckt.

Hierher hatte der Zufall ihn geführt, gerade hierher! Sollte er heute ausführen, was er damals unterlassen hatte? Heute war kein Doktor Schnorrig in der Nähe, der ihm die Waffe aus der Hand nehmen konnte!

Er griff in seine Brusttasche, er fühlte den Revolver. Aber er zog ihn nicht hervor.

Sollte er sich jetzt den Tod geben? Weshalb gerade jetzt? Weil Hertha ihn zurückgewiesen, ihn verhöhnt und beleidigt hatte? Sollte sie glauben, daß die Liebe zu ihr ihn in den Tod getrieben habe? Nein, diesen Triumph durfte er der stolzen Schönen nicht bereiten! Sollte er durch seinen freiwilligen Tod allen denen, die er mit glühendem Herzen haßte, eine Genugthuung gewähren? Wie würde der grausame Vater, der ihn damals in den Tod zu treiben gesucht hatte, aufathmen, wenn er die Nachricht erhielt, daß er jetzt nicht mehr mit Sorge an die Zukunft des verhaßten Sohnes zu denken brauche. Und Ernst! Der Tod des ältesten Sohnes bahnte wohl die Versöhnung zwischen dem Vater und dem bisher zwei-

ten, dann einzigen Sohn an. Mit offenen Armen nahm
der Vater den Sohn auf, wenn dieser nicht mehr die
Kunst zum Broderwerb machte. Den Freiherrn Ernst
v. Werder wies dann die schöne Hertha sicherlich nicht
mit höhnischen Worten zurück. Sollte er, Hans v. Werber, durch seinen Tod der Glücksspender für alle die Verhaßten werden? Nein, nein, nein! Konnte er selbst auch
kein Glück mehr in diesem Leben finden, so gab es doch
Mittel, die Verzweiflung und den Ekel zu betäuben. Auch
mit einem wunden Herzen läßt sich das Leben genießen.
Im Rausch und am Spieltisch wird jeder Schmerz vergessen.

19.

Und in einem wüsten, wilden Leben suchte Hans v.
Werder sich zu betäuben und die Gefahr der Entehrung,
die drohend vor ihm stand, zu vergessen. Von seinen
Regimentskameraden zog er sich zurück; er konnte nach
der Unterredung mit seinem Obersten die jüngeren Kameraden nicht mehr zum Spiel heranziehen, der Umgang
mit ihnen hatte daher das Interesse für ihn verloren,
und die älteren Kameraden waren ohnehin schon seit
längerer Zeit nicht mehr so zuvorkommend gegen ihn, wie
früher; sie behandelten ihn, wenn er dienstlich mit ihnen
zusammentraf, mit kalter Höflichkeit, Keiner suchte mehr
einen näheren Umgang mit ihm.

Aehnlich erging es Hans auch mit den Kameraden
von anderen Regimentern. Die meisten seiner früheren
Freunde zogen sich von ihm zurück. Sie begrüßten ihn

wohl, wenn er zufällig mit ihnen zusammentraf, mit der
gebotenen Artigkeit, so daß er keine direkte Veranlassung
hatte, sich beleidigt zu fühlen; aber jedem freundschaft=
lichen Verkehr suchten sie sich zu entziehen; selbst der
kleine, gutmüthige Graf Strackwitz hielt sich seit dem letzten
unfreundlichen Zwiegespräch fern von Hans.

Seinen falschen Stolz hatte sich Hans trotzdem be=
wahrt. Er blickte noch mit derselben Selbstüberhebung
wie früher verächtlich hinab auf jeden Bürgerlichen, selbst
auf den Bruder, den plebejischen Maler Ernst Werber,
nur in adeliger Gesellschaft bewegte er sich; aus welchen
Elementen diese bestand, war ihm gleichgiltig.

An Geld fehlte es Hans niemals. Das Glück be=
günstigte ihn, er gewann fast immer im Spiel, allerdings
meist nur geringe Summen, denn die meisten seiner jetzigen
Genossen geboten nicht über starkgefüllte Geldbörsen, die
meisten waren tief verschuldet und oft genug mußte Hans
für sie eintreten; aber er gewann doch und außerdem
zeigte sich Graf Panin gegen ihn niemals kleinlich oder
geizig.

Nach jedem Spielabend hielt der Graf mit Hans seine
Abrechnung, und bei jeder Abrechnung gewährte er dem
geheimen Genossen einen Antheil am Gewinn, gleichgiltig,
ob Hans gewonnen oder verloren hatte; aber allerdings
mußte sich dieser seinen Lohn jetzt durch die größte Auf=
merksamkeit verdienen. Durch einen Blick deutete ihm
der Graf an, welches Tempelfeld er hoch besetzen solle,
durch einen Blick mahnte er ihn, höher und immer höher
zu setzen oder einen hohen Einsatz von einem Tempelfelde

zurückzuziehen. Zum Verständniß dieser bedeutungsvollen
Augensprache, welche von keinem der übrigen Mitspieler
beobachtet werden durfte, und die nur hier und da durch
ein scheinbar ganz unbefangenes und unbedeutendes Wort
ergänzt wurde, hatte Hans vom Grafen die nothwendige
Unterweisung bekommen; weiter hatte ihn Panin nicht in
die Geheimnisse des Spiels eingeweiht, er sollte und durfte
nichts Anderes sein, als ein willenloser Automat, den der
Graf durch Blick und Wort in Bewegung setzte, der sich
aber den Schein des leidenschaftlichen, aufgeregten Spielers geben mußte, um die Mitspielenden zu täuschen.

So vergingen für Hans in steter peinlicher Aufregung
die Tage und Wochen, immer näher rückte der Tag, an
welchem sein Wechsel fällig wurde. Das Geld zur Einlösung desselben besaß er längst, seine Einnahmen waren
so groß gewesen, daß er mit Leichtigkeit die noch fehlende
Summe hatte zurücklegen können. Er athmete jetzt wieder
freier auf. Wenn nur erst der unselige Wechsel eingelöst
war, dann konnte er wieder mit größerer Ruhe in die
Zukunft schauen. Aber ganz ohne Sorge war Hans doch
nicht über die Einlösung, er war nicht einig mit sich
darüber, wie er sie bewirken solle. Sollte er, wie Doktor
Schnorrig gemeint hatte, zum Onkel Ludwig gehen, diesem die zur Einlösung des Wechsels nöthige Summe übergeben? Dann mußte er ihm zugleich gestehen, daß er
den Namen des Onkels gefälscht habe, und vor diesem
Geständniß bebte er zurück. Er erinnerte sich noch mit
Grauen der letzten Unterredung, die er mit dem Onkel
gehabt hatte, der entsetzlichen Freude, welche dieser bei

dem Gedanken gehabt, daß der älteste Sohn des verhaßten
Bruders entehrt werden würde, wie er selbst. Der Er=
füllung seiner schauerlichen Rache hatte der lieblose alte
Mann damals freudig den Neffen geopfert, kam jetzt der
gefälschte Wechsel in seine Hand, dann benutzte er ihn
vielleicht zum Werkzeuge der Rache. An ihn konnte Hans
sich nicht mit einem reuigen Geständniß wenden. Auch
eine Bitte an Herrn v Armin, ihm die Einlösung des
Wechsels vor dem Fälligkeitstermin zu gestatten, konnte
keine Wirkung haben, denn Armin war ja, dies hatte
Hans längst erkannt, nur ein Werkzeug in der Hand des
Grafen Panin; an diesen allein konnte sich Hans wenden.

Er that es an einem Abend, an welchem Panin die
rosigste Laune zeigte, weil er ganz vortreffliche Geschäfte
gemacht hatte.

Der Neffe eines der Börsenkönige Europa's war durch
einen gefälligen Freund in den Gesellschaftskreis Panin's
eingeführt worden und hatte sich in der vornehmen Ge=
sellschaft, deren Mitglieder fast sämmtlich freiherrliche
und gräfliche Namen trugen, höchst behaglich gefühlt.
Der junge Mann war selbst ein Baron, aber sein junger
Adel wurde sonst von der hohen Aristokratie nicht recht
anerkannt; um so freudiger begrüßte er es, daß er in
diesem Kreise mit großer Zuvorkommenheit behandelt
wurde, daß der russische Graf, der aus einem mit der
kaiserlichen Familie verwandten Geschlecht stammte, ihn
ganz wie seines Gleichen behandelte, daß auch der junge
Prinz Sarolat sich freundschaftlich mit ihm unterhielt.
Daß ein Baron S., dem es vergönnt war, in einem so

hocharistokratischen Kreise an einem Spiel Theil zu nehmen,
sich durch hohe Einsätze auszeichnen mußte, und daß er
nicht eine Miene verziehen durfte, wenn er recht bedeutende Summen verlor, verstand sich von selbst. Der Baron
hatte scharf bluten müssen, viele Tausende waren in die
Bank gewandert, aber nicht in dieser geblieben, denn sie
hatte fast nur gegen Baron S. Glück, gegen die anderen
Mitspieler verlor sie, gegen die meisten allerdings nur
ganz unbedeutende, gegen Hans v. Werber aber, der wieder mit rasender Kühnheit spielte, große Summen. Die
Bank wurde fast gesprengt, als aber am Abend bei der
Abrechnung Panin seinen Gewinn nachzählte, betrug dieser
weit über zwanzigtausend Mark. Dies war wohl eine
gute Veranlassung, vergnügt zu sein!

Hans beschloß, die günstige Gelegenheit wahrzunehmen.

„Ich glaube, Herr Graf," sagte er nach beendeter
Abrechnung, „Sie müssen sich nun überzeugt haben, daß
ich Ihr ergebener Freund bin; als solcher aber meine ich,
das Recht zu einer Bitte zu haben. Uebermorgen ist der
von mir ausgestellte, von meinem Onkel acceptirte Wechsel
fällig, in dessen Besitz Sie sind. Ich wünschte ihn heute
schon einzulösen; das Geld habe ich bei mir."

Panin lachte hell auf. „Sie sind von einer unglaub-
lichen Naivetät, lieber Baron," antwortete er, noch immer
lachend. „Wie können Sie nur glauben, daß ich diesen
kostbaren Wechsel herausgeben werde! Der ist mir für
keine Summe feil. Halten Sie mich denn wirklich für
einen solchen Thoren, glauben Sie, daß ich Ihnen in den

letzten Wochen so vieles Geld nur dazu gegeben habe, um Ihnen die Einlösung des Wechsels möglich zu machen?"

„Aber übermorgen habe ich ein Recht, den Wechsel einzulösen, übermorgen ist er fällig!" rief Hans entrüstet.

„Sie haben ein Recht, ihn einzulösen?" fragte Panin spöttisch. „So viel ich weiß, wird der Wechsel dem Acceptanten zur Zahlung vorgelegt, und erst, wenn dieser sich der Zahlung weigert, wird der Aussteller in Anspruch genommen. Das Letztere wird in Ihrem Falle kaum nöthig sein, denn jedenfalls wird Ihr Herr Onkel sein Accept einlösen, wenn es ihm präsentirt wird."

„Herr Graf —"

„Sie wünschen nicht, daß der Wechsel Ihrem Herrn Onkel präsentirt werde? Nun, darüber läßt sich reden. Bringen Sie übermorgen früh elf Uhr Herrn v. Armin einen anderen, ebenfalls von Ihrem Herrn Onkel acceptirten und von Ihnen ausgestellten Wechsel, der über dreitausendsechshundert Mark lautet und nach drei Monaten zahlbar ist, dann wird er Ihnen den alten Wechsel sicher zurückgeben. Sie sehen, daß Armin es gut mit Ihnen meint, daß er nicht einmal Zinsen für die Prolongation in Anspruch nimmt; aber er gibt eben nur Wechsel gegen Wechsel, baares Geld nimmt er nur von dem wirklichen Acceptanten, Ihrem Herrn Oheim, dem schon um zwölf Uhr Mittags der Originalwechsel präsentirt werden wird, wenn Sie ihn nicht um elf Uhr durch einen anderen Wechsel eingelöst haben. Ich denke, wir verstehen uns, lieber Baron! Diese Angelegenheit ist zwischen uns abgethan, wir sprechen nicht mehr darüber."

Mit schwerem Kopf ging Hans nach dieser Unterredung nach Hause, nicht, wie er sonst gewohnt war, nach
dem Restaurant, in welchem er fast Nacht für Nacht mit
seinen Genossen zusammentraf. Er hätte für die Scherze
der Freunde, für das lustige Gelage, welches ihn erwartete, selbst für das Spiel, mit welchem dasselbe stets
endete, heute keinen Sinn gehabt. Er konnte an nichts
denken, als an seinen unseligen Wechsel.

Dieser beschäftigte ihn in der ganzen schlaflosen Nacht
und auch am folgenden Tage. Aber selbst bei angestreng-
testem Nachdenken fand er keinen Ausweg aus dem Labyrinth, in welches er verstrickt war.

So kam der Abend heran. Ehe er noch mit sich einig
war, mußte er den Weg nach der Cäcilienstraße antreten;
gerade heute durfte er keinenfalls zu spät im Spielsalon
des Grafen erscheinen. Panin hatte ihm gestern beim
Abschiede ausdrücklich gesagt: „Kommen Sie morgen recht
pünktlich. Wir werden einen großen Abend haben. Baron
S. will sich Revanche holen. Ich denke, er soll uns einen
kleinen Antheil an seinen väterlichen Millionen auf dem
Tempel lassen. Unter fünfzigtausend Mark kommt er
morgen schwerlich fort.“

Dieser Weisung folgend, eilte Hans, der sich ohnehin
schon etwas verspätet hatte, mit schnellem Schritt durch
die Straßen. Da wollte es das Unglück, daß er in der
Cäcilienstraße, gar nicht weit vom Hause des Grafen,
seinem Obersten begegnete, der Arm in Arm mit dem
alten General v. Werder langsam die Straße entlang
ging.

Als Hans seinen Vater nach jetzt drei Monaten zum ersten Male wieder sah, schlug ihm stürmisch das Herz. Wie traurig verändert hatte sich in dieser kurzen Zeit der alte Soldat. Er war ein hinfälliger Greis geworden, jeder Schritt wurde ihm schwer, ohne Hilfe hätte er wohl schwerlich gehen können, er mußte sich auf den Arm des Obersten stützen, der die Stelle des hinter dem General hergehenden alten Dieners einnahm.

Hans wollte schnell in eine Nebenstraße einbiegen, um der unerwünschten Begegnung mit dem Vater zu entgehen; aber es war zu spät. Der Oberst hatte ihn gesehen und erkannt, er winkte Hans, und dieser Wink war ein Befehl, welchem der Offizier Folge leisten mußte.

Der alte General schaute Hans, als dieser langsam näher kam, mit seinen scharfen, grauen Augen forschend an, aber kein Zug seines strengen Gesichtes verrieth, daß er irgend einen Antheil an dem Sohn nehme, und als nun Hans dienstlich grüßend vor seinem Vorgesetzten stand, blickte der General so kalt und gleichgiltig fort, als habe er gar nichts gemein mit dem Offizier, den der Oberst zu sich heran gewinkt hatte, und den dieser jetzt mit sehr ernstem, strengem Ton anredete.

„Sie wollten der Begegnung mit mir und Ihrem Herrn Vater ausweichen, Herr Baron v. Werber; es ist mir lieb, daß ich dies bemerkt habe; ich kann Ihnen jetzt in Gegenwart Ihres Herrn Vaters sagen, was ich Ihnen morgen doch hätte sagen müssen. Es laufen böse Gerüchte über Sie unter Ihren Kameraden, Gerüchte, die, wie ich hoffe, nicht begründet sind, die aber nicht ent-

standen sein können ohne ein Verschulden Ihrerseits. Ich
habe in Erfahrung gebracht, daß Sie zwar das mir gegebene Ehrenwort, nicht mit Ihren Regimentskameraden
zu spielen, gehalten haben, daß Sie aber um so begieriger
jede Gelegenheit zum hohen Spiel anderwärts aufsuchen,
wo sie sich Ihnen auch bieten mag, daß Sie insbesondere
fast täglich bei einem russischen Grafen Panin verkehren,
in dessen Salon ein wüstes, weit über die Verhältnisse
eines jungen Offiziers gehendes Hazardspiel stattfindet.
Ist diese Mittheilung begründet?"

Hans konnte nicht leugnen, durch sein Schweigen bejahte er die Frage des Obersten.

„Es ist mir ferner mitgetheilt worden, daß Sie bei
dem hohen Spiel in den letzten Wochen begünstigt worden
sind durch ein ganz wunderbares Glück, daß Sie ungeheure Summen gewonnen haben, Summen, die zusammen fast ein Vermögen ausmachen. Gerade an dies
wunderbare Glück, welches Sie im Spiel haben, knüpfen
sich unangenehme Gerüchte, welche nie direkt ausgesprochen, aber doch in Andeutungen von Mund zu Mund
gehen, Gerüchte, wie sie niemals gegen einen Offizier verbreitet werden dürfen. Es gibt für Sie nur ein Mittel,
Ihre Ehre zu reinigen: Sie dürfen nicht mit einem Schritt
wieder den Spielsalon dieses Grafen Panin betreten.
Wollen Sie mir Ihr Ehrenwort geben, daß Sie diesen
meinen Rath befolgen?"

„Ich kann es nicht! Ich habe mein Wort gegeben,
heute Abend —"

„Ah so, ich dachte es mir, Sie sind auf dem Wege

zu diesem sauberen Grafen, der ja hier in der Cäcilienstraße wohnen soll. Ihr Wort müssen Sie freilich halten; aber Sie können nicht Ihr Wort gegeben haben,
durch ein wildes, verwegenes Spiel das Glück herauszufordern und vielleicht von Neuem hohe Summen zu gewinnen, die dann nur dazu beitragen, den schmählichen
Gerüchten über Ihr Glück im Spiel neue Nahrung zu
geben. Ich verlange von Ihnen, daß Sie heute nur einige
ganz niedere Sätze wagen, daß Sie sich zurückziehen, sobald es angeht, um nie wieder — nein, ich will nicht zu
weit gehen, nicht schwer Mögliches verlangen — um für
ein ganzes Jahr nicht wieder an irgend einem Hazardspiel, sei es, wo es sei, Theil zu nehmen. Ich verlange
von Ihnen — verstehen Sie mich wohl, Herr Baron
v. Werber — ich verlange heute von Ihnen darauf Ihr
Ehrenwort."

„Ich kann es nicht geben, Herr Oberst, ich habe Ver-
bindlichkeiten —"

„Sie können keine höhere Verbindlichkeit haben, als
die, Ihre Ehre rein zu halten."

Der Oberst hielt einen Augenblick inne, er erwartete
eine Antwort, aber Hans konnte eine solche nicht geben.
Er würde freudig sein Ehrenwort verpfändet haben, aber
der Wechsel, der unselige Wechsel! Hans hatte bisher
mit niedergeschlagenen Augen den Worten des Obersten
gelauscht, jetzt blickte er unwillkürlich auf, um in dem
Gesicht des Vaters den Eindruck zu lesen, welchen auf
diesen seine Weigerung mache, aber es gelang ihm nicht.
Der alte General schien dem Sohne nicht die geringste

Beachtung zu schenken, er schaute theilnahmlos in's Weite.
Aber wie wunderbar! Plötzlich belebten sich die ernsten,
strengen Züge, es war, als ob das kalte, starre Auge
aufleuchte, als ob ein Lächeln über das faltige Gesicht
gleite. Hans folgte mit seinen Augen dem Blick des
Vaters, da sah er, wie eben aus der nahen Querstraße
sein Bruder Ernst in die Cäcilienstraße einbog. Dem
verstoßenen Sohn galt der freundliche Blick des Vaters, und als jetzt Ernst respektvoll grüßend vorüberging, erwiederte der General den Gruß, ja er erwiederte
ihn in freundlichster Weise, und mit einem Blick, der
wahrlich nicht Haß und Verachtung aussprach, folgte er
dem schnell sich Entfernenden; für Hans aber hatte er
keinen Blick.

„Ich habe Ihnen lange Zeit zum Ueberlegen gegönnt,“
fuhr der Oberst fort, „leider vergeblich. Sie wollen mir
Ihr Ehrenwort nicht geben und müssen nun die Folgen
tragen. Mein verehrter Freund, Ihr Herr Vater, ist mit
mir der Ueberzeugung, daß ein Offizier, an dessen Ruf
der leiseste Makel klebt, nicht länger in dem Regimente
dienen kann, an dessen Spitze zu stehen ich die Ehre habe;
ja, daß ein solcher Offizier kaum mehr das Recht hat,
überhaupt weiter zu dienen. Ich werde morgen bei Seiner
Majestät Ihre Versetzung erbitten, falls Sie es nicht vorziehen, selbst die Bitte um Ihren Abschied einzureichen,
was freilich das Wünschenswertheste wäre.“

Der Oberst erwartete keine Antwort mehr, er grüßte
kurz und schritt Arm in Arm mit dem alten General
weiter.

Noch lange Minuten blieb Hans auf der Stelle stehen, auf welcher der Oberst ihn verlassen hatte; verzweiflungs= voll schaute er den langsam durch die Straßen Wandeln= den nach. Den Abschied sollte er nehmen! Er war Soldat gewesen mit Leib und Seele, ein tüchtiger, schneidiger Soldat, und jetzt sollte er zurücktreten in den stets von ihm so tief verachteten Bürgerstand. Wenn er den Ab= schied nicht nahm, dann erhielt er ihn, er konnte ja die gegen ihn verbreiteten Gerüchte nicht Lügen strafen.

O dieser unselige Wechsel! Aber ein Hoffnungsstrahl leuchtete ihm doch plötzlich in dunkler Nacht auf. Viel= leicht ließ sich Graf Panin herbei, den Wechsel zurückzu= geben, wenn er erfuhr, daß sein Bundesgenosse versetzt werden sollte. Draußen in der Provinz konnte die er= zwungene Bundesgenossenschaft keinen Werth mehr für den Grafen haben; wenn er sich durch Bitten und Vor= stellungen erweichen ließ, den Wechsel einlösen zu lassen, dann konnte Hans morgen früh dem Obersten das ver= langte Ehrenwort geben. Von Panin hing sein Schicksal ab, von dem Wohlwollen des Grafen, diesen durfte Hans nicht durch ein längeres Zögern erzürnen. Noch einmal mußte er jedenfalls heute sich in sllavischem Gehorsam dem mächtigen Willen Panin's fügen.

Er beeilte seinen Schritt, kam er doch ohnehin schon später, als er versprochen hatte.

Eine große Gesellschaft hatte sich schon im Spielsalon um den Tempel versammelt, und das Spiel hatte längst begonnen, als Hans v. Werder in den Salon trat, um seinen gewöhnlichen Platz am Tisch, der ihm bereitwillig

eingeräumt wurde, einzunehmen; er wurde der Nachbar
des jungen Baron S., der sich heute wohl für ein groß-
artiges Spiel vorbereitet hatte, denn neben ihm auf dem
Tisch lag eine mit vielen hohen Geldscheinen gefüllte
Brieftasche und ein recht ansehnlicher Haufe von Goldstücken.

Es war im Panin'schen Salon nicht Gebrauch, daß
durch die Begrüßung zu spät Kommender durch den Grafen
das Spiel unterbrochen wurde. Hans konnte sich daher
nicht darüber beklagen, daß Panin für ihn kaum eine
leichte Verbeugung als Begrüßung hatte, aber er fühlte
doch ein leichtes Beben, denn der finstere Blick, von welchem die Begrüßung begleitet war, sagte ihm, daß Panin
ihm über die Verspätung zürne. Von den übrigen Mitspielenden wurde sein Kommen kaum beachtet, nur Baron
S. sagte ihm leise ein verbindliches Wort, der Rittmeister
v. Weblow aber, der seinen Platz wie gewöhnlich neben
Panin hatte, schaute ihn mit einem feindseligen Blicke an.

Schon ehe Hans in den Saal getreten war, waren
recht bedeutende Beträge auf die einzelnen Felder des
Tempels vertheilt gewesen, besonders Baron S. hatte hohe
Einsätze gewagt, aber ohne sonderlichen Erfolg. Gewinn
und Verlust hatten gewechselt, keiner der Spieler hatte
Glück oder Unglück gehabt, die Bank war fast in gleichem
Bestande geblieben, jetzt aber änderte sich schnell der Cha-
rakter des Spiels.

Durch einen Blick des Grafen erhielt Hans den Befehl, hoch zu setzen und kühn zu spielen; er mußte dem
Befehl folgen, obgleich er mit Beben an die Warnung

seines Obersten dachte. Fast jede Karte, welche er besetzte, gewann, so daß die Bank in großen Verlust gerieth, obgleich Baron S. jetzt ebenfalls verlor und durch den Verlust sich zu immer höheren, gewagteren Sätzen hinreißen ließ. Der Geldhaufen neben dem Baron schmolz immer mehr zusammen, aber er floß nur vorübergehend in die Bank, um sich dann Hans zuzuwenden, der mit einem wahrhaft erstaunlichen Glück spielte. Schon nach einer halben Stunde lag neben ihm auf dem Tisch eine so hohe Summe in Gold und Banknoten, daß er nur mit Bangen das schnelle Anwachsen desselben sah. Er hätte viel darum gegeben, wenn er durch ein leises Wort den Grafen hätte bitten können, ihm ein Weiterspielen zu erlassen, aber dies war unmöglich; er solle noch höher setzen, so lautete der durch einen finsteren Blick gegebene und von ihm nur zu gut verstandene Befehl. Er mußte gehorchen.

Schon zweimal hatte der Bube für ihn hohe Summen gewonnen, ein Blick des Grafen befahl ihm, den ganzen Gewinn mit dem Einsatz stehen zu lassen, und richtig, nach wenigen Sekunden schlug der Bube zum dritten Male für den glücklichen Spieler. In demselben Augenblick aber sprang der Rittmeister v. Wedlow auf, er legte die Hand auf die vor dem Grafen Panin liegenden abgezogenen Karten und rief mit lauter, durch den Saal schallender Stimme: „Halt! Das Spiel ist beendet! Der Treßbube hier lag soeben noch unten. Der Bankhalter schlägt die Volte und spielt mit gezeichneten Karten!"

Ein Blitz aus heiterem Himmel! Die fürchterliche

Anklage, welche der Rittmeister gegen Panin erhob, erfüllte alle die ahnungslosen Spieler mit tiefem Entsetzen,
sie sprangen von ihren Sitzen auf und schauten mit ver-
störten Blicken den Rittmeister und den Grafen an.

Auch Graf Panin war aufgesprungen. Sein Gesicht
zeigte eine fahle Leichenfarbe, seine Züge verzerrten sich
grauenhaft, sein Mund zuckte krampfhaft. Mit einem
Blick voll wilder Wuth schaute er den Rittmeister an, er
erhob gegen diesen die drohend geballte Faust, während
er in der linken Hand das halbe Kartenspiel mit den
Fingern fest umschlossen hielt. „Herr, Sie sind wahn-
sinnig!" schrie er mit heiserer Stimme. „Diese nichtswürdige Verleumdung müssen Sie mit Ihrem Leben be-
zahlen!"

Die riesige Gestalt des Kürassier-Offiziers erhob sich in
ihrer ganzen Höhe. Voll tiefer Verachtung schaute er
auf den Grafen nieder, und ruhig, ohne die geringste
Aufregung zu zeigen, erwiederte er: „Sie sollen die verdiente Genugthuung erhalten, wenn Sie es wünschen,
Herr Graf Panin, aber nicht im Duell, denn mit einem
Falschspieler schlägt sich kein Ehrenmann."

Nur mit einem Wuthschrei antwortete der Graf, mit
der geballten Faust wollte er den Rittmeister in das Gesicht schlagen, aber ehe er es zu thun vermochte, fühlte
er seinen Arm wie mit einem eisernen Bande umklammert. Der Rittmeister hatte ihn gepackt und drückte nun
mit wahrer Riesenkraft den Wüthenden nieder auf den
Sessel. „Wagen Sie noch einen solchen Angriff, dann
sind Sie dem Zuchthaus verfallen!" sagte er mit un-

erschütterlicher Ruhe, den sich wüthend Sträubenden auf dem Sessel festhaltend. „Ein Ruf von mir, dann bringt die Polizei hier ein. Das Haus ist umstellt. Wenn Sie sich nicht ruhig halten, sind Sie verloren."

Die wenigen Worte übten eine wunderbare Wirkung auf den Grafen aus; er biß die Zähne knirschend zusammen, aber er wagte es nicht, sich länger zu widersetzen; mit schlaff herabhängenden Armen und tief gebeugtem Kopf blieb er in seinem Sessel regungslos sitzen, als der Rittmeister ihn losließ und sich nun an die übrige Gesellschaft wendend sehr ruhig sagte: „Verzeihen Sie mir, meine Herren, daß ich Sie zu Zeugen einer brutalen Scene machen mußte, aber es galt, einen Betrüger und Falschspieler auf frischer That zu entlarven, und dies mußte geschehen. Ich durfte es nicht länger dulden, daß Sie durch falsches Spiel betrogen und ausgebeutet wurden."

„Herr Rittmeister, Sie sind im Irrthum, Sie müssen im Irrthum sein!" sagte der junge Prinz Carolat, der leichenblaß geworden war und an allen Gliedern zitterte, jetzt aber so weit sich gefaßt hatte, daß er seinem Gefühl durch Worte Ausdruck geben konnte. „Graf Panin ist ein Ehrenmann, er hat sich mir als der treueste, uneigennützigste Freund bewiesen, mit meiner eigenen Ehre möchte ich für die seine einstehen. Sie täuschen sich. Sehen Sie doch nur, der Bube ist ja für die Bank eine Verlustkarte und er ist vom Herrn v. Werber mit einer großen Summe besetzt. Es ist ja doch fast ein Wahnsinn, zu glauben, daß Graf Panin betrogen haben sollte, um zu verlieren. Wir sind in den letzten Wochen sämmtlich Zeugen von ben vielen großen Verlusten unseres Freundes gewesen. Sie müssen sich täuschen, Herr Rittmeister! Ich bin über= zeugt, Sie werden meinem Freunde, dem Grafen Panin, volle Genugthuung geben für die unerhörte, unbegründete Beschuldigung, welche Sie gegen ihn erhoben haben."

Die zusammengesunkene Gestalt Panin's hob sich wäh= rend der Worte des Prinzen, der Graf schaute wieder auf. „Dank, Durchlaucht, innigen Dank!" rief er, die Hand des Prinzen ergreifend und drückend. Aber so schnell sein Muth sich erhoben hatte, so schnell sank er wieder, als der Rittmeister mit unerschütterlicher Ruhe dem Prin= zen erwiederte:

„Ich täusche mich nicht, Durchlaucht! Seit Mo= naten weiß ich, daß Graf Panin falsch spielt, aber ich konnte es nicht beweisen. Heute erst habe ich den Beweis in meiner Hand, diese Karten, die sämmtlich ge= zeichnet sind."

„Aber er hat verloren, bedeutende Summen. Und jetzt wieder verliert er durch den Buben!"

„An den Herrn Baron v. Werder! Erinnern sich Durchlaucht, daß alle die großen Summen, welche der Graf Panin in den letzten Wochen nebst allem Gewinn der Bank verloren hat, stets nur an den Herrn v. Wer= der geflossen sind! Welchen Grund der Graf Panin ge= habt hat, den Herrn Baron durch sein falsches Spiel ge= winnen zu lassen, weiß ich nicht, aber ich weiß, daß er nur absichtlich verloren haben kann, was er von den übrigen Spielern gewonnen hat."

Aller Augen waren bei diesen Worten des Rittmeisters

auf Hans gerichtet, dessen Gesicht sich in flammender Röthe
färbte. Wurde auch gegen ihn die Anklage des falschen
Spiels, der Theilnahme am Betruge geschleudert? Hans
wußte es nicht, er fühlte sich mit getroffen, mit vernichtet
durch den gegen Panin gerichteten Schlag, sein böses Ge=
wissen sagte ihm, daß seine Schuld entdeckt sei. Es flim=
merte ihm vor den Augen, er sah nur noch undeutlich
seine Umgebung, aber er bemerkte doch, daß der Baron
S. sich von ihm zurückzog, daß auch sein Nachbar zur
Linken zurücktrat, und daß er jetzt, belastet mit der Ver=
achtung aller Kameraden, in dem weiten Kreise stand.
Er wußte nicht, was er dem Rittmeister entgegnen sollte,
und doch mußte er etwas sagen, wenn er sich nicht selbst
schuldig erklären wollte. „Herr Rittmeister, diese Be=
schuldigung —" stammelte er, aber der Rittmeister unter=
brach ihn:

„Verzeihung, Herr v. Werder, ich habe keine Beschul=
bigung ausgesprochen, nur eine Thatsache erwähnt. Ich
habe kein Recht, Sie zu beschuldigen daß Sie im Ein=
verständniß mit dem Grafen Panin gespielt haben, denn
ich besitze dafür auch nicht den Schatten eines Beweises,
bies erkläre ich hierdurch ausdrücklich; aber gegen den
Grafen Panin besitze ich den vollen Beweis des falschen
Spiels; ob dieser Beweis geltend gemacht werden soll,
um den Betrüger der Strafe des Gesetzes zu übergeben,
oder ob Sie, meine Herren, die Betrogenen, Gnade üben
wollen, muß ich Ihnen überlassen. Ehe Sie sich darüber
entscheiden, fühle ich mich verpflichtet, Ihnen Rechenschaft
abzulegen über mein eigenes Handeln. Schon seit Mo=

naten weiß ich, wie ich bereits erwähnte, daß Graf Panin
falsch spielt, aber vergeblich war ich bemüht, das Wie?
zu ergründen, einen Beweis zu erhalten. Ich wendete
mich endlich an einen höheren Polizeibeamten, einen
Mann von hoher Ehre und Rechtschaffenheit; ihm theilte
ich meinen Verdacht mit, er veranlaßte es, daß ich durch
einen alten, im Gefängniß befindlichen Falschspieler eingeweiht wurde in alle Geheimnisse des falschen Spiels,
der Zeichnung der Karten und der Vertauschung der
gezeichneten Karten. Mit dieser Kenntniß ausgerüstet, gelang es mir endlich, den lange gesuchten Beweis zu erhalten. Es lag mir nun die Frage vor, ob ich den Betrüger auf der That überraschen und ihn der Strafe des
Gesetzes übergeben solle? Wenn ich es that, mußten wir
Alle, meine Herren, gewärtig sein, in einem skandalösen
Prozeß als Zeugen auftreten zu müssen, selbst Seiner Durchlaucht dem Prinzen Sarolat konnte dies schwerlich er-
spart werden; ich beschloß deshalb, zwar den Betrüger
unschädlich zu machen, aber wo möglich uns Allen, mir
selbst und Ihnen, meine Herren, die beschämende Zeugen-
schaft zu ersparen. Den Beweis, daß Graf Panin falsch
gespielt hat, muß ich aber jedenfalls liefern, und hier in
meiner Hand halte ich diesen Beweis, die gezeichneten Karten;
aber ich bin noch nicht gezwungen, den Betrüger dem Straf-
gericht zu übergeben. Ich habe hierüber mit meinem
Freunde, dem Kriminalkommissär v. Höhnstädt, mich ver-
einigt. Auf einen Ruf von mir erscheint er nach wenigen
Minuten mit seinen Mannschaften in diesem Saale, be-
legt die gefälschten Karten mit Beschlag, hält eine Haus-

suchung ab und verhaftet den falschen Spieler; er notirt
zugleich die Namen aller Anwesenden; erfolgt mein Ruf
nicht, dann zieht sich die Polizei zurück, sie wird auch für
die Zukunft von einer Verfolgung des Grafen Panin Abstand nehmen, wenn dieser, der unablässig scharf beobachtet
wird, sich für die Zukunft des Hazardspiels enthält; sie
wird ihn dagegen unfehlbar sofort verhaften beim ersten
Versuch, wieder eine Bank aufzulegen. — Entscheiden Sie
nun, meine Herren, ob wir Gnade üben wollen, oder ob
ich die Polizei herbeirufen soll."

Prinz Sarolat hatte, während der Rittmeister sprach,
bald diesen, bald den Grafen Panin angeschaut. Er
wollte dem Rittmeister nicht glauben, er hielt es für
ganz unmöglich, daß ein Graf Panin, ein Mann, der sich
gegen ihn so freundschaftlich uneigennützig, ja so großmüthig gezeigt hatte, zum gemeinen Betrüger herab-
gesunken sein könne; aber so sehr er sich auch gegen einen
solchen Glauben sträubte, dieser drängte sich ihm doch
auf, als er die zusammengesunkene Jammergestalt des
Grafen betrachtete, der kein Wort der Rechtfertigung hatte,
der schweigend die gegen ihn erhobene fürchterliche Beschuldigung anhörte.

Ja, Panin war schuldig, er verdiente die härteste
Strafe; aber doch zog sich das Herz des feinfühlenden
jungen Prinzen krampfhaft zusammen bei dem Gedanken,
daß der Mann, dessen Gast er so oft gewesen war, in
dessen Gesellschaft er manche frohe Stunde verlebt, dem
er Vertrauen geschenkt und der ihm großmüthige Freundes-
dienste erwiesen hatte, der Schmach einer gerichtlichen

Verurtheilung ausgesetzt werden sollte. „Ueben Sie Gnade,
Herr Rittmeister, ich bitte Sie recht von Herzen barum!"
sagte er mit bebender Stimme.

„Gnade für den Schuft, der uns betrogen, der uns
erbarmungslos ausgeplündert hat? Nein, keine Gnade,
in's Zuchthaus mit ihm!" rief dagegen der Baron S., den
die Mittheilungen des Rittmeisters in eine wilde Aufregung versetzt hatten. „Der Schurke ist der Gnade nicht
werth!"

„Sehr wahr, Herr Baron," erwiederte der Rittmeister
ruhig. „Nicht aus Theilnahme für ihn stelle ich den
Herren anheim, ob Sie ihn der gerichtlichen Bestrafung
entziehen wollen, nur beshalb, weil der Verurtheilung
ein skanbalöser Prozeß vorangehen würde. Wir sämmtlich würden Zeugen sein müssen. Wir sind in der großen
Mehrzahl Offiziere, für uns würde es eine besonders
peinliche Pflicht sein, öffentlich Zeugniß abzulegen."

„Sehr wahr, lassen wir den Schuft laufen, unschädlich
ist er jetzt ohnehin!" so ließ sich eine andere Stimme
hören.

Ein lebhafter Streit erhob sich. Die wenigen Civilisten, zwei Gutsbesitzer und der Baron forderten energisch
die Bestrafung des Betrügers, die Offiziere dagegen ver-
langten so bringend, den Skandal nicht durch einen Prozeß
öffentlich zu machen, baß sich die Widersprechenden endlich
dem allgemeinen Wunsche beugen mußten, aber erst,
nachdem der Rittmeister v. Weblow auf sein Wort ver-
sichert hatte, er selbst werde die Anzeige gegen den Grafen
Panin bei der Staatsanwaltschaft einreichen, sobald er

erfahre, daß der Graf noch einmal sich an einem Hazard=
spiele betheilige. So lange aber eine solche Nothwendig=
keit nicht vorliege, bitte er, der Rittmeister, um Schweigen
über die Vorgänge des heutigen Abends.

Alle Anwesenden versprachen dies, nur Einer nicht,
und dieser Eine war Hans v. Werber. Hans stand ver=
einsamt in dem Kreise der aufgeregten Kameraden, er
wagte nicht Theil zu nehmen an dem Streite und nicht
an den Beschlüssen, durch welche derselbe beendet wurde.
Er fühlte, daß auch ihn fast in gleichem Grade, wie den
moralisch verurtheilten Grafen, die Verachtung und der
Haß der betrogenen Spieler traf, daß er als der Mit=
schuldige Panin's erkannt war, wenn auch Niemand diese
Ueberzeugung aussprach. Wie richtig sein Gefühl war,
dies zeigte sich, als jetzt nach erfolgter Einigung die Ge=
sellschaft sich zerstreute. Keiner der Kameraden würdigte
Hans zum Abschied auch nur eines Blickes, Alle gingen
an ihm vorüber, ohne ihn zu beachten.

Ein wilder Zorn loderte in Hans auf, er fühlte den
brennenden Wunsch, sich wenigstens an Einem von denen,
die ihn so verächtlich behandelten, zu rächen, mit dem
Blute des Beleidigers die erlittene Kränkung abzuwaschen.
Er trat einem jungen Dragoneroffizier, mit welchem er
früher befreundet gewesen war, der aber jetzt ebenfalls
ohne Gruß an ihm vorübergehen wollte, in den Weg, und
mit heiserer, vor Wuth zitternder Stimme sagte er: „Sie
verletzen die Gesetze des Anstandes, Herr v. Korwal! Es
ist unanständig, ohne zu grüßen, vorüberzugehen.“

Der Dragoneroffizier blieb stehen, mit einem Blick,

in welchem sich seine tiefe Verachtung aussprach, musterte
er Hans, dann erwiederte er, jedes Wort scharf betonend:
„Von Ihnen, Herr Baron v. Werber, nehme ich keine
Belehrung über die Gesetze des Anstandes und der Ehre an.“

„Sie werden mir Genugthuung für diese freche Be-
leidigung geben!“ rief Hans wüthend.

Ehe der Lieutenant v. Korwat auf diese Herausforderung antworten konnte, trat der Rittmeister v. Weblow
zwischen ihn und Hans, und zu diesem sich wendend, sagte
er mit tiefem Ernst: „Sie haben sich wohl übereilt, Herr
v. Werber, und werden bei ruhiger Ueberlegung nicht nur
die beleidigenden Worte zurücknehmen, welche Sie soeben
gesprochen haben, sondern auch Herrn v. Korwat um Entschuldigung bitten. Sie sind dies sich selbst und uns
Allen schuldig, die wir soeben uns gelobt haben, Schweigen über die Vorgänge dieses unseligen Abends zu beobachten. Knüpfte sich eine Herausforderung an dieselben,
dann würde es nicht zu vermeiden sein, daß der Ursache
der Forderung nachgeforscht würde. Ich würde mich
dann verpflichtet fühlen, dem Ehrengericht eingehende Mittheilungen zu machen über Alles, was ich weiß und was
ich denke! Ich bitte Sie, zwingen Sie mich nicht dazu,
nehmen Sie die in der Uebereilung gesprochenen Worte
zurück! — Und Sie, Herr v. Korwat, bitte ich, begnügen
Sie sich mit einer Bitte um Entschuldigung durch den
Herrn Baron v. Werber.“

Herr v. Korwat zuckte die Achseln. „Ob ich diesem
Herrn Genugthuung geben würde oder nicht, will ich
in diesem Augenblick nicht erörtern,“ erwiederte er.

„Jedenfalls kann es mir nur angenehm sein, wenn diese Er=
örterung durch eine einfache Zurücknahme der gesprochenen
Worte unnöthig wird.   Einer Entschuldigung bedarf ich
nicht und verlange sie nicht."

„Sie haben die Erklärung des Herrn v. Korwat gehört.
Nehmen Sie Ihre beleidigenden Worte zurück? Ich for=
dere es von Ihnen. Bedenken Sie, daß Ihre Zukunft von
Ihrer Entscheidung abhängt!"

Die in drohendem Tone gesprochene Aufforderung des
Rittmeisters verfehlte ihre Wirkung auf Hans nicht. Sein
Zorn war verraucht, er vermochte wieder nachzudenken
und sich klar zu machen, welche Folgen seine unüberlegte
Herausforderung haben konnte. Sie wurde von dem
stolzen Offizier verächtlich zurückgewiesen, eine Verhand=
lung vor dem Ehrengericht mußte stattfinden und das
Resultat derselben konnte nur ein schimpflicher Abschied
sein. Es brach jetzt Alles über ihm zusammen! Nur
durch Nachgiebigkeit gegen den Willen des Rittmeisters
konnte er sich vielleicht noch retten. „Ich nehme meine
Worte zurück!" sagte er.

Der Rittmeister verbeugte sich schweigend. Herr
v. Korwat aber drehte sich auf dem Absatz um und ging
fort, ohne Hans noch eines Wortes oder auch nur eines
Blickes zu würdigen. Seinem Beispiel folgten alle übrigen
Anwesenden; Hans mußte ihnen einsam, von Allen ge=
mieden, folgen, denn auch er durfte ja nicht zurückbleiben,
wenn er nicht seine Gemeinschaft mit dem entlarvten
Falschspieler verrathen wollte.

20.

Graf Panin sprang von seinem Sessel auf, als der
letzte der Gäste den Spielsalon verlassen hatte. Mit einem
Blick voll Haß und Wuth schaute er den Scheidenden
nach, drohend erhob er die geballte Faust und schüttelte
sie. „Wein her, Wein, Champagner! Charles, Schurke,
kannst Du Dich nicht beeilen?" rief er dem Diener zu,
der unthätig an dem Schenktisch stand und mit einem so
gleichgiltigen, theilnahmlosen Gesicht vor sich niederschaute,
als habe er nichts von den seltsamen Vorgängen gesehen
oder als böten dieselben für ihn gar kein Interesse.

Eilfertig gehorchte Charles, er nahm aus dem Eiskübel eine Flasche Champagner, während er diese ent-
korkte und den Pfropfen springen ließ, erglänzte auf seinem
abgelebten Gesicht ein tückisches Lächeln; es verschwand
aber in demselben Augenblick wieder, als er sich dem
Grafen zuwendete und ihm auf dem silbernen Teller das
eingeschenkte Glas präsentirte.

„Noch eins! Noch eins!" Drei Gläser leerte der
Graf schnell hintereinander, dann schleuderte er in einem
Wuthausbruch das Glas mit solcher Kraft zu Boden,
daß die Scherben weit über den Saal fortflogen. „Du
hast mich verrathen, Schuft! Weshalb hast Du mir nicht
gemeldet, daß das Haus von der Polizei umstellt ist?"
schrie er den Diener wüthend an.

„Ich wußte es nicht. Wie hätte ich es wissen können?
Ich habe den Saal nicht einen Augenblick verlassen."

„Du lügst, Schuft! Du hast dem Prinzen ein Glas
Wasser geholt."

„Das hatte ich vergessen; aber ich schwöre dem Herrn Grafen, ich habe wirklich nichts gewußt, nicht eine Ahnung gehabt — es ist auch vielleicht gar nicht wahr!"

„Nicht wahr? Zum Donnerwetter, das wäre möglich! Sollte dieser nichtswürdige Rittmeister mich angeführt, mich in eine so plumpe Falle gelockt haben? Fort mit Dir, schnell! Ich will wissen, wie es draußen steht. Wehe Dir, wenn Du mir nicht die Wahrheit sagst. Aber noch Eins. Ich will den Freiherrn v. Werber sprechen. Eile ihm nach, sag' es ihm. Wenn er zögert, umzukehren, sage ihm, ich lasse ihm befehlen, augenblicklich zu kommen. Hörst Du wohl, ich lasse es ihm befehlen! Und nun fort, in fünf Minuten mußt Du zurück sein. Sperr' die Augen auf! Schau' Dich besonders nach dem Kriminalkommissär v. Höhnstädt um, Du kennst ihn ja! Schicke mir den Jean, ich will ihn sprechen!"

Charles eilte, dem Befehl zu gehorchen, im nächsten Augenblick schon erschien Jean, der zweite Diener, der die ankommenden Gäste zu empfangen und zu melden, den scheidenden beim Anziehen ihrer Ueberröcke und Mäntel zu helfen hatte. Er nahte dem Grafen sehr demüthig, auf seinem Spitzbubengesicht aber lag der Ausdruck des bösen Gewissens.

„Sind Alle fort?"

„Zu Befehl, Herr Graf."

„Hast Du nichts Außergewöhnliches bemerkt?"

„Nichts, ich schwöre es Ihnen, Herr Graf!" versicherte Jean mit solchem Eifer, daß er schon hierdurch sich verrieth.

„Schurke, Du bist der Verräther, Du hast Dich bestechen lassen!" rief der Graf in höchster Wuth und mit der geballten Faust schlug er dem Zurücktaumelnden in's Gesicht. Jean wagte es nicht, sich zu vertheidigen, in maßloser Angst floh er vor dem Wüthenden.

Der Graf verfolgte ihn nicht, nach dem brutalen Wuthausbruche beruhigte er sich; mit übereinander geschlagenen Armen ging er hastig im Saal auf und nieder. Vor dem Bilde, welches er vor Wochen von dem Maler Werber gekauft hatte und welches jetzt seinen Salon schmückte, blieb er stehen.

„Alles geht jetzt schief, nichts gelingt mir!" murmelte er grimmig. „Auch bei der Kleinen komme ich nicht vorwärts. Vergeblich habe ich das unsinnige Geld für dies Bild ausgegeben, und nun wagt es dieser elende Maler gar noch, mir den Weg zu kreuzen! Und gerade jetzt muß mich der neue Schlag treffen! Höhnstädt, der Freund des Malers und Armin's, hat ihn durch den Rittmeister geführt. Der Maler soll es bereuen, daß er sich mir in den Weg gestellt hat! Er muß unschädlich gemacht werden um jeden Preis, denn Hertha muß jetzt mein werden, sie muß — sie muß!"

Er setzte seine Wanderung fort, erst als Charles zurückkehrte, erwachte er aus seinem düsteren Sinnen. „Nun, was hast Du beobachtet?" fragte er den seiner Anrede respektvoll wartenden Diener.

„Der Kriminalkommissär v. Höhnstädt war auf der Straße; ich habe ihn gesehen, er ging mit Herrn Rittmeister v. Weblow und sprach sehr eifrig mit ihm. Auf der Straße vor unserem Hause gehen zwei Männer auf und nieder, es sind Kriminalschutzleute, ich kenne sie schon seit langer Zeit. Auf der anderen Seite der Straße, unserem Hause gegenüber, stehen zwei Schutzmänner in Uniform, auf dem Hofe sind auch zwei, sie haben sich hinter dem Kellerhals versteckt, so daß sie die Hintertreppe beobachten können, zwei sind die Vordertreppe hinauf= gegangen, sie warten wahrscheinlich zwei Treppen hoch auf dem Flur. Der Portier hat sie in's Haus gelassen, sie haben ihm befohlen, nichts zu sagen; aber ich habe ihm einen Thaler gegeben, da hat er es mir erzählt. Vor einer Viertelstunde etwa sind die Schutzleute in's Haus gekommen."

Der Graf athmete tief auf. Die Bestätigung, daß die Polizei bereit gewesen war, auf ein Zeichen des Ritt= meisters in den Spielsalon einzubringen, beruhigte ihn. Daß sie nicht eingedrungen war, diente ihm zum Beweise, daß man ihn schonen wollte.

Viel ruhiger als vorher fragte der Graf: „Hast Du den Freiherrn v. Werder eingeholt und ihm meinen Be= fehl überbracht? Wird er kommen?"

„Er wollte erst nicht, er bat, der Herr Graf möchte ihn für heute entschuldigen; als ich ihm aber sagte, der Herr Graf ließen ihm befehlen, zu kommen, wurde er dunkelroth im Gesicht und zeigte nach den beiden Schutz= leuten, die auf der anderen Seite der Straße promenirten. ‚Ich werde kommen, wenn erst die Polizei sich zurück= gezogen haben wird, in einer Viertelstunde!' sagte er dann."

Der Graf lachte höhnisch auf. „Sehr vorsichtig! Er möchte sich gern salviren, aber er irrt sich, der edle Freiherr! Du kannst Dich zurückziehen, Charles. Ich will jetzt allein sein; wenn aber der Baron kommt, führe ihn hierher; hier will ich ihn empfangen, nicht im Schlafzimmer."

Der Graf setzte, nachdem Charles ihn verlassen hatte, seinen Spaziergang im Saale fort, er unterbrach ihn nur, wenn er an den Tisch kam, auf welchem die Champagnerflasche im Eiskübel stand, so lange, um sich einzuschenken und das Glas zu leeren. Der Wein regte ihn nicht auf, er diente ihm im Gegentheil, um seine zu sehr angespannten Nerven zu beruhigen. Er konnte jetzt wieder ganz klar denken. Seit er von der ihn lähmenden Furcht befreit war, daß trotz der Versicherung Weblow's doch die Polizei einschreiten werde, war er im Stande, Pläne für die Zukunft zu entwerfen, Pläne für ein neues Leben, denn das bisherige lag für lange Zeit abgeschlossen hinter ihm.

Die Zeit verflog ihm, er bemerkte es nicht, daß wohl eine halbe Stunde verging, ehe ihm Charles den Freiherrn v. Werder meldete, welcher der Meldung unmittelbar folgend in den Saal trat, gerade in dem Moment, als sich Panin in Gedanken recht eifrig mit ihm beschäftigte, ihm eine recht bedeutungsvolle Stellung in seinen Zukunftsplänen zutheilte. Ein ganz eigenes, boshaftes Lächeln zuckte über Panin's Gesicht, als er Hans erblickte. „Willkommen, mein theurer Baron!" rief er diesem zu. „Haben Sie doch den Weg zu mir wiedergefunden? Ich

fürchtete schon, auch Sie würden mich verlassen, wie die
Anderen Alle! Aber nein, Sie sind mein lieber, treuer
Freund, der auch im Unglück aushält bei dem Verstoßenen.
Sie wären wieder gekommen, auch wenn ich Ihnen meinen
Charles nicht nachgesendet hätte. Es bedurfte des Be-
fehls nicht, Ihr treues, liebendes Herz hätte Sie zu mir
zurückgeführt. Ja, lieber Baron, das Unglück soll uns
Beide nicht trennen, es soll uns nur fester vereinen in
treuer, unlösbarer Freundschaft! Das wollen Sie mir
sagen, nicht wahr? Und nun, mein lieber Baron, lassen
Sie uns vor allen Dingen zuerst unsere Kasse abschließen.
Das Geschäftliche muß erst geordnet sein, ehe wir bei
einem Glase Wein und einer guten Cigarre gemüthlich
unsere gemeinschaftliche Zukunft besprechen."

„Unsere gemeinschaftliche Zukunft?" fragte Hans. —
Schon die heuchlerisch freundschaftliche Begrüßung des
Grafen hatte ihn mit Bangen erfüllt, in den letzten Worten
aber lag eine Drohung, die seine Furcht erhöhte. Er
hatte während der halben Stunde, welche er einsam durch
die Straßen der Stadt wandernd verbracht hatte, nach-
gebacht über die letzten peinlichen und schreckenvollen Ereignisse, da war denn eine Hoffnung in ihm lebendig
geworden, die ihn beruhigte, ihm Muth einflößte. Der
Schlag, der Panin so unerwartet getroffen hatte, mußte
in seiner Folge segensreich für ihn selbst werden, er löste
die Kette, welche ihn an den Grafen fesselte, denn dieser
bedurfte seines Beistandes nicht mehr beim Spiele, er
mußte sich jetzt willig finden lassen, den Wechsel heraus-
zugeben. Mit dieser Hoffnung im Herzen war Hans zum

Grafen zurückgekehrt, um so größer war sein Schreck, als
sich jetzt ihm zeigte, daß er vergebens gehofft hatte, die
unsichtbare Kette zu zerreißen! Unsere gemeinschaftliche
Zukunft! Dies Wort sagte ihm, daß der Graf entschlossen
sei, die Kette nur noch fester als bisher zu ziehen, daß
er der Sklave des Verhaßten bleiben solle!

Der Graf lachte höhnisch auf, dann fragte er spöttisch:
„Haben Sie etwa geglaubt, daß ich allein die traurigen
Folgen unseres gemeinschaftlichen Pechs tragen soll? Für
mich die Schande, die Entehrung! Ich schutzlos preisgegeben den Beleidigungen dieses Spions, dieses brutalen
Rittmeisters, ausgestoßen aus der Gesellschaft, überwacht
von der Polizei und in jedem Augenblick in der Gefahr,
von dieser als Falschspieler vor das Gericht gestellt zu
werden? Sie aber, der edle Freiherr v. Werber, befreit
von dem Zwange, mir zu gehorchen, im Genuß des Ge-
winnantheils, welchen ich Ihnen überfreigebig und über-
großmüthig nach jedem Abende geschenkt habe, der Sorgen,
die Ihnen bisher Ihre Schulden gemacht haben, über-
hoben? Das wäre wohl so nach Ihrem Geschmack! Aber
Sie täuschen sich, mein verehrter Freund! Wie schwer ich
auch getroffen, wie tief ich auch erniedrigt bin, die Macht,
Sie zu vernichten, besitze ich noch! Ich vergesse es Ihnen
nicht, daß Sie nicht ein Wort zu meiner Vertheidigung
gehabt haben!“

„Was hätte ich sagen können?“ erwiederte Hans.

„Sie hätten dem Rittmeister entgegentreten müssen,
aber in feiger Furcht für Ihr eigenes Schicksal haben
Sie mich im Stich gelassen! Aber genug davon jetzt.

Machen wir zuerst unsere Kasse, nachher wird sich das Weitere finden. Noch sind wir nicht am Ende. Zählen Sie mein Geld auf!"

Schweigend gehorchte Hans, er wagte kein Wort der Erwiederung, fühlte er doch, daß die gegen ihn erhobenen Vorwürfe begründet waren. Er leerte seine Tasche und schichtete das Geld, Banknoten und Goldstücke, auf dem grünen Tisch auf, der Graf ordnete und zählte es so ruhig und geschäftsmäßig, wie an jedem der früheren Abende.

„Ich kann Ihnen heute nicht nachrechnen," sagte er, als er mit dem Zählen fertig war, „es kommt mir nicht darauf an, ob Sie sich um einige Hundert Mark geirrt haben."

„Herr Graf —"

„Spielen Sie nicht den Empfindlichen! Ich lasse die Berechnung stimmen, dies sei Ihnen genug. Wir haben trotz des frühen Schlusses des Spiels ein ganz leibliches Geschäft gemacht, fünftausendzweihundertzehn Mark gewonnen. Schade, es hätte ein schöner Abend werden können! Hier sind dreihundert Mark für Sie, mehr kann und will ich Ihnen nicht geben."

Hans nahm schweigend die drei Banknoten; er hatte sich schon so sehr daran gewöhnt, seinen Sündenlohn zu empfangen, daß er das Schimpfliche desselben kaum mehr empfand. Der Graf packte das übrige Geld zusammen und nahm es an sich, dann ging er langsam im Saale auf und nieder, vor dem von dem Maler Werber gekauften Bilde blieb er mitunter stehen, dann ging er

weiter. Endlich, nach einer langen Pause, welche für
Hans eine Zeit peinlicher, qualvoller Erwartung war,
endete er seine Wanderung, er kehrte zu Hans zurück, und
vor diesem mit verschränkten Armen stehen bleibend, betrachtete er ihn lange mit finster forschenden Blicken.

Was hatte dieses seltsame Benehmen zu bedeuten?
Hans fühlte eine namenlose Angst vor einem unbestimmten
Etwas. Ueber welchen Plänen der Graf auch brüten
mochte, für ihn waren sie verhängnißvoll, das wußte er,
ehe Panin noch ein Wort gesprochen hatte. Er sehnte
sich, endlich zur Entscheidung zu kommen, denn die Pein
der bangen Erwartung war kaum mehr zu ertragen, und
doch fürchtete er das entscheidende Wort.

„Herr Baron v. Werder!"

Hans zuckte bei der Anrede zusammen, das Blut stockte
ihm, die Hand, welche er auf den Tisch gestützt hatte,
zitterte. Panin bemerkte es, ein spöttisches Lächeln zuckte
um seine Lippen, als er fortfuhr:

„Ihr sehnlichster Wunsch ist, den Wechsel, welcher sich
in meinem Besitz befindet, zurück zu erhalten. Dieser
Wechsel ist, wie Sie wissen, für mich von unschätzbarem
Werthe, trotzdem bin ich bereit, ihn in Ihre Hand zu
legen; aber ich verlange dafür von Ihnen einen Freundschaftsdienst. Wenn Sie mir diesen Dienst leisten, will
ich vergessen, daß Sie mich heute im Stich gelassen haben;
verweigern Sie ihn, dann machen Sie mich zu Ihrem
Feinde, der nicht eher ruhen wird, ehe er Sie nicht vernichtet hat."

„Was verlangen Sie von mir?" fragte Hans bebend

mit gesenktem Auge, er vermochte es nicht, dem glühenden Blick des Grafen zu begegnen.

„Ich verlange nichts, was einem muthigen Offizier, der auf dem Schlachtfelde dem Tode furchtlos in's Gesicht geschaut hat, schwer fallen könnte. Sie sollen als Freund für mich einstehen gegen einen Feind, der sich zwischen mich und mein Lebensglück drängt, gegen einen Mann, der auch Ihr Feind ist, gegen den Sie eine tiefe Abneigung fühlen. Ich habe Sie in den Armin'schen Gesellschaften scharf beobachtet. Ich weiß, daß Sie den Maler Werber hassen. Auch ich hasse ihn, es kann Ihnen nicht verborgen geblieben sein, weshalb. Er hat sich zwischen mich und Hertha v. Ragnow gedrängt, Hertha liebt ihn. Ich würde selbst den elenden Menschen für seine Frechheit züchtigen, ich würde ihn zwingen, mir mit der Pistole in der Hand Genugthuung zu geben; aber ich kann es nicht, ohne mir selbst jede Hoffnung auf Hertha's Neigung zu zerstören. Fiele Werber von meiner Hand oder würde er auch nur schwer verwundet, dann träfe der Haß Hertha's mich und niemals würde sie mir verzeihen. Von Ihnen verlange ich, daß Sie als mein Freund für mich eintreten, daß Sie unter einem Vorwand, welcher es auch sei, Werber so schwer beleidigen, daß er als früherer Offizier gezwungen ist, Sie zu fordern, oder daß Sie selbst ihn fordern, wenn er es nicht thut. An dem Tage, an welchem Sie mir mittheilen, daß Ernst Werber von Ihrer Hand im Duell gefallen ist, erhalten Sie Ihren Wechsel zurück."

Sprachlos, starr vor Entsetzen, hatte Hans den Worten

des Grafen gelauscht. Einen Brudermord verlangte der
entsetzliche Mensch von ihm!

„Niemals," rief er in höchster Erregung, „niemals!"

„Bedenken Sie sich wohl, ehe Sie eine entscheidende
Antwort geben," erwiederte der Graf mit eisiger Ruhe.
„Denken Sie daran, daß morgen Ihr Wechsel fällig ist.
Bleiben Sie bei Ihrem ,niemals', dann wird er morgen
dem Freiherrn Ludwig präsentirt, die Folgen mögen Sie
sich selbst klar machen."

„Ich kann Ihren Willen nicht erfüllen, dies Duell ist
unmöglich. Alles mögen Sie von mir verlangen, aber
nicht, daß ich einen — Brudermord begehe. Ernst Wer=
ber ist mein Bruder!"

Der Graf fuhr so jäh zurück, als habe er einen Schlag
erhalten. „Werber ist Ihr Bruder? Der Maler Ernst
Werber der Bruder des Freiherrn Hans v. Werber?"

„Mein rechter, einziger Bruder, der Freiherr Ernst
v. Werber, der nur den Adel abgelegt hat, um seiner
Kunst zu leben. Sie müssen es selbst einsehen, Herr
Graf, daß ich ihn nicht fordern kann, daß dies Duell
unmöglich ist."

„Was ist unmöglich?" fragte der Graf, der sich wieder
gefaßt hatte, finster. „Es wäre nicht das erste Duell
zwischen feindlichen Brüdern. Jetzt, da ich weiß, daß er
ein Freiherr ist, ist er mir ein Feind geworden, den ich
vernichten muß um jeden Preis! Ihn und Sie, wenn
Sie sich weigern, den einzigen Freundschaftsdienst, den ich
von Ihnen verlange, mir zu leisten."

„Niemals! Ich kann es nicht."

„Sie werden es sich überlegen! Morgen früh erwarte ich Ihre Entscheidung! Ich halte mein Wort im Guten und Bösen. Verlassen Sie mich jetzt, Herr Baron v. Werber, wir haben nichts mehr miteinander zu verhandeln!"

Hans blieb noch einen Augenblick zögernd stehen; aber als er aufschaute und dem Grafen in's Auge blickte, erkannte er, daß bei ihm jede Bitte, jede Vorstellung vergeblich sei! Eine wilde Verzweiflung ergriff ihn, er stürzte fort.

21.

Wieder eine schlaflose Nacht! Seit jenem Unglückstage, an welchem Hans das dem Vater gegebene Ehrenwort gebrochen und sich hatte verführen lassen, im Salon des Grafen Panin zu spielen, war die Ruhe seiner Nächte dahin. Erst wenn der Morgen graute, verfiel er wohl in einen ruhelosen, durch die körperliche Erschöpfung erzwungenen Halbschlaf, aus dem er dann mit schwerem Kopf erwachte.

O diese Nächte! Sie waren noch fürchterlicher als die unseligen Tage! Keine äußere Störung unterbrach dann das verzweifelte Grübeln.

Endlos lang war die Nacht, und dennoch schien sie heute nur zu kurz, denn der gefürchtete Morgen des Tages, an welchem sich sein Schicksal entscheiden mußte, brach an, und immer noch hatte er keinen Ausweg gefunden aus dem Labyrinth von Schuld und Schande!

Ein Duell mit Ernst! Nein, so tief er auch gesunken war, diesen Gedanken vermochte er doch nicht zu fassen.

Er wußte es, daß der Graf sein Wort halten, daß
er den Wechsel heute noch dem Freiherrn Ludwig v.
Werber präsentiren lassen werde. „Morgen früh erwarte
ich Ihre Entscheidung!" hatte der Graf gesagt. Hans
schaute nach der Uhr. Schon zehn Uhr! Jetzt wartete der
Graf wohl kaum mehr oder höchstens noch eine Stunde,
dann gab er den Wechsel dem Herrn v. Armin zurück,
damit dieser ihn präsentiren lasse. Wenn Hans zu Armin
eilte, wenn er ihn mahnte an sein gegebenes Versprechen,
wenn er ihm das Geld für den Wechsel brachte und noch
mehr, die doppelte zur Einlösung nöthige Summe, ließ
sich dann nicht das Entsetzliche abwenden?

Thörichter Gedanke! Er war schon hundertmal in ihm
aufgetaucht und hundertmal verworfen worden! Armin
war ja ebensowohl der Sklave des Grafen, wie Hans selbst.

Aber es war doch möglich, daß Armin einen Ausweg
fand; an seiner Bereitwilligkeit hierzu zweifelte Hans
nicht, er hatte ihn ja als einen liebenswürdigen, gut=
müthigen Menschen kennen gelernt. Der Versuch mußte
gemacht werden, auch wenn es fast gewiß war, daß er
mißlingen werde.

Mit fieberhafter Hast kleidete sich Hans an. Als er
den Uniformrock angezogen hatte und der alten Gewohn=
heit folgend in den Spiegel schaute, bebte er zurück! Das
verstörte, verzerrte Gesicht, welches ihn aus dem Spiegel
anschaute, paßte nicht zu der eleganten, glänzenden Uni=
form. Nein, er konnte bei dem Gange, den er vorhatte,
die Uniform, auf welche er stets so stolz gewesen war,
nicht tragen! Nicht als Offizier durfte er um Gnade

bettelnd vor Armin erscheinen. Er vertauschte schnell die Uniform mit dem Civilanzug.

Halb elf Uhr war es, als Hans auf dem Flur vor der Thür der Armin'schen Wohnung stand und die Glocke zog. Armin öffnete ihm selbst die Thür, er erkannte im ersten Moment Hans nicht; das gleichgiltige Gesicht, mit welchem er den Fremden begrüßte, nahm aber schnell den Ausdruck schmerzlicher Wehmuth an, als er seinen Irr-thum gewahr wurde.

Hans wußte, was dieser Ausdruck zu bedeuten hatte, er hatte ohne Hoffnung den Weg zu Armin angetreten, aber sein Herz zog sich doch krampfhaft zusammen, als er jetzt seine Ahnung bestätigt sah, und er hatte kaum mehr den Muth, Armin, dem er in den Gesellschaftssalon ge-folgt war, sein Anliegen vorzutragen.

„Ich komme, um den heute fälligen Wechsel einzulösen, den Sie vor drei Monaten die Gefälligkeit hatten, für mich zu diskontiren," sagte er. „Sie versprachen mir da-mals, den Wechsel nicht aus der Hand zu geben, ihn womöglich zu prolongiren, dies Letztere ist nicht nöthig; ich besitze die Mittel zur Einlösung."

„Sie bringen mich in eine peinliche Verlegenheit, Herr Baron," erwiederte Armin, und er sagte die Wahrheit, er befand sich wirklich in peinlicher Verlegenheit, sein mit glühender Röthe überflogenes Gesicht, der scheue, ge-senkte Blick bewiesen es. „Ich muß Ihnen leider be-kennen, daß ich mein Versprechen nicht habe halten können. Ich sagte Ihnen schon damals, daß ich nicht selbst das Geld besaß, um den Wechsel zu diskontiren, ich habe dies

im Auftrage eines Anderen gethan, und dieser hat mir
schon vor längerer Zeit den Wechsel, der ja nicht mir,
sondern ihm gehörte, abgefordert. Ich hatte kein Recht,
ihn zurückzuhalten."

„Ich weiß es, aber ich glaubte, Graf Panin würde
Ihnen denselben zum Inkasso wieder zurückstellen."

„Sie wissen, daß Graf Panin den Wechsel besitzt? —
Nun wohl, dann begehe ich keine Indiskretion, wenn ich
Ihnen sage, daß der Graf beabsichtigt, ihn heute Ihrem
Herrn Onkel präsentiren zu lassen, mir aber hat er ihn
zu diesem Zweck nicht anvertraut. Ich weiß nicht, welche
Verabredung Sie mit Ihrem Herrn Onkel getroffen haben,
als dieser Ihnen sein Accept gab; aber fast scheint es
mir, als hätten Sie ihm versprochen, selbst die Einlösung
zu besorgen. Wenn dies der Fall ist, und wenn es
Ihnen aus anderen Gründen unangenehm ist, daß der
Wechsel Ihrem Onkel präsentirt werde, kann ich Ihnen
nur rathen, eilen Sie so schnell wie möglich zu ihm. Sie
besitzen die Mittel zur Einlösung, bringen Sie ihm dieselben; aber ich bitte Sie, eilen Sie, damit er das Geld
in der Hand habe, ehe er den Wechsel sieht. Ich kenne
Ihren Herrn Onkel von früherer Zeit her, ich weiß,
welchen Einfluß das Geld auf ihn ausübt. Welche Ver-
abredungen Sie auch mit ihm getroffen haben, er kann
Alles verzeihen, wenn seine Habsucht, sein Geiz nicht in
Frage kommt. Eilen Sie zu ihm, Herr Baron! Dies
ist der einzige Rath, den ich Ihnen geben kann; aber ich
bitte Sie, verlieren Sie keine Minute, jede kann kostbar
sein!"

Armin sprach in tiefer innerer Erregung. Er wußte, daß der Wechsel gefälscht war, aber er durfte sein Wissen nicht merken lassen, er wußte auch, daß der Freiherr Ludwig v. Werder den Wechsel zurückweisen würde, und daß Graf Panin gerade dies beabsichtigte, aber seine Theilnahme für den jungen Offizier bewog ihn, diesem, den Absichten Panin's entgegen, den einzigen Rath zu geben, durch welchen Hans der Entdeckung seiner Fälschung vielleicht vorbeugen konnte.

Hans konnte nicht im Zweifel sein, daß Armin ihm wirklich in bester Absicht und aus bester Ueberzeugung rathe; zwar fühlte er ein tiefes inneres Widerstreben, Armin's Rath zu befolgen. Er erinnerte sich der grauenhaften Freude, welche sein Onkel gezeigt hatte bei dem Gedanken, daß der älteste Sohn des verhaßten Bruders der Entehrung verfallen sei. Jetzt war ihm die Gelegenheit geboten, seine Rache zu befriedigen, den Sohn des Bruders nicht nur des Ehrenwortbruches, sondern sogar der Fälschung zu bezichtigen. Es war sicherlich nutzlos, sein steinernes Herz durch Bitten erweichen zu wollen; aber der Ertrinkende greift nach einem Strohhalm. Möglich war es doch, die letzte, die einzige Möglichkeit für Hans, der Entdeckung seines Verbrechens vorzubeugen! — Er beschloß, den Rath Armin's zu befolgen, gelang es nicht, den Onkel zu erweichen, dann — ja dann blieb immer noch der letzte Weg übrig, den er schon vor drei Monaten hatte beschreiten wollen.

Mit einem Händedruck nahm er Abschied von Armin, der ihm noch eindringend: „Eilen Sie! Verlieren Sie keine

Sekunde!" nachrief. Vor der Hausthür traf er eine
Droschke, und durch das Versprechen eines Trinkgeldes von
drei Mark bewegte er den Kutscher, sein Pferd zur äußersten
Kraftanstrengung anzutreiben. Noch war es nicht elf
Uhr, als der Wagen vor dem Hause Wartenbergstraße 47
hielt.

Noch öder, armseliger und unheimlicher als früher
erschienen heute Hans der Hof und die schmutzigen Treppen
des Hauses, und als er nun vor der Thür stand, welche
das Schild mit dem Namen seines Onkels trug, da hatte
er die größte Lust, wieder umzukehren; er bedurfte der
Selbstüberwindung, um die Klingel zu ziehen.

Der schrille Ton der Glocke erschallte, gleich darauf
erschien an dem Guckloch in der Thür ein graues, fun=
kelndes Auge, und schon im nächsten Moment klirrten die
Riegel, sie wurden eiligst zurückgeschoben, die Thür öffnete
sich und in derselben stand der alte Freiherr. Seit drei
Monaten hatte Hans den Onkel nicht gesehen, die kurze
Zeit hatte einen verheerenden Einfluß auf den alten Mann
ausgeübt, er war in derselben um Jahre gealtert. Seine
verwitterten Züge erschienen noch welker und schlaffer als
damals, der zahnlose Mund noch eingefallener, nur das
graue Auge hatte nichts von dem unruhigen Feuer ver=
loren, welches aus demselben hervorblitzte. Die hohe Ge=
stalt war weit vornübergebeugt, der alte Mann konnte
sich nur noch mit Mühe an einem Stocke, den er in der
zitternden Hand hielt, aufrecht erhalten.

Ein ganz eigenes Lächeln verbreitete sich über des Frei=
herrn abgelebtes Gesicht, als er Hans begrüßte. „Da bist

Du ja," sagte er, zwischen den einzelnen Worten hüstelnd. „Ich habe Dich schon seit einer Stunde erwartet. Seit drei Monaten hast Du Dich nicht sehen lassen bei dem armen, alten Onkel; aber ich wußte es ja, Du würdest wiederkommen, und heute mußtest Du kommen."

„Du erwartetest mich heute?" fragte Hans mit versagender Stimme. Eine bange Ahnung, daß er zu spät komme, stieg in ihm auf.

„Seit einer Stunde! Aber komm' nur herein, wir haben miteinander zu sprechen."

Mit zitternder Hand schob der Freiherr die schweren Eisenriegel vor die Thür, dann ging er Hans voran nach dem Wohnzimmer. Selbst die wenigen Schritte schienen ihm unendlich schwer zu werden, nur indem er sich auf den Stock stützte, vermochte er sie zurückzulegen, und als er nun endlich das Sopha erreichte, sank er kraftlos, mühselig Athem holend, auf dasselbe nieder; aber trotzdem richtete er sich doch sofort wieder auf, um das Dolchmesser vom Tisch zu nehmen und es neben sich so in die Kissen des Sopha's zu verbergen, daß er es in jedem Moment ergreifen konnte; erst als er dies gethan hatte, lehnte er sich erschöpft zurück.

„Nimm Dir einen Stuhl, setze Dich," sagte er mit schwacher Stimme. „Nicht zu nah' zu mir, dorthin — so ist's recht, ich habe viel mit Dir zu sprechen; aber erst muß ich einige Minuten ruhen, um wieder zu Kräften zu kommen."

Er schwieg, schwer athmend lehnte er in den Kissen, einem Sterbenden würde er geglichen haben, wenn nicht

die grauen Augen so unheimlich funkelnd aus dem ab-
gezehrten Gesicht hervorgeschaut hätten. Während er sich
ausruhte von der Anstrengung, welche ihm der kurze Weg
nach der Thür und das Zurückschieben der Riegel gemacht
hatte, war für Hans Zeit genug, nachzudenken über die
seltsamen Empfangsworte des Onkels. Dieser erwartete
ihn seit einer Stunde. Wußte er, daß ihm heute der
Wechsel präsentirt werden sollte, oder war dieser vielleicht
gar schon vor einer Stunde präsentirt worden?

Als Hans nachsinnend über diese Frage vor sich niederschaute, fiel sein Blick unwillkürlich auf den Tisch vor
dem Sopha, auf welchem verschiedene Papiere lagen. Der
alte Freiherr mochte wohl unmittelbar vorher mit dem
Schreiben eines Briefes beschäftigt gewesen sein, vor seinem
Platz lag auf dem Tisch ein Briefbogen, auf welchem
schon einige Zeilen geschrieben waren. Aber nicht dieser
Briefbogen war es, der plötzlich die Aufmerksamkeit des
vor sich nieder Schauenden fesselte, sondern ein anderes
Papier, welches zwischen dem Briefbogen und der rothen
Löschpapierunterlage verborgen, nur mit einer Ecke sichtbar
war. Im Wachen und im Träumen hatte dies unselige
Papier seit drei Monaten dem Ruhelosen vorgeschwebt,
dieser kleine, bläuliche, mit wenigen Zeilen bedruckte und
beschriebene Papierstreifen, über welchem quer fort geschrieben die Worte standen: „Angenommen, Ludwig Freiherr v. Werder." Nur eine kleine Ecke des Wechsels schaute
unter dem angefangenen Brief hervor, nur einige ge-
schriebene Buchstaben „Ang—" waren auf dem bläulichen
Papier zu sehen, aber sie genügten für Hans. Er er-

kannte seinen Wechsel; dieser lag unter dem angefangenen
Brief, er befand sich also bereits im Besitze des Onkels!

Hans hätte laut aufjubeln mögen! Sein Wechsel war
eingelöst, jetzt war jede Gefahr beseitigt! Wie schweres
Unrecht hatte er doch in Gedanken dem alten Manne ge=
than, als er ihn der Grausamkeit, des hartherzigsten Geizes
beschuldigt hatte! Eine Regung inniger Dankbarkeit
wallte in Hans auf, er mußte dem alten Manne, der ihm
Ehre und Leben rettete, danken! Er sprang auf und
näherte sich dem auf dem Sopha sitzenden alten Mann,
da aber fuhr dieser jäh empor, riß den zwischen den
Kissen versteckten Dolch hervor und mit schriller Stimme
schrie er: „Zurück! Komme mir nicht zu nahe, oder
ich stoße Dich nieder!"

Hans wich zurück, der in thörichter, feiger Furcht
zitternde alte Mann flößte ihm Mitleid ein. „Wie kannst
Du nur glauben, Onkel, daß ich Böses gegen Dich im
Sinne habe?" sagte er milb. „Ich wollte Dir die Hand
drücken, wollte Dir danken."

„Bleib' mir vom Leibe und komm' mir nicht zu nahe!
Setze Dich, aber noch weiter zurück, ich will Dich nicht
so nahe bei mir haben — noch etwas weiter — so ist es
recht. Nun können wir mit einander verhandeln. — Also
danken willst Du mir, dann weißt Du also schon, daß
ich den Wechsel hier eingelöst habe?"

Er zog den Wechsel unter dem Briefbogen hervor
und schwenkte ihn Hans vor den Augen hin und her,
dann legte er ihn wieder auf den Tisch vor sich hin.

„Ein nettes Papierchen!" fuhr er höhnisch fort, „angenommen, Ludwig Freiherr v. Werder,' ausgestellt und in blanco girirt von ‚Johann Freiherrn v. Werder,' ein Zuchthauspapierchen! Du verstehst Dich doch jämmerlich schlecht auf das Fälschen! Der Schuft, dem Du den Wechsel verkauft hast, hat ihn gekauft, weil er wußte, daß das Accept falsch war, sonst verdiente er Prügel, wenn er sich durch solche jämmerliche Fälschung hätte täuschen lassen. Ich begreife nur noch nicht recht, weshalb der Wucherer verblüfft war, als ich ihm vor einer Stunde bei der Präsentation des Wechsels sagte: ‚Das Accept ist nicht von mir geschrieben; aber ich löse den Wechsel doch ein und behalte mir das Weitere vor.' Es schien fast, als wolle er mir den Wechsel wieder fort= nehmen, als ich ihn schon in der Hand hatte, aber ich hielt ihn fest und gab ihm das baare Geld, dreitausend= sechshundert Mark! Und nun habe ich den Wechsel, Hans, da liegt er! Ein kostbares Papier! Nicht um die zehnfache Summe würde ich ihn wieder aus der Hand geben!"

Er hielt in seiner langen, durch fortwährendes Hüsteln unterbrochenen Rede inne; der Athem fehlte ihm, er legte sich wieder tief erschöpft in die Kissen zurück; aber mit funkelndem Auge betrachtete er Hans, ein boshaftes, höhnisches Lächeln spielte dabei um seinen zusammen= gekniffenen Mund.

Die Freude, welche Hans bei der ersten Entdeckung, daß der Onkel den Wechsel eingelöst habe, gefühlt hatte, war schnell verflogen. Als er jetzt in das verzerrte Ge= sicht des alten Mannes schaute, überkam ihn eine namen-

lose Angst. Nicht um ihn zu retten, hatte der Onkel den
Wechsel eingelöst!

Mit bebender Stimme sagte Hans: „Onkel, ich komme
zu Dir, um Dich anzuflehen, daß Du mir den Mißbrauch
Deines Namens verzeihst. Ich hoffte, Du solltest ihn
nie erfahren, ich wollte den Wechsel einlösen, ehe er fällig
wurde, aber es ist mir nicht gelungen. Ein Todfeind
von mir wollte den Wechsel benutzen, um mich zu ver=
derben, er gab ihn nicht heraus, obgleich ich ihm das
Geld baar zahlen wollte. Deshalb komme ich nun zu
Dir, Onkel! Ich bringe Dir die ganze Summe des
Wechsels, nur für eine Stunde hast Du sie ausgelegt, und
dafür danke ich Dir aus vollem Herzen.“

„Er dankt mir!“ rief der Freiherr höhnisch auflachend.
„Thörichter Knabe, glaubst Du, ich werde noch einmal
mich um den Vollgenuß meiner Rache betrügen lassen?
Vor drei Monaten glaubte ich endlich am Ziel meiner
Wünsche zu stehen! Da hast Du mich schnöde betrogen!
Meine Unterschrift hast Du gefälscht und dadurch meine
Rache an Deinem nichtswürdigen Vater vereitelt. Ich
war damals außer mir vor Wuth, aber ich tröstete mich
endlich mit der Hoffnung, daß Du doch wiederkommen
würdest. Du warst Deinem Schicksal rettungslos ver=
fallen, das wußte ich und das tröstete mich. Von dieser
Hoffnung habe ich gelebt, sie hat mich aufrecht erhalten!
Ich will nicht sterben, ehe ich mich gerächt habe! —
Ich will nicht! — Ich will nicht! — Heute Morgen
war ich so schwach und elend, daß ich glaubte, ich w
den Abend nicht erleben. Ich schrieb an ein liebes

welches mir versprochen hat, dem alten verlassenen Manne
die letzte Lebensstunde zu verschönen, mir die müden Augen
zuzudrücken. Als ich den Brief geschrieben und fort-
geschickt hatte, brach ich zusammen, ich meinte, meine letzte
Stunde sei gekommen, da weckte mich der Wucherer, der
mir Deinen Wechsel brachte, zu neuem Leben! Das
stockende Blut fließt mir wieder lebendig durch die Adern,
jetzt, da endlich, endlich die Stunde der Rache gekommen
ist, sterbe ich nicht! Und Du Thor meinst, ich würde sie
Dir für elendes Geld verkaufen? Du erhältst diesen kostbaren Wechsel niemals zurück! Dein Vater soll ihn mir
abkaufen, er soll und muß sein Ehrenwort, Dir niemals
zu helfen, brechen, sonst wandert sein ältester Sohn in
das Zuchthaus! Ich habe Dich lieb gehabt, Hans, Du
wirst es nach meinem Tode erkennen; aber eher will ich
Dich todt zu meinen Füßen oder verzweifelnd in der
Zuchthäuslerjacke sehen, ehe ich auf meine Rache verzichte!
Keine Gnade, kein Erbarmen! Der stolze General soll
sich demüthigen vor mir! Dies sei meine letzte Lebens-
freude! Hier liegt der Brief, den ich an ihn schrieb, Du
magst ihn selbst überbringen. Ich schrieb ihm: Willst
Du die Schmach, Dein Ehrenwort zu brechen, oder Deinen
ältesten Sohn als Fälscher dem Zuchthaus zu überliefern,
nicht erleben, dann denke an die Mahnung, die Du mir
einst zugerufen hast, als ich Dir sagte: Ich nehme mir
das Leben, wenn Du mich nicht rettest. ‚Du kannst nichts
Besseres thun!' antwortetest Du mir damals. Heute rufe
ich Dir zu: ‚Du kannst nichts Besseres thun!'"

Ein schwerer Hustenanfall zwang den alten Freiherrn,

sich zu unterbrechen; wieder sank er kraftlos in die Kissen zurück, er bedurfte einer längeren Ruhe.

Auch der letzte Hoffnungsschimmer war jetzt in Hans erstickt. Aber gab es denn gar kein Mittel, den Wahnsinnigen zu zwingen? Da alle Bitten ihn nicht zu erweichen vermochten, war gegen ihn jedes Mittel des Zwanges nicht nur erlaubt, sondern durch die Pflicht der Selbsterhaltung geboten. Dort auf dem Tisch neben dem angefangenen Brief lag der Wechsel, die Quelle alles Unglücks. Mit einem kühnen Griff war er zu erreichen. War das unselige Papier vernichtet, in zahllose Stücke zerrissen, wer wollte dann noch beweisen, daß Hans die Unterschrift des Onkels gefälscht habe?

Ein kühner Griff! Der schwache, in die Kissen zurückgesunkene Alte konnte ihn nicht hindern, und wehe ihm, wenn er es versuchte! In einem Kampf um das Leben und um die Ehre gab es keine Schonung!

Kein Zögern mehr!

Er sprang auf und griff nach dem Wechsel, aber in demselben Moment schnellte auch der Freiherr empor, die wilde Wuth, welche ihn ergriff, als er das kostbare Papier bedroht sah, verlieh ihm neue Lebenskraft. „Du willst mich berauben, Schurke!" schrie er mit heiserer Stimme. „Das ist Dein Tod!" Den Dolch zum Stoß bereit in der erhobenen Rechten stürzte er sich auf Hans, nur durch einen plötzlichen Seitensprung entging dieser dem tödtlichen Stoß und schon wieder erhob sich die mörderische Hand gegen ihn.

Ein Kampf um Leben und Tod! Mit der linken

Hand umklammerte Hans den rechten Arm des Alten, mit der rechten packte er diesen an der Kehle und suchte ihn, die Faust zusammenpressend, niederzudrücken auf das Sopha. Der alte Mann wehrte sich mit Anstrengung seiner ganzen Kraft, aber diese erlosch schnell, der Dolch entfiel seiner Hand, er stolperte und stürzte nieder, im Fallen mit der Schläfe hart gegen die Tischkante anschlagend.

Hans beugte sich herab zu dem besinnungslos am Boden Liegenden, mit tiefem Entsetzen sah er, daß aus einer Wunde an der Schläfe das Blut hervorquoll. — War der Unglückliche todt? — Nein, noch lebte er, noch bewies dies ein leichtes Zucken des Mundes, aber im nächsten Moment schon regte er sich nicht mehr, der Athem stockte.

Starr vor Schrecken stand Hans vor dem regungslosen Körper. Er hatte während des Feldzuges viele Sterbende, viele Todte gesehen, ihm konnte es nicht zweifelhaft sein, daß ein Todter vor ihm lag.

Das hatte er nicht gewollt! Und nun? War er nicht ein Mörder, wenn er auch nicht hatte morden, nur sich selbst vertheidigen wollen?

Er beugte sich noch einmal nieder. — Kein Zweifel, sein Onkel war todt!

Als Hans sich wieder aufrichtete, stieg ihm das Blut in glühendem Strom nach dem Kopf. Eine Fluth wilber, wirrer Gedanken durchkreuzte sich. „Du bist ein Mörder!" rief ihm die innere Stimme zu, „ein Ehrloser, ein Fälscher, der Hehler betrügerischen Spieles, und nun auch noch ein Mörder!"

Lange, lange Zeit, wie lange, das wußte er nicht,

stand er, ohne zu einem klaren Gedanken kommen zu
können, von Schreck und Entsetzen gebannt, regungslos
vor dem Todten, er kam erst wieder zum Bewußtsein, als
plötzlich der schrille Ton der Klingel draußen in der
kleinen Küche erschallte.

Es wollte irgend Jemand zu dem alten Freiherrn!
Wenn jetzt ein Fremder in das Zimmer drang, den Todten
fand und bei ihm den Mörder! Aber nein, diese Sorge
war gegenstandslos, die Thür draußen war von innen
verriegelt, es konnte hier Niemand eindringen, ehe nicht
der Riegel zurückgeschoben wurde. Wer auch draußen
sein mochte, mußte glauben, der alte Mann sei nicht zu
Hause, und sich entfernen, wenn auf mehrfaches Klingeln
nicht geöffnet wurde.

Und so geschah es. Hans horchte mit gespannter Aufmerksamkeit. Noch zweimal ertönte die Klingel, dann
ließen sich draußen die schweren Schritte eines die Treppe
hinuntergehenden Mannes hören.

Hans athmete etwas freier auf; er war jetzt wieder
im Stande, zu denken. Was sollte er thun? Das Un-
abänderliche war geschehen, dem Todten konnte er keine
Hilfe mehr leisten. Die Pflicht der Selbsterhaltung gebot
ihm, jetzt zu fliehen. Wenn es ihm gelang, ohne einem
Menschen zu begegnen, die Wohnung des Onkels und
das Haus zu verlassen, dann konnte auf ihn sicherlich niemals ein Verdacht fallen.

Dort auf dem Tisch lag noch immer das unselige
Papier, der Wechsel und der angefangene Brief, sie freilich durften nicht gefunden werden! Mit zitternder Hand

nahm Hans den Wechsel und den Brief, er knitterte die beiden Papiere zusammen und steckte sie in die Tasche.

Dann schaute er sich noch einmal im Zimmer um, auf den Todten wagte er keinen Blick mehr zu werfen, er nahm seinen Hut und auf den Zehen schlich er durch die Küche nach der Flurthür. Er schaute durch das runde kleine Loch, es war Niemand draußen auf dem Flur; mit größter Behutsamkeit zog er langsam den Riegel zurück, um das Klirren zu vermeiden.

Es gelang, die Thür öffnete sich geräuschlos, er trat hinaus und schloß sie hinter sich.

Schnellen Schrittes eilte er die Treppe hinunter, auf dem ersten Absatz aber schon prallte er zurück, ihm entgegen kam die Treppe herauf der Doktor Maximilian Schnorrig. Im jähen Schreck blieb Hans stehen, aber in demselben Moment fühlte er, daß er sich beherrschen müsse.

Doktor Schnorrig zog mit seiner gewohnten respektvollen Höflichkeit den Hut. „Habe die Ehre, Sie zu begrüßen, Herr Baron!" sagte er. „Sie kommen von dem Herrn Onkel. Ich war eben im Begriff, zu versuchen, ob er wohl meinen Besuch annehmen würde. In Ihrem Interesse, Herr Baron! Ich habe gehört, daß heute Ihr Wechsel dem Herrn Onkel präsentirt werden wird und da wollte ich versuchen, den alten Herrn vorher zu benachrichtigen und günstig für den Herrn Baron zu stimmen!"

„Ist nicht nöthig, Herr Doktor," erwiederte Hans, der Zeit gewonnen hatte, sich zu fassen. „Der Wechsel ist bereits präsentirt und von meinem Onkel eingelöst worden. Sie können sich die Mühe, die Treppe zu steigen,

sparen, mein Onkel würde Ihren Besuch doch nicht annehmen, er läßt heute Niemand mehr zu sich. Er ist so
krank und schwach, daß er kaum im Stande war, mich
bis zur Thür zurück zu begleiten und diese hinter mir
zu verriegeln."

Es kostete Hans furchtbare Anstrengung, im ruhigsten
Tone diese Worte zu sprechen, aber es gelang ihm.

„Dann hat mein Besuch allerdings keinen Zweck und
ich kehre mit Ihnen um," erwiederte Doktor Schnorrig
arglos, mit einem Lächeln fuhr er fort: „Es hat wohl
einen harten Kampf mit dem alten Herrn gegeben, Sie
sehen noch ganz blaß und verstört aus, Herr Baron?"

„Nicht deshalb. Mein Onkel war sehr freundlich.
Mir ist nicht recht wohl, ich habe starken Kopfschmerz."

Hans erwiederte den tiefen Gruß, mit welchem
Schnorrig sich empfahl, als Beide auf der Straße anlangten, viel freundlicher und höflicher, als er dies sonst
wohl gethan haben würde, dann ging er schnell vorwärts;
aber schon nach wenigen Schritten jagte ihm eine zweite
Begegnung einen neuen Schreck ein. Die niedliche Kleine,
die im Armin'schen Hause bei den Donnerstagsgesellschaften
die Gäste bedient hatte, kam ihm eiligen Schrittes entgegen; sie schaute ihn im Vorübergehen an, aber offenbar
erkannte sie in dem Civilisten nicht den eleganten Offizier,
den sie nur in glänzender Uniform gesehen hatte, sonst würde
gewiß ein Lächeln das Wiedererkennen verrathen haben.

(Fortsetzung folgt.)

Eine Täuschung.

Novelle

von

Alma Weißmann.

Bleigrau hing der Himmel über der weiten Ebene;
nur fern im Westen, wo dunkle Fichten den Horizont be-
grenzten, lag ein gelblich fahler Schimmer, der Vorbote
des herannahenden Gewittersturmes, über den Wolken-
massen. Zuweilen fuhr ein kurzer Windstoß über die
Wiesen und Stoppelfelder hin, dann lastete wieder jene
seltsame Stille auf der Gegend, als hielte die Natur
ängstlich lauschend den Athem an.

War es nur die ungünstige Beleuchtung, der Mangel
an Licht und Sonnenschein, der die Landschaft in diesem
Augenblicke so eintönig und dürftig, den bescheidenen Guts=
hof dort, inmitten der dazu gehörigen Wirthschaftsgebäude,
so unschön und verwittert erscheinen ließ? Freilich, um
den „Haidhof" zu einem eleganten oder auch nur anmuthigen Bau umzuwandeln, dazu hätte es mehr bedurft,
als der lachendsten Frühlingssonne. Schlicht und schmuck-
los, ohne Thürmchen und Erker, wie solche die Edelsitze
rings in der Gegend zierten, trug er unleugbar das Ge-

präge deſſen, was er in der That war, eines mühſam
bewirthſchafteten, mühſam behaupteten Wittwenbeſitzthums.
Das einſtöckige Gebäude mit ſeinem himmelanſtrebenden,
altersgrauen Schindelbache zeigte nur zu deutlich, daß die
Gutsherrin für Verſchönerung des Hofes weder Sinn noch
Mittel hatte.

Auf der grasbewachſenen, ſchlechtgehaltenen Fahrſtraße,
die zum Haupteingange des Wohnhauſes führte und auf
welcher wohl nur Oekonomiefuhrwerke verkehren mochten,
denn die Familie hielt keine Equipage zu eigenem Ge-
brauche, ſchritt geſenkten Hauptes ein junges Mädchen;
eine anmuthige Geſtalt, ſchlank und hochgewachſen wie
die Fichten drüben am Waldesſaum. In der unbehand-
ſchuhten Hand hielt ſie einen großen altmodiſchen Regen=
ſchirm mit dickem Horngriffe, das einfache graue Sommer=
kleid reichte kaum bis über ihre Knöchel und ließ die in
feſten Lederſchuhen ſteckenden wohlgeformten Füße ſichtbar
werden. Unter dem breiten, mit einem farbigen Seiden=
bande geknüpften Strohhute quoll eine Fülle freigetragener
dunkelbrauner Locken hervor, und als das Mädchen jetzt
bei einer Biegung des Weges das Haupt erhob, um mit
ſpähenden Augen in die Ferne zu blicken, konnte man ein
ſchmales, bräunliches Geſicht, mit feingebogener Naſe,
ſchwellend rothen Lippen und ſchöngeſchwungenen Brauen
gewahren. Das Entzückendſte aber in dieſem jungen
Mädchenantlitz waren die großen dunklen Augen, die ſo
lebensdurſtig und ſehnſuchtsvoll in's Weite blickten, als
wollten ſie Umſchau halten nach dem Glücke, das doch
bereinſt des Weges ziehen müſſe.

Im Weitergehen warf die einsame Wandrerin einen flüchtigen Blick nach dem Himmel, an welchem sich die Regenwolken immer dunkler und schwerer zusammenzogen, eine Wahrnehmung, welche sie augenscheinlich zu größerer Eile antrieb, und dann einen zweiten zurück nach dem Hause, das sie vor Kurzem verlassen, als fürchtete sie, bei dem drohenden Unwetter von dort angehalten oder zurückgerufen zu werden.

Als sie vielleicht eine kleine halbe Stunde so dahingeschritten war und nun schon am Waldessaume im Schutze der Bäume weitergehen konnte, zog sie plötzlich ihr Taschentuch hervor und schwenkte es freudig grüßend in der Luft, während ein fröhliches Aufleuchten über ihre Züge ging. Nur so scharfe junge Augen, wie die ihren, die von Jugend auf an einen weiten Umblick gewohnt gewesen, konnten auf solche Entfernung die Gestalt erkennen, die auf der Landstraße, am graulich verschwimmenden Horizonte eben erst als schwarzer Punkt auftauchte. Nach dieser mehr auf gut Glück geschehenen Begrüßung nahm das Mädchen hastig den Regenschirm unter den Arm, die Falten des Kleides in die linke Hand, und fort ging es wie der Wirbelwind, den steinigen, holperigen Weg entlang, als flöge sie nach Jahre langer Trennung dem Geliebten entgegen.

Es wäre allerdings ein sehr jugendlicher Geliebter gewesen, dem das schöne Mädchen hier in die Arme eilte, wenig älter, als sie selber, und gleich ihr ein frisches, bildschönes Menschenkind. Sein Ränzel trug er auf dem Rücken, die Beinkleider waren aufgestülpt, um sie vor dem

Schmutz der Landstraße zu bewahren, der seine Stiefel reichlich bedeckte, denn zu der Zeit, in welcher unsere Er- zählung spielt, waren die Eisenbahnen spärlich in deutschen Landen, und minderbemittelte Studenten hielten noch lange an der alten Gewohnheit fest, die Heimreise in den Ferien zu Fuße zurückzulegen.

Als das Mädchen bis auf wenige Schritte an ihn herangekommen war, blieb der jugendliche Wanderer stehen und breitete mit komisch zärtlicher Geberde pathetisch beide Arme aus; aber es lag trotz aller Schelmerei ein gut Theil wirklicher Rührung in dem herzhaften Kusse, den er auf die rothen Lippen der Schwester drückte.

„So kann kein Stadtkind laufen, wie unsere alte, lange Albertine," sagte der Heimkehrende, ihr lächelnd die er- hitzten Wangen streichelnd. „Was für ein thörichtes Ding Du bist, Angesichts des drohenden Regengusses so weit von Hause wegzulaufen, nur um mich ein paar Minuten früher als die Uebrigen begrüßen zu können! Nun, mach' nur kein so jämmerliches Gesicht," fügte er begütigend hinzu, als er sah, wie ein düsterer Schatten über die Züge seiner Schwester flog. „Ich habe Dich gewiß nicht kränken wollen; Du weißt ja, wie lieb ich meinen guten, treuen Kameraden habe, wie ich mich freue, ihn in den ‚heimatlichen Gefilden'" — er warf einen etwas spöttischen Blick auf die nüchterne Gegend rings umher — „zuerst begrüßen zu können."

Und während er nun fröhlich seinen Arm unter den ihren schob, sie sanft zum Weitergehen zwingend, fragte er nach Dem und Jenem, nach dem Befinden der Mutter,

der kleinen Schwestern, nach Knechten und Mägden, schließlich auch nach den Ergebnissen der Ernte.

Mit der Ernte sei es noch ziemlich gut geworden, be-
richtete Albertine so obenhin; die Schwestern seien wohl
und vergnügt, die Mutter wenigstens das Erstere. Es
sei Alles, wie es immer gewesen, dasselbe eintönige Leben,
wie es ihm von Alters her bekannt. Ihr selber gehe so
ein Tag nach dem anderen mit Nähen, Bügeln und Garten-
arbeit hin; das sei gerade nicht übermäßig heiter. Die
einzige Abwechslung böten eben die Klavier- und Gesang-
stunden, die der alte Lehrer ihr und den Schwestern nach
wie vor zweimal in der Woche ertheile; und was es mit
diesem Unterrichte auf sich habe, das wisse ja der Bruder
selbst am besten.

„Du glaubst nicht, Theodor,“ fügte sie heftiger hinzu,
„welche Sehnsucht nach etwas Anderem mich oft erfaßt!
Manchmal, wenn wir Sonntag Nachmittags auf unseren
Spaziergängen am Dorfwirthshause vorübergehen und Geige
und Brummbaß der Bauernmusikanten so lustig daraus
hervortönen, überkommt mich oft ein förmliches Gefühl
des Neides auf unsere Mägde, die wenigstens einmal in
der Woche ein paar Stunden lang so recht von Herzen
lustig sein dürfen. Die Mutter mit ihrem ernsten Sinn
und ihrer nüchternen Weltanschauung hat kein Verständniß
für solche jugendliche Regungen; ihr dürfte ich damit
nicht kommen! Sie meint, wer seine Pflicht erfülle und
gesund sei, der habe keinen Grund zur Klage, so lange er
an des Lebens Nothdurft nicht Mangel leide. Es fragt
sich eben nur, was ist des Lebens Nothdurft? Für mich

vermuthlich Anderes, als für sie! O Theodor, Theodor,
welche wahnsinnige Sehnsucht erfaßt mich manches Mal,
hinauszukommen aus dem alten Hause, aus den alten
Verhältnissen, fort, fort in die weite Welt! ... Ja,
wenn ich ein Mann wäre, da wollte ich meinen Weg im
Leben wohl zu finden wissen! Lieber heute als morgen
packte ich mein Ränzel und zöge auch auf eine Univer-
sität. Freilich," setzte sie plötzlich zögernd hinzu, „es
würde doch kaum gehen, und so ist es wohl am Ende
besser, daß ich nur ein Mädchen bin; zwei Söhne könnte
die Mutter nie studiren lassen, das kostet zu viel Geld.
Die arme Mutter, sie quält und sorgt sich ohnedies Tag
und Nacht, um mit ihrem spärlichen Einkommen für uns
Alle Brod zu schaffen. Du hast in der letzten Zeit auch
mehr gebraucht, als wir hofften, Theodor," — eine leichte
Röthe zog bei diesen Worten über das Gesicht des jungen
Mannes — „nicht, daß ich es Dir mißgönnte," fuhr
Albertine haftig fort, „und auch die Mutter ist ja in
diesem Punkte viel nachsichtiger gegen Dich, als gegen uns
Andere; aber es ist ihr doch oft recht schwer gefallen, das
nöthige Baargeld aufzubringen, so daß sie sogar schon
daran gedacht hat, einen Theil unseres Waldes zu ver-
äußern. Es wäre doch recht schade um die stolzen, alten
Bäume; mir thut das Herz weh, wenn ich denke, daß sie
fallen sollen. Ist doch der Wald das einzig Schöne an
unserem Besitzthum, das einzig Schöne in der Gegend
überhaupt!"

Ganz sanft hatte sie die letzten Worte gesprochen, als
wolle sie in diesem günstigen Augenblicke zaghafte Für-

sprache einlegen für ihre bedrohten Lieblinge bei einem
despotischen Gebieter.

Ein verlegenes Schweigen folgte diesen Worten, und
des Bruders fröhliches, gutmüthiges Gesicht zeigte momentan
einen recht bekümmerten Ausdruck.

„So schlimm wird es ja wohl nicht werden," ent=
gegnete er endlich mit einem leisen Seufzer. „Du legst
es ja ordentlich darauf an, mir bei meiner Heimkehr das
Herz recht schwer zu machen. Ich will mich Dir gegen=
über nicht besser hinstellen, als ich bin, gewiß nicht; ich
hätte vielleicht noch zurückgezogener leben, meine Ausgaben
noch mehr beschränken können, hätte ich allezeit Eurer und
der Heimath gedacht. Aber, lieber Gott, was für ein
Leben wäre das gewesen! Ihr Frauen hier daheim in
Eurem stillen Erdenwinkel habt ja kaum eine Ahnung
davon, wie schwer es Einem fällt, immer und überall
zurückzustehen, wenn die flotten Kameraden lustig in den
Tag hinein leben. Dich, zum Beispiel, sieht hier Nie=
mand über die Achsel an, wenn Du ein verblichenes Kleid
und grobe Schuhe trägst; einfach, weil der Vergleich mit
Anderen mangelt. Aber nimm einmal an, Du solltest
so, wie Du hier vor mir stehst, hinein in die große Stadt,
unter all' die eleganten Damen, die für Deine ländliche
Toilette nur ein geringschätzendes Lächeln hätten, glaubst
Du nicht, daß sich dann manchmal in Deinem Herzen ein
brennendes Verlangen regen würde, es diesen Leuten gleich
zu thun und ihnen zu zeigen, daß Deine Gestalt ebenso
zierlich, Deine Füße ebenso wohlgeformt sind, wie die
ihrigen?"

Albertine sah nachdenklich vor sich hin. „Ich weiß nicht, wie ich in solchem Falle empfinden würde, lieber Theodor; aber das darfst Du glauben, daß es auch uns Anderen hier nicht immer so ganz leicht wird, die Beschränkung, die uns die Mutter auferlegen muß, willig zu ertragen. Ab und zu geschieht es ja doch auch, daß sich in unsere abgeschiedene Gegend andere Leute verirren, als Hausirer und Viehhändler; Leute, vor welchen es uns Mädchen gar nicht besonders freut, in Kleidern zu erscheinen, die sogar Dir alt und verblichen vorkommen.“

Ein spöttisches Lächeln kräuselte unmerklich die Lippen des jungen Mannes, während er seine Blicke rasch über die Gestalt der Schwester hingleiten ließ.

„O Eitelkeit!“ rief er dann aus. „Zählt denn auch schon dieses stille Thal zu Deinen eroberten Gebieten? Sag' einmal, Schatz, wer ist denn hier gewesen im verflossenen Jahrzehnt? Sei ohne Sorge, er thut's gewiß nicht zum zweiten Male, und Ihr könnt noch fünfzig Jahre lang hier Euren Kohl in Frieden bauen und Eure Wäsche in Frieden bleichen.“

Ihm kam der brüderliche Egoismus, mit welchem er seiner schönen Schwester so kaltblütig ein trübseliges Verblühen in der Einsamkeit in Aussicht stellte, gar nicht zum Bewußtsein, aber das Mädchen fühlte denselben doch heraus aus Theodor's Rede, und eine Regung des Unmuths verlieh momentan ihren bräunlichen Wangen ein tieferes Roth.

„So sprichst Du eben, weil Du noch keine Ahnung hast, was hier bevorsteht,“ stieß sie ärgerlich hervor. „Du

kannst Dir vielleicht vorstellen, wie groß die Aufregung
bei uns zu Hause ist, wenn ich Dir sage, daß wir in
den nächsten Tagen — Einquartierung bekommen werden!"

Schon während der letzten Worte war der gekränkte
Ausdruck von ihrem frischen Antlitz verschwunden, und
helle Jugendlust sprühte wieder aus ihren dunklen Augen,
während sie mit einem wahren Siegeslächeln auf den
Bruder blickte.

„Einquartierung?" wiederholte dieser fragend. „Wo-
her sollte denn die kommen? Wir leben doch im aller-
tiefften Frieden."

„Natürlich," lachte Albertine, „wie könnte ich denn
sonst so fröhlich sein! Eine ganz neue Einrichtung, weißt
Du," fuhr sie wichtig fort, „von Preußen überkommen,
meint der Bürgermeister, der nicht gerade selig darüber
ist. Zu militärischen Uebungen sollen nämlich hier in
der Gegend ein paar Regimenter oder eine Brigade, oder
wie man das heißt, zusammengezogen werden. Es muß
das eine Menge Menschen sein, da sie in den Wirths-
häusern der umliegenden Dörfer bei Weitem nicht Alle
Unterkunft finden können und rings auf die Bauernhöfe
und Besitzungen vertheilt werden müssen. Vor acht Tagen
schon hat die Mutter von der Behörde ein Schreiben zugestellt erhalten, worin ihr mitgetheilt wird, daß sie auf
drei Tage zwanzig Mann in ihrem Hause unterzubringen
habe. Die Mutter sagt, die kommen selbstverständlich nur
auf Stroh in die Scheune. Aber die Offiziere — denke
Dir nur, Theodor, wir bekommen ja auch einen Obersten
und zwei jüngere Herren, ich weiß nicht mehr, was die

Letzteren sind. Natürlich kommt auch Militärmusik; das wird ein anderer Spaß, als das langweilige Geklimper auf unserem alten, kurzathmigen Leierkasten! Wir freuen uns Alle unsinnig auf diese herrliche Zeit, das heißt wir ,Jungen', von mir angefangen bis hinunter zum letzten Hüterbuben. Die Mutter freilich war nicht wenig ärger=lich, als sie die Mittheilung erhielt, und das ist am Ende nur natürlich, denn die Einquartierung der fremden Leute wird uns viel Kosten und Mühe machen. Dem Obersten muß man die gute Stube zur Verfügung stellen, für die anderen Offiziere werden im ersten Stockwerke Betten auf=geschlagen, und uns Mädchen packt man einstweilen zu=sammen in die blaue Hinterstube. Und so geschieht denn wirklich das Unerhörte: man erlebt einmal etwas auf unserem alten, langweiligen Haidhofe."

Albertine war so vertieft in ihre Mittheilung und all' die Betrachtungen, welche sie daran knüpfte, daß sie mit ihrem Bruder nur langsam heimwärts schlenderte, ohne der schwarzen Wolken weiter zu gedenken, die schon vor fast einer Stunde drohend am Himmel gestanden; und jetzt, da die Beiden kaum noch wenige Minuten vom Hofe entfernt waren, prasselte erst in einzelnen schweren Tropfen, dann plötzlich wolkenbruchartig ein Gewitterregen auf sie herab, dem auch ein Regenschirm so solider Bauart, wie der des jungen Mädchens, nicht Stand zu halten ver=mochte. Obschon die Geschwister Hand in Hand im raschesten Laufe das Wohnhaus zu erreichen trachteten, trieften doch ihre Gewänder vor Nässe, als sie glücklich unter'm Thorbogen angelangt waren, und eine schmale,

feuchte Straße bezeichnete auf dem Bretterboden der Ein-
fahrt in Schlangenlinien den Weg, den die Heimkehren-
den zurückgelegt hatten.

An der Schwelle der großen, mit dunklem Eichenholz
gedielten Wohnstube trat Frau Bäumer ihren beiden Erst-
geborenen entgegen. Mutterstolz und Freude verschönten
und milderten den etwas herben Ausdruck ihrer scharfen
Züge, als sie den geliebten Sohn begrüßend in die Arme
schloß. Sie war eine große, hagere Frau mit gelblich
blasser Hautfarbe, aber noch jugendfrischen Augen und pech-
schwarzen Haaren, die, schlicht gescheitelt, Schläfe und
Ohren halb verbargen. Das Schicksal mochte diese Frau
wohl nicht mit zarten Händen angefaßt und den Reiz der
Jugend vorzeitig von ihrem ernsten Angesicht hinweg-
gewischt haben, trotzdem blieben darin die Spuren früherer
Schönheit, die Aehnlichkeit mit den blühenden Gestalten,
die vor ihr standen, unleugbar. Jetzt lag in ihrer ganzen
Erscheinung etwas Klösterliches, hervorgerufen durch die
Einfachheit ihres dunklen Kleides, von dem sich nur ein
schmaler Halskragen in blendender Weiße abhob. Uebrigens
bei aller Strenge ein sympathisches Gesicht, voll fester
Willenskraft, wie geschaffen, um einem großen Haushalte
zweckbewußt und energisch vorzustehen.

Frau Bäumer, der jede heftige Gefühlsäußerung un-
passend schien, hatte die Rührung des Wiedersehens rasch
überwunden, und schaute nun mit prüfenden Blicken den
Heimgekehrten an.

„Du bist ja patschnaß geworden, mein armer Junge, und
mußt nun vor Allem die Kleider wechseln; wie ungeschickt,

daß Dich dieser Regenguß noch im Freien erreicht hat! Na, das war bei Dir freilich nicht zu ändern; aber für Dich, Albertine," wandte sie sich jetzt mit weit schärferer Stimme an das junge Mädchen, „wäre es wohl zu vermeiden gewesen, wenn Du, wie wir Alle, Theodor's Heimkehr hübsch zu Hause hättest erwarten wollen. Du liegst mir die ganze Woche mit Klagen und Wünschen über Deinen Anzug im Ohre; ich glaube nicht, daß Dein graues Kleid durch diese Wanderung sonderlich gewonnen hat. Nun sei so gut, Dich umzuziehen, und ein ander' Mal, ehe Du das Haus verläßt, wirst Du so freundlich sein, mich wenigstens davon in Kenntniß zu setzen; so selbstständig bist Du denn doch noch nicht geworden, daß Dein Kommen und Gehen einzig und allein von Deinem eigenen Ermessen abhinge!"

Die also Zurechtgewiesene öffnete einen Augenblick die Lippen wie zu einer heftigen Erwiederung, dann verließ sie jedoch, ohne gesprochen zu haben, das Zimmer.

„Noch immer, wie von jeher, ein wenig auf dem Kriegsfuße mit Albertinen?" sagte Theodor lächelnd, während er begütigend seinen Arm um den Hals der Mutter legte. „Sie hat sich so sehr darauf gefreut, mich wiederzusehen nach der langen Trennung, daß sie dem Drange, mir entgegen zu laufen, nicht widerstehen konnte."

„Kriegsfuß ist ein etwas seltsamer Ausdruck, wenn es sich um den gerechten Tadel einer Mutter gegenüber der höchst eigenwilligen Tochter handelt," entgegnete Frau Bäumer etwas gereizt. „Und wer sagt Dir denn, daß ich mich nicht ebenso, und mehr als sie, auf Dein Nach-

hausekommen gefreut habe? Es ist mir trotzdem nicht
eingefallen, schon vor einer Stunde vom Bügeltische wegzulaufen, da die Wäsche doch unbedingt heute noch besorgt
werden muß. Albertine weiß so gut wie ich, wie viel
es noch zu thun gibt, bevor wir die ungebetenen Gäste
in's Haus bekommen. Sie hat Dir doch jedenfalls die
große Neuigkeit, die ihr nun den ganzen Tag im Kopfe
steckt, unterwegs längst mitgetheilt?"

Theodor nickte und meinte gutmüthig, es sei ja am
Ende nur natürlich, wenn Albertine und die Kinder sich
der kleinen Abwechslung in der Einförmigkeit ihres Lebens
freuten; aber die Mutter vermochte sich einmal mit der
Aussicht auf die kommende Einquartierung nicht zu be-
freunden, und traf mit ziemlich düsterer Miene alle darauf
bezüglichen Vorbereitungen.

Als am letzten Abend vor Ankunft der Einquartierung
das übliche allgemeine Abendgebet auf dem Haidhofe eben
beendigt war und das Gesinde sich zurückziehen wollte,
hielt die Hausfrau Knechte und Mägde noch ein paar
Augenblicke in der Wohnstube zurück.

„Wenn morgen die fremden Leute in's Quartier kommen," sagte sie streng, „hoffe ich, daß Ihr Männer Euch
anständig gegen sie betragt, freundlich und zuvorkommend,
wie es sich gegen Gäste ziemt; ich will von keinem Wort-
wechsel und keiner Zänkerei hören, und würde es nicht
gelten lassen, würde Einer von Euch die Schuld hiervon
den Soldaten zumessen. Ich werde mich allein an Euch
halten, und Ihr haftet mir für die strengste Ordnung. —
Was aber Euch betrifft," wandte sich die Frau dann zu

ben verblüfft und ängstlich dareinschauenden Mägden,
„Ihr werdet Euch wohl hüten, den fremden Leuten mehr
als nöthig in den Weg zu kommen, oder gar mit ihnen
herumzustehen und zu schwatzen, auch nach Feierabend
nicht. Wer diesem meinem bestimmten Befehl zuwider
handelt, thut mir damit zu wissen, daß er auf dem
Haidhofe nicht länger dienen will. Verstanden?"

Ein stummes Nicken der Männer war die Antwort
auf die energische Ansprache der Dienstherrin; die Mägde
blickten verschämt zu Boden, und schweigend, aber mit
etwas langen Gesichtern verließ die ganze Gesellschaft die
Wohnstube, in der nur die Familienmitglieder zurückgeblieben waren. Die kleine Standrede der gestrengen
Frau schien indeß noch nicht völlig zu Ende; die zweite
Hälfte derselben stand augenscheinlich noch bevor und
wurde losgelegt, sobald die Schritte des Gesindes in der
Ferne verhallten.

„Was ich zu den Mägden sagte, gilt, zum Theile
wenigstens, auch für Euch, Kinder, den Herren gegenüber,
die vermuthlich mit an unserem Tische speisen werden.
Ihr drei Kleineren," sprach sie, sich an drei anmuthige
Mädchen von fünfzehn, zwölf und zehn Jahren wendend,
„laßt Euch nicht einfallen, bei den Mahlzeiten irgend
etwas zu verlangen oder überhaupt zu sprechen, bevor ich
Euch durch einen Blick eigens dazu ermächtigt habe.
Theodor und Albertine sind alt genug, um zu wissen, wie
wohlerzogene junge Leute sich Fremden gegenüber zu be-
tragen haben. Ihr werdet um so höheres Lob verdienen,
je mehr es Euch gelingt, durch äußerste Bescheidenheit

Eure Anwesenheit vergessen zu machen, wenn letztere über=
haupt nothwendig ist. Sobald dies nicht der Fall ist,
thut auch Ihr am besten, Euch den Blicken der fremden
Offiziere so viel als möglich zu entziehen."

Frau Bäumer hatte während des letzten Theiles ihrer
Rede fast ausschließlich die Augen auf ihre Tochter Al=
bertine gerichtet, und diese fühlte, wem die gegebenen Ver=
haltungsmaßregeln in erster Linie gelten mochten.

„Die Mutter war heute Abend wirklich ganz unleid=
lich," flüsterte sie auf dem halbdunklen Gange ihrem
Bruder zornig in's Ohr, als sie mit einem kurzen „Gute
Nacht!" die Wohnstube verlassen hatte. „Wenn wir morgen
drei Wehrwölfe in's Quartier bekämen, hätte sie's nicht
schlimmer machen können; die Herren werden sich über
die Liebenswürdigkeit ihrer Wirthin gehörig wundern!" —

Der nächste Morgen brachte für die Bewohner der
Umgegend ein nie gesehenes Schauspiel; die sonst so stille,
weltvergessene Ebene schien verwandelt. Zu früher Stunde
schon erklang in der Ferne der Donner der Geschütze; das
eigenthümliche Knattern des Kleingewehrfeuers wurde
deutlich vernehmbar, und die Landleute, welche ihr
Weg zufällig am Waldrande vorüber führte, sahen mit
verwunderten Blicken nach dem Unterholze, aus dem da
und dort Gestalten in gebückter Stellung, das Gewehr
im Anschlag, sich vorsichtig vorwärts schoben. Kopfschüt=
telnd blickten die harmlosen Bauern auf den mit weißer
Binde verhüllten Helm der Leute, die den Feind darzu=
stellen hatten, und wußten sich Zweck und Ziel der selt=
samen Kopfbedeckung nicht zu erklären; bedenklich schauten

sie dann wieder nach dem Himmel droben, dessen tiefes
Blau noch in den späten Nachmittagsstunden weiße Dampf=
wolken, erst dicht geballt, dann langsam zerflatternd, ver=
hüllt hatten, bis gegen Abend die Schüsse seltener fielen
und endlich ganz verstummten.

Albertine hätte den Bruder für ihr Leben gern be=
gleitet, als derselbe bei einbrechender Dämmerung das
Haus verließ, um sich nach den fremden Gästen ein wenig
umzusehen, da ihm ein paar Knechte erzählt hatten, daß
nach beendigtem Gefechte die zerstreuten Truppentheile sich
nun gesammelt, daß im Freien abgekocht würde und das
fröhlichste, bunteste Treiben in der ganzen Gegend herrsche;
aber unter den Augen der Mutter war natürlich daran
nicht zu denken. So erwartete sie denn voll Ungeduld
Theodor's Heimkehr und seine Berichte über die Vorgänge
draußen im Felde.

Auf dem Haidhofe standen um den großen Familien=
tisch drei Stühle mehr als gewöhnlich; die Tafel selbst
war einfach, aber mit größter Sauberkeit gedeckt, und
auf den für die Gäste bestimmten Plätzen lagen sogar schön
gearbeitete silberne Bestecke. Statt der sehr bescheidenen
Lampe, die sonst die Mitte des Tisches ziemlich spärlich
erleuchtete, brannten deren heute zwei, was allein schon
genügte, in den Augen der Kinder der ganzen Mahlzeit
einen überaus feierlichen Anstrich zu geben. Sie standen
Alle, Theodor und Albertine mit eingeschlossen, in einer
der tiefen Fensternischen und blickten erwartungsvoll nach
der Thüre, durch welche die Offiziere in Begleitung der
Mutter demnächst eintreten mußten.

„Darf ich die Herren bitten," erklang draußen auf
dem Flur die Stimme der Hausfrau, während ihre Hand
nach der Klinke faßte.

„Nach Ihnen, Madame," sagte darauf eine tiefe, ernste
Stimme, „jedenfalls nur nach Ihnen. Wir haben im
wilden Treiben unseres Scheinkrieges der guten Sitten
noch nicht so völlig vergessen, um nicht zu wissen, was
man den Damen schuldet."

Drinnen in der Fensternische blickten sich die Kinder
bei diesem ungewohnten Austausch förmlicher Redensarten
lachend an; sie waren bis heute kaum je in die Lage gekommen, mit anzuhören, daß Jemand Verbindliches zu
ihrer Mutter sagte, die von ihrer Umgebung den gebühren-
den Respekt forderte, nichts darüber.

„Ich bitte nochmals, voranzugehen," wiederholte Frau
Bäumer dringend. „Ich lebe allerdings seit Jahren abgeschlossen von jedem gesellschaftlichen Verkehr, aber sollten sich inzwischen die Gebräuche wirklich so geändert
haben, daß den Gästen eines Hauses nicht mehr der Vor-
tritt zukäme?"

„Wie Sie befehlen," entgegnete rasch dieselbe Männer-
stimme, und die Thür wurde endlich geöffnet.

Der Schein der verhüllten Lampen warf ein ungewisses
Licht auf die Gestalten der Eintretenden. Der Erste derselben, ein sehr großer, nicht mehr junger Mann, in stramm
militärischer Haltung, mit scharfgeschwungenen dunklen
Brauen, unter welchen ein paar ebenso dunkle Augen etwas
finster in die Welt blickten, brachte auf die fünf jungen
Menschenkinder, die von ihrem sicheren Hinterhalte aus

ben Ankömmlingen forschende Blicke entgegensandten, keinen
besonders günstigen Eindruck hervor. Sein gebräuntes,
hageres Gesicht war bis auf die obere Hälfte der Wangen,
welche ein kurzgehaltener Backenbart bedeckte, glatt rasirt;
lockiges, gleichfalls kurzes und schon graugemischtes Haupt=
haar umrahmte die hohe, im Verhältniß zur übrigen
Hautfarbe leuchtend weiße Stirn, die an beiden Schläfen
in jene tiefen, spitzen Winkel verlief, welche man mit dem
Namen „Hofrathsecken" zu bezeichnen pflegt. Dazu etwas
vorspringende Backenknochen, eine gebogene Nase, von der
zwei scharfe Linien nach abwärts zu den Mundwinkeln
gingen, welche dem Gesicht des Mannes einen stark selbst=
bewußten, fast harten Ausdruck gaben.

Die zwei untergebenen Offiziere, die ihm auf dem
Fuße folgten, sahen um Vieles jünger, hübscher und
lebenslustiger aus, wurden aber trotzdem durch die im=
ponirende Gestalt ihres Vorgesetzten in den Schatten ge=
stellt, so daß sich sogar die Augen der vier jungen Mäd=
chen nur vorübergehend ihnen zuwandten. Auf einen
Wink der Mutter traten sie Alle zum Tische heran.

Ein Ausdruck sichtlicher Ueberraschung flog über die
Gesichter der beiden jüngeren Herren, als die anmuthigen
Gestalten sich dem Bereiche des Lampenlichtes näherten;
sie warfen sich gegenseitig einen Blick zu, der so deutlich
als Worte sagte: „Donnerwetter, wer hätte der alten
Baracke so liebliche Bewohnerinnen zugetraut!" Nur das
Gesicht des Obersten blieb völlig unbeweglich, auch wäh=
rend der kurzen Vorstellung, die nun durch die Hausfrau
erfolgte.

„Die Herren gestatten gütigst, daß ich Sie mit meinen
Kindern bekannt mache, die an unserer einfachen Abend=
mahlzeit theilnehmen werden. Meine vier Töchter" —
die Mädchen wurden nur in Bausch und Bogen erwähnt —
„und mein Sohn Theodor." Daß die Genannten auch
erfahren sollten, wer die Gäste seien, schien die gestrenge
Hausfrau für überflüssig zu erachten. Zögernd fügte sie
dann hinzu: „Ich weiß nicht, Herr Oberst, ob es Ihnen
und Ihren Herren Begleitern nicht etwa unangenehm ist,
wenn ich auch heute an der bei uns üblichen alther=
gebrachten Sitte des lautgesprochenen Tischgebetes fest=
halte?"

„Ich bitte sehr, verehrte Frau, sich durch unsere Gegen=
wart in keiner Weise Zwang anthun zu wollen," ent=
gegnete der Angeredete ernst. „In einer Zeit, wo sich
die Bande altgewohnter Zucht und Sitte nur zu sehr zu
lockern beginnen, wo besonders wir Soldaten die frommen
Bräuche unserer Kindertage im wilden Treiben der Welt
so rasch vergessen, thut es doppelt wohl, sich einmal wie=
der vom milden Geiste des Familienlebens umweht zu
fühlen."

Seine Stimme klang sehr sanft, während er diese
Worte sprach, und wohlgefällig ruhte das strenge Auge
der Hausfrau auf seinen ernsten Zügen. In gedämpftem
Tone sprach sie das kurze, einfache Tischgebet, und for=
derte dann ihre Tochter Albertine auf, die Schüsseln herum=
zureichen. Einer der Offiziere machte dabei aus angebore=
ner Ritterlichkeit den Versuch, der jungen Dame diese
Dienstleistung abzunehmen oder wenigstens zu erleichtern,

aber Albertine war an solche zarte Aufmerksamkeiten augenscheinlich durchaus nicht gewöhnt, und verrichtete das ihr obliegende Amt stillschweigend weiter, nachdem ein paar höfliche Worte seiner Wirthin den galanten Lieutenant auf seinen Platz zurückgeschreckt hatten.

Die Unterhaltung trug während des Speisens einen ziemlich frostigen Charakter; sie beschränkte sich in der That nur darauf, die Mahlzeit zu keiner völlig stummen werden zu lassen; allerdings mochte auch die ungünstige Vertheilung der Plätze an diesem Umstand die Schuld tragen. Oben am Tische saß der Oberst inmitten seiner beiden Herren; links von diesen die Hausfrau selbst, an ihrer Seite Albertine und die jüngeren Schwestern, hübsch wie die Orgelpfeifen nach der Größe; neben der kleinsten aber hatte Theodor auf Wunsch der Mutter Platz nehmen müssen, um so auch von dieser Seite die kleine Heerde vor jedem feindlichen Angriffe zu bewahren.

So saßen sie Alle zusammengedrängt, wie schüchterne Vögelein auf dem Telegraphendrahte, und schwiegen beharrlich. Theodor hatte freilich einmal einen lahmen Versuch gemacht, seinen Tischnachbarn in ein politisches Gespräch zu verwickeln, denn die Politik lag damals förmlich in der Luft, aber der vorsichtige junge Offizier enthielt sich in Gegenwart seines Vorgesetzten jeder entschiedenen Meinungsäußerung, und so hatte die Sache bald wieder ihr Bewenden. Der andere der jüngeren Herren saß zwischen seinem gestrengen Oberst und der nicht minder strengen Dame des Hauses nicht günstiger. Von der

Suppe bis zum Käse schwankte er zwischen der in diesem
Hause jedenfalls unerhörten Kühnheit, mit seinem lieb=
reizenden Gegenüber ein heiteres Gespräch anzuknüpfen,
und dem heroischen Entschluß, sich bei seiner Wirthin mit
verbindlichen Redensarten angenehm zu machen, was ihm
eigentlich auch keine schlechte Taktik schien, konnte aber
zu keinem Resultate kommen, bis auch der Käse verspeist
und die Zeit verpaßt war. Der Oberst hingegen widmete
naturgemäß fast ausschließlich seine Aufmerksamkeit der
Hausfrau, an deren gemessenem, zurückhaltendem Wesen
er offenbar Gefallen fand. Nur vorübergehend flogen seine
Blicke hinüber zu den vier jungen Mädchen an der an=
deren Seite des Tisches, und einmal sagte er mit einem
leisen Seufzer: „Sie sind eine glückliche Frau! Ein Kranz
von blühenden Gestalten, die Ihnen Alle in Liebe zu=
gethan sind, umgibt Sie täglich; einem alten, einsamen
Menschen, wie ich es bin, krampft sich bei solchem Anblick
förmlich das Herz zusammen."

„Dieser Kranz von blühenden Gestalten macht viele
Mühe und Sorge, Herr Oberst, und vergilt die liebende
Sorgfalt der Mutter nicht immer, wie er sollte. Die
strengere Hand des Vaters, die mit mehr Gewicht auf
all' diese thörichten Köpfe einwirken könnte, wird von mir
oft schwer vermißt."

„Nun," erwiederte der Oberst, „das mag ja wohl seine
Richtigkeit haben, was den jungen Herrn dort betrifft.
Ich weiß aus meiner eigenen Jugendzeit, daß heran=
wachsende Söhne, über welchen die Autorität des Vaters
nicht mehr einschüchternd steht, nur zu rasch geneigt sind,

sich auch von dem milderen Joche der Mutter vorzeitig loszumachen. Da heißt es dann freilich, mit unbeugsamer Konsequenz die Zügel der Regierung festhalten, was so wohlerzogenen, bescheidenen jungen Damen, wie jene, mit welchen zu speisen ich heute das Vergnügen hatte, wohl kaum von Nöthen sein dürfte."

„Töchter sind oft viel schwieriger zu erziehen, als man denken sollte," meinte Frau Bäumer, während ihr Blick wie zufällig Albertinen streifte. „Mein Sohn Theodor hingegen hat mir bis jetzt noch wenig Veranlassung zu Unzufriedenheit und Besorgniß gegeben."

„Ich wünsche von ganzem Herzen, daß es auch ferner so bleiben möge, verehrte Frau," sagte der Oberst, sich erhebend und so auch seinen beiden Herren das Zeichen zum Aufbruche gebend.

Die fünf jungen Leute athmeten erleichtert auf; als nun auch die Mutter zur Erledigung häuslicher Geschäfte die Wohnstube verlassen hatte, sagte Theodor mit zorngerötheten Wangen zu seiner Schwester: „Das ist ja recht heiter für einen neunzehnjährigen Studenten, von dritten Personen so über sich verhandeln zu hören, als ob man gar nicht gegenwärtig wäre! Ein angenehmer Herr, dieser Oberst! Gegen die Mutter wollte er zwar offenbar verbindlich und liebenswürdig sein, aber wie das paßt zu seiner beleidigenden Art, über die Leute hinwegzusehen! Sein ganzes Wesen strotzt von hochmüthiger Selbstüberschätzung; findest Du dies nicht auch, Albertine?"

Aus den Worten des jungen Mannes klang eine Gereiztheit hervor, die deutlich zeigte, daß er vermeinte, in

seiner Eigenschaft als einziger Sohn des Hauses nicht genügend gewürdigt worden zu sein.

Das Mädchen zuckte gleichmüthig die Achseln. „Das
weiß ich nicht," sagte sie endlich, „es ist mir nicht besonders aufgefallen. Aber das weiß ich sicher," fügte sie
hinzu und warf schmollend die rothen Lippen auf, „daß
ich mir die ganze Geschichte viel netter und lustiger vorgestellt habe. Da heißt es in den Büchern immer, die
Leute seien vergnügt, wenn sie Gäste hätten, und muntere
Scherzreden flögen dabei um den Tisch. Das war ja
wieder recht scherzhaft bei uns heute Abend! Wie die
stummen Oelgötzen haben wir Alle dagesessen und kaum
gewagt, zu athmen. Aus der Militärmusik und all' den
schönen Dingen, die ich erwartete, scheint auch nichts werden zu wollen, wenigstens war heute außer dem langweiligen Schießen kein Ton zu hören. Mich reuen nur
die schönen Blumen, die ich in des Obersten Zimmer
stellte, um es ein wenig freundlicher aussehen zu machen;
der sieht nicht aus, als hätte er Sinn für solche Dinge."

„Wie undankbar Du bist," höhnte Theodor, „und es
hat ihm doch so viel Vergnügen gemacht, mit ‚so wohlerzogenen jungen Damen' zu Tisch zu sitzen! Ihr seid
noch gut weggekommen bei seiner Kritik; der arme Mann
scheint mir nicht sehr verwöhnt, was Damengesellschaft
anbelangt."

„Möglich," erwiederte die Schwester lachend, „aber
mit dem reichen Schatze Deiner Erfahrungen werden sich
die seinigen doch wohl messen können, zumal er keiner der
Jüngsten mehr zu sein scheint. Uebrigens waren die

beiden Anderen um nichts unterhaltender; wenn die ganze Geschichte so langweilig verläuft, dann war's wahrhaftig nicht der Mühe werth, sich darum schon eine Woche vorher von der Mutter alltäglich abkanzeln zu lassen."

„Nun, das ist ja viel besser geworden, als wir hoffen durften," sagte Frau Bäumer, die eben wieder in's Zimmer trat und deren Ansicht in Betreff der Gäste von jener ihrer zwei Aeltesten wesentlich abzuweichen schien. „Wir können von Glück sagen, so feine, anständige Leute, mit welchen sich vorübergehend recht angenehm verkehren läßt, in's Quartier bekommen zu haben. Seltsam, wie mich dieser Oberst in Aussehen und Geberde an meinen seligen Mann erinnert, wenn ich mir die Uniform hinwegdenke!"

„O Mutter," unterbrach sie Albertine lebhaft, „so kann doch der Vater unmöglich ausgesehen haben! Mir steht er in Erinnerung wie von einem Glorienschein von Schönheit und Güte umgeben, und dagegen dieser alte Mann mit den harten, eckigen Zügen!"

„Alter Mann? Dummes Zeug!" meinte Frau Bäumer ärgerlich. „Das ist so die Art junger Grünschnäbel, Jeden, der über fünfundzwanzig Jahre zählt, sofort womöglich unter die Greise zu rechnen. Du sollst einmal sehen, wie rasch sich darin Deine Ansicht ändern wird, sobald Du selbst erst acht oder zehn Jahre älter geworden bist. Uebrigens komm jetzt und hilf mir noch rasch die Wäsche von der Bleiche nehmen, statt Dich in unziemlicher Weise über unseren Gast zu äußern."

Draußen lag heller Mondenschein auf Wiese und Garten; es war ein entzückender, wunderbar milder Spät

sommerabend. Der blaßblaue Himmel, da und dort von
mattblinkenden Sternchen besät, spannte sich in unendlicher
Weite über die Ebene. Gespenstig weiß leuchtete das
Linnen im Grase, gespenstig weiß die zarten Mädchen-
arme, die sich darnach ausstreckten. Mit gierigen Zügen
sog Albertine die wonnige Abendkühle ein und ein sehn-
suchtsvoller Seufzer hob ihre junge Brust, während sie
die Blicke auf das lichte Firmament heftete. So weit
die Welt, so weit und wunderschön, ihr junges Herz so
lebensdurstig und unruhvoll, und das Leben hier so eng
und klein und jämmerlich! ...

„Mach' schnell, Albertine, die Luft wird kühl," sagte
die Mutter, sich nun auch ihrerseits eifrig nach dem Leinen-
zeuge bückend. Als Albertine sich von ungefähr nach ihr
umwandte, blieben die Augen des jungen Mädchens an
einem hellerleuchteten, weitgeöffneten Fenster des ersten
Stockes haften, in dessen Rahmen die hohe Gestalt eines
Mannes sichtbar wurde, die unverwandten Blickes die
Beschäftigung der beiden Frauen verfolgte.

Der Oberst! Ob die Mutter ihn wohl auch bemerkt
hatte? Blitzartig schoß ein seltsamer Gedanke durch Albertinens Kopf. Warum starrte der fremde Mann, der
durchaus eine Aehnlichkeit mit dem verstorbenen Vater
haben sollte, so beharrlich nach ihrer Mutter hin?

Am nächsten Nachmittage, als die Sonne schon ziemlich tief am Himmel stand, und die Truppenübung für
den Tag beendigt war, saß der Oberst allein an einem
Tische im Obstgarten des Haidhofes. Er hatte das An-
erbieten der Hausfrau, den Nachmittagskaffee im Freien

einzunehmen, gerne angenommen, während die beiden
anderen Offiziere eine Verabredung mit Kameraden vor-
geschützt hatten, um der feierlichen Atmosphäre des Haidhofes zu entgehen, in dem ja, wie der Eine von ihnen
lachend gemeint hatte, die hübschen Töchter eifriger bewacht würden, als weiland die goldenen Aepfel im Garten
der Hesperiden.

Eben nahm er das Feuerzeug aus der Tasche, steckte
sich eine Cigarre an und blickte nachdenklich den leichten
Rauchwölkchen nach, die zwischen dem Gezweig der Bäume
in der klaren Luft zerflatterten. Heute, im hellen Sonnenschein, erschienen seine Züge noch schärfer, die Furchen
auf seiner bleichen Stirne noch tiefer, als gestern in der
zweifelhaften Beleuchtung der Abendtafel. Und doch lag
gerade jetzt der Ausdruck des Wohlbehagens, sogar ein
Schimmer von Heiterkeit auf seinem Angesicht, während
er so traumverloren zu den kleinen Fleckchen blauen Himmels aufschaute, die durch die Baumkronen schimmerten.

„Hier schickt die Mutter den Kaffee, Herr Oberst,"
sagte plötzlich eine leise, schüchterne Stimme dicht an
seiner Seite, „und im Falle Sie statt des Kuchens Brod
und Butter wünschten —"

„Ich danke für beides, liebes Fräulein," erwiederte
er freundlich und ließ seine Blicke ein paar Augenblicke
lang auf ihrem schönen, jungen Antlitz ruhen, dessen Liebreiz die grelle Beleuchtung des Sommernachmittags keinen
Eintrag zu thun vermochte, „aber wenn Sie vielleicht so
gütig sein wollten, mir den Kaffee einzuschenken, sofern
es Ihre Zeit erlaubt — ich bin das nämlich so gewöhnt

von Hause, wo allerdings weit weniger hübsche Hände, nämlich die meiner mürrischen alten Wirthschafterin dieses Amtes walten."

Während Albertine erröthend über das harmlose kleine Kompliment seinem Wunsche willfahrte, fuhr er lächelnd fort: „Sie werden auf dem Haidhofe wohl Alle recht froh sein, wenn der morgige Tag erst vorüber ist, und die ungebetenen Gäste wieder dahin gehen, wo sie hergekommen sind? — Sie schweigen, wie? Da hab' ich wohl den Nagel auf den Kopf getroffen; eine gerechte Strafe für meine indiskrete Frage!"

Ein leichter Schatten flog über sein Gesicht, während ihr eine Antwort nur zögernd von den Lippen kam.

„Froh? Nein, froh werden wir nicht sein über Ihr Weggehen, sogar die Mutter nicht, die doch erst von der Einquartierung nichts wissen wollte. Nur werden wir den Abzug des Militärs doch nicht so schwer empfinden, wie wir Mädchen erst gedacht hatten."

„In der That?" sagte er, seine Stimme klang lange nicht mehr so verbindlich, wie vorher. „Das klingt ja wenig schmeichelhaft! Sie waren wohl recht enttäuscht in den Personen Ihrer Gäste?"

Sie sah verwundert zu ihm nieder. „In den Personen, o nein!" erwiederte sie unbefangen; „nur in der ganzen Sache."

„Nur in der ganzen Sache?" wiederholte er lächelnd. „Nun müssen Sie mir aber doch erklären, wie Sie das eigentlich meinen!"

„Was ist da viel zu erklären," stammelte sie verwirrt

unter seinen forschenden Blicken. „Wir Mädchen haben uns eben die Sache anders vorgestellt, viel, viel lustiger. Wir leben hier das ganze Jahr über so furchtbar einsam."

„Ah, und da haben Sie wohl erwartet, unsere jungen Offiziere würden Ihre Einsamkeit mit einem kleinen Tänzchen im Freien oder etwas der Art beleben! Ja, mein liebes Fräulein, für solche niedliche Einfälle haben wir leider keine Zeit, so groß jedenfalls die Vorliebe unserer Herren für derartige Zerstreuungen sein dürfte."

„Nein, so hochfliegende Erwartungen haben wir nicht gehegt," entgegnete sie, etwas gereizt über seinen spöttischen Ton; „aber wir dachten eben, wo Militär sei, da bekäme man doch auch ein bißchen Musik zu hören. Eine Freun= bin, die ich im vergangenen Jahre in der Kreishauptstadt einmal besuchen durfte, hat mir erzählt, unter ihren Fenstern zöge fast täglich die Parade mit klingendem Spiel vorüber. Das thäten ihr die Offiziere zu Gefallen, die sie Alle persönlich kenne."

„Die Beneidenswerthe!"

Ein zorniges Roth färbte bei dem offenbaren Spott, der in diesem Ausrufe lag, die Wangen des jungen Mäd= chens.

„Es mag Ihnen ja sehr lächerlich erscheinen, daß man an solchen Dingen Gefallen finden kann," erwiederte sie ziemlich heftig, „und wenn ich, wie Sie, Herr Oberst, mein Leben lang in einer großen Stadt gewesen wäre, und gleich Ihnen nur mit dem Finger zu winken brauchte, damit meine Spielleute d'rauf los bliesen, trommelten und pfiffen, so lange es mir Spaß machte —"

Seine Miene war während ihrer lebhaft hervorgespru=
delten Rede immer heiterer geworden, und bei ihren letzten
Worten brach er in ein herzliches Lachen aus.

„Sie sind köstlich, mein Fräulein! Aber wenn die
Musik wirklich das Einzige war, was Sie an uns ver=
mißten, so kann dem leicht abgeholfen werden, und unsere
Regimentsmusik soll Ihnen morgen einen Abschiedsgruß
darbringen, der seines Gleichen sucht! Dann sind wir aber
wieder gute Freunde, nicht wahr? Sie müssen mir Ihre
Hand reichen, zum Zeichen, daß Sie uns die gehabte
Enttäuschung nicht weiter nachtragen.“

Schüchtern und zögernd legte sie ihre kleine Hand in
seine dargebotene Rechte und dachte dabei innerlich: „Was
die Mutter auch sagen mag, er ist eigentlich doch ein
alter Mann; man fühlt es schon allein am Zittern seiner
Hand,“ dann fügte sie, ihren Gedankengang verfolgend,
laut hinzu: „Nur dürfen Sie mich bei der Mutter nicht
verrathen, daß ich eigentlich Schuld trage an diesem Ab=
schiedsgruße; sie würde meine Unbescheidenheit unverzeih=
lich finden und mich darum schelten.“

Lächelnd blickte sie der Oberst an. „Aber Sie tragen
ja gar nicht Schuld daran, mein liebes Fräulein! Die
kleine Huldigung, die wir morgen vor unserem Abzuge
zu bringen gedenken, gilt natürlich der liebenswürdigen
Frau des Hauses als schwacher Beweis unserer aufrich=
tigen Verehrung und Dankbarkeit.“

„Natürlich,“ sagte sie und zog rasch ihre Hand aus
der seinen, während sie sich zum Gehen anschickte. Zum
zweiten Male seit gestern Abend huschte ihr ein Gedanke

des Argwohns durch den Sinn, der, so lächerlich er ihr im ersten Augenblicke auch erschienen war, jetzt, nach kaum vierundzwanzig Stunden, schon festere Gestalt gewonnen hatte. Und dieser Argwohn wollte sie nicht mehr verlassen den ganzen Abend über. Verstohlen mußte sie stets wieder nach der Mutter blicken, der eine ungewohnte Redseligkeit heute die wortkargen Lippen löste und sogar einen Hauch von Röthe auf die sonst so bleichen Wangen zauberte. Das Wort „aufgeregt" hatte auf die kühle, gemessene Herrin des Haidhofes bis heute gewiß nie gepaßt, aber wie sie nun dort am Tische saß und sich mit ihren Gästen in scheinbar unbefangener Weise unterhielt, war es für Albertine deutlich erkennbar, daß die Mutter mit einer tiefinnerlichen Erregung kämpfte.

Als die Abendmahlzeit, die heute weit länger als gestern gedauert hatte, endlich vorüber war, die fremden Herren sich zurückgezogen hatten, und die Kinder noch einen Augenblick hinaus in's Freie sprangen, wollte Albertine, der es vor dem Hause zu kühl geworden war, rasch aus ihrem Zimmer droben im ersten Stocke ein Umschlagtuch herunterholen. Schon war sie an der Treppenbiegung angekommen, als sie hörte, wie die Thüre zum Zimmer des Obersten sich öffnete, und ihre Mutter in Begleitung des Letzteren heraus auf den Flur trat. Zögernd blieb Albertine stehen; wozu den Beiden gerade in die Hände laufen? Der Oberst würde sich wohl jedenfalls sehr bald wieder zurückziehen, nachdem er aus Höflichkeit seiner Wirthin ein paar Schritte das Geleit gegeben. Was aber in aller Welt mochte die Mutter so spät am

Abende überhaupt noch zu ihm geführt haben? Während
sie einen Moment darüber nachdachte, schlugen deutlich
ein paar Sätze an ihr Ohr, die ihr vor Ueberraschung
das Blut in die Wangen trieben und jede Bewegung
lähmten.

„Ich danke Ihnen nochmals, verehrte Frau, daß Sie
mir die erbetene Unterredung hier oben, wo wir jedenfalls
am ungestörtesten waren, gewährt haben," hörte sie den
Oberst mit gedämpfter Stimme sagen, „und danke Ihnen
doppelt für den mir gewordenen Bescheid. Sobald die
Herbstwaffenübungen vorüber sind und ich Urlaub erhalte,
werde ich von Ihrer gütigen Erlaubniß Gebrauch machen
und wiederkommen. Sie glauben nicht, welche Sehnsucht
nach einer glücklichen Häuslichkeit mich in diesen letzten
Tagen ergriffen hat! Und was Sie mir da zuletzt über
Ihre Vermögensverhältnisse mittheilen zu müssen glaubten,
kommt für mich wirklich gar nicht in Betracht; ich bin
reich genug für uns Beide und ein halbes Dutzend Kinder
noch dazu. Wenn ich sie nur glücklich machen kann, das
ist die Hauptsache! Im Uebrigen bleibt es bei unserer
Abmachung, nicht wahr, verehrte Frau? Unverbrüchliches
Schweigen bis zu dem Tage, wo ich Ihnen meine baldige
Rückkehr anzeigen kann!"

Albertine hatte genug gehört; geräuschlos glitt sie die
Stiege wieder hinab, aber ihr war, als müßten die Oben-
stehenden das stürmische Pochen ihres Herzens vernehmen.

Auf eine einsame Bank draußen im Garten ließ sie
sich wie im Traume niedersinken und versuchte dort, ihrer
Aufregung Herr zu werden. Hatte sie denn die seltsamen

Worte wirklich vernommen, oder war es nur eine Täu=
schung ihrer Sinne gewesen? Die Mutter wollte sich zum
zweiten Male verheirathen! — Natürlich, warum auch
nicht? Sie war ja gar nicht so alt — erst acht= oder
neununddreißig Jahre, und der finstere, hochmüthige Mann,
wie ihn Theodor genannt hatte, würde vortrefflich zu ihr
passen. — Der arme Theodor! Er würde die eiserne
Hand des Stiefvaters jedenfalls am schwersten empfinden.
Ein Stiefvater! Jetzt, wo sie Alle fast erwachsen waren!
Albertine schauderte bei dem Gedanken. Wie man in
seinen Jahren nur noch so verrückt sein konnte! Ganz
weich und innig hatte seine Stimme geklungen, als er
die Worte gesprochen: „Wenn ich Sie nur glücklich machen
kann!" Dann war freilich gleich der häßliche Nachsatz
gekommen: „Ich bin reich genug für uns Beide und sechs
Kinder noch dazu!" Nicht einmal die Mühe, seine zu=
künftigen Kinder richtig zu zählen, hatte er sich genommen;
sie waren doch, Gott sei Dank, nur fünf Geschwister, und
Albertine wenigstens war fest entschlossen, von seinem
großen Reichthume in keiner Weise Gebrauch zu machen.
Für einen Stiefvater war sie nun doch zu alt, lieber
wollte sie dem Haidhofe für immer Lebewohl sagen und
auf gut Glück hinausgehen in die weite Welt!

    Thörichtes junges Wesen! Hier war sie wieder an=
gekommen bei ihrem alten Traumbilde, der trügerischen
Fata morgana, die sie lockte und lockte in stillen Stunden,
fort aus der alten Heimath, hinaus in's Weite — hinaus
in's Leben!

Wochen waren inzwischen in's Land gegangen; die so
lang besprochenen und so rasch verflogenen Einquartierungs-
tage hatten keine Spur zurückgelassen in dem weltvergesse-
nen Erdenwinkel; nur der Herbst hatte seitdem dort seinen
Einzug gehalten, und wenn auch Sturm und Regen noch
auf sich warten ließen, es ging doch unverkennbar, trotz
allen Sonnenscheines, ein leises Sterben und Vergehen
durch die Natur. Zwischen dem kurzen, gelblichen Gras
der Haidhofer Wiesengründe schossen über Nacht die Herbst-
zeitlosen zu Tausenden in die Höhe, während die frostigen
Abendnebel alle anderen Blumen allgemach verdarben.
Von den Bäumen des Obstgartens, unter welchen der
Oberst damals gesessen hatte, fielen leise, leise die rothen
und gelben Blätter auf den feuchten Rasen und bedeckten
langsam Weg und Bänke, während an den kahl gewordenen
Zweigen weiße Sommerfäden flatterten.

Eine böse, düstere Falte lag zwischen Albertinens
Brauen, während sie ihre Blicke über all' diese Vorboten
des kommenden Winters hinschweifen ließ und mit ihres
Geistes Augen zugleich vorahnend in die Zukunft spähte.
O, daß sie noch immer, gleich einer Gefangenen, an der
alten Scholle haftete, daß sie nicht wußte, wie ein Ende
zu machen, wie dem, was nun bald kommen würde, aus
dem Wege zu gehen sei. Mitten in ihren unerfreulichen
Gedanken legte sich plötzlich die braune, hartgearbeitete
Hand der Mutter auf ihre Schulter.

„Ich habe heute einen Brief bekommen, Kind," sagte
Frau Bäumer mit etwas unsicherer Stimme, „und möchte
gern mit Dir darüber reden."

„Jawohl, Mutter; ich kann mir denken, was Du mir mitzutheilen haft; trotzdem habe ich all' diese Tage darüber geschwiegen, auch gegen Theodor, obwohl es mir hart genug geworden ist. Allein ich hatte ja kein Recht, Dein Geheimniß preiszugeben, bevor Du es Deinen Kindern freiwillig anvertrauen willst."

„Da muß ich ja, wie es scheint, für Deine Verschwiegenheit sehr dankbar sein! Nun höre aber, Albertine, und schwatze kein dummes Zeug! Es ist ja möglich, daß Du Dir in Deinem romantischen Köpfchen etwas zusammenkombinirt hast, das der Wahrheit ziemlich nahe kommt, obwohl wir glaubten, Du seiest noch völlig ahnungslos, man hält Euch Kinder von heutzutage ja stets für viel naiver, als Ihr wirklich seid; aber in wie fern Du dabei ,mein Geheimniß' gewahrt haben willst, oder weshalb die Sache sofort den Kindern hätte mitgetheilt werden sollen, das Alles ist mir nicht ganz verständlich. Weshalb denn ,mein Geheimniß'? Du wirst doch nicht etwa denken, daß ich es dem Herrn Obersten nahegelegt, sich um meine Tochter zu bewerben? Oder was soll sonst von meiner Seite aus geschehen sein, für dessen Geheimhaltung ich mich Dir verpflichtet fühlen müßte?"

Albertine starrte ihre Mutter mit weitgeöffneten Augen in sprachlosem Erstaunen an. „Um mich sich zu bewerben?" stammelte sie endlich, „und ich vermuthete, Du selber wolltest Dich zum zweiten Male verheirathen! Ich hörte es ja doch mit eigenen Ohren, wie er zu Dir sagte: ,Ich bin reich genug für uns Beide und sechs Kinder noch dazu; wenn ich Sie nur glücklich machen kann.'"

Ein flüchtiges Lächeln und etwas wie ein Hauch von Röthe huschte über Frau Bäumer's ernste Züge.

„Klein geschrieben das ‚sie‘, meine Beste!“ erwiederte sie dann mit ziemlich scharfer Stimme. „Das kommt davon, wenn man sich zur Lauscherin erniedrigt; eine solche Handlungsweise hätte ich Dir eigentlich gar nicht zugetraut!“

„Nichts lag mir ferner, als Eure Heimlichkeiten erlauschen zu wollen,“ rief Albertine, während Zornesröthe in ihren vorher bleichen Wangen aufflammte. „Es ist nicht meine Schuld, daß der Zufall mich in jenem Augenblicke in den Bereich Eurer Stimmen führte. Sage lieber, das kommt davon, wenn sich die Leute nicht gleich an die richt'ge Adresse wenden! Hätte der Herr Oberst sich entschließen können, mich, welche die Angelegenheit denn doch zunächst betraf, von seinen Wünschen zu unterrichten, so wäre jedes Mißverständniß vermieden worden, und die ganze Sache längst erledigt.“

„In der That,“ meinte Frau Bäumer mit etwas spöttischem Lächeln, „so rasch wäre also die Entscheidung gefallen, wenn Herr v. Schließmann nicht die altmodische Geschmacklosigkeit begangen hätte, sich mit seiner Bitte zuerst an Diejenige zu wenden, der er die ruhigere Ueberlegung zutrauen durfte? Und wie hätte diese Entscheidung dann wohl gelautet, wenn es gestattet ist, eine so unbescheidene Frage überhaupt zu stellen?“

„Vermuthlich nicht wesentlich anders, als sie jetzt lauten wird, wo ich mich, innerlich wenigstens, seit Wochen daran gewöhnt habe, den Obersten so halb und halb als meinen künftigen Stiefvater zu betrachten. Sieh, Mutter," fügte sie plötzlich mit viel sanfterer Stimme hinzu, „damit ist wohl am besten Alles gesagt: ich kann doch einen Mann nicht heirathen, von dem ich es für möglich halten konnte, daß er mein Vater werden würde!"

„Dummes Zeug!" rief Frau Bäumer ungeduldig; „nun komm nicht zum zweiten Male zurück auf eine solche Thorheit! Ihr fünf Kinder habt reichlich dafür gesorgt, daß mir der Sinn nicht mehr nach Freien und Hochzeit steht! Sei nur einmal in Deinem Leben vernünftig, liebe Albertine, und höre ruhig an, was ich Dir nun zu sagen habe. Herr v. Schließmann hat seine Bitte in erster Linie mir vorgetragen, einestheils, weil sein Wiederkommen in unser Haus vorerst doch lediglich von meiner Ein- willigung abhängt, anderntheils jedoch in der, wie ich fürchte, irrthümlichen Voraussetzung, es wäre mir, als Mutter, möglich, Deine Wahl in entscheidender Weise zu beeinflussen. Er war nun allerdings nicht in der Lage, wissen zu können, daß dieser Einfluß auf das Gemüth meiner Tochter ein so verschwindend geringer ist, daß ich denselben zu seinen Gunsten nicht verwerthen könnte, selbst wenn ich es gewollt hätte. So erübrigt mir nur, Dir die einfache Frage vorzulegen, in welchem Sinne ich Herrn v. Schließmann's Brief zu beantworten habe. Ich hoffe, Du wirst bei reiflicher Ueberlegung Dich dennoch meinen Wünschen fügen, und den Mann zum Gatten nehmen, den ich als Sohn von ganzem Herzen willkommen heißen könnte."

Ein Wirbel von Gedanken schwirrte durch das Haupt

des jungen Mädchens. Höchste Ueberraschung über eine Wendung der Dinge, die sie nie für möglich gehalten, trotzige Auflehnung gegen einen Einfluß, dem sie sich von Kindheit auf nur ungern gebeugt hatte, kämpften in ihrem Innern mit dem heißen Wunsche nach einem gänzlichen Umschwunge in ihren bisherigen Lebensverhältnissen, mit einer leisen, leisen Stimme, die, ihr selber kaum vernehmbar, in ihrem tiefsten Herzen zu Gunsten dieses Mannes sprach.

Noch behielt der Trotz die Oberhand, und sie erwiederte mit langsamer Betonung jeder Silbe: „Und wenn ich mich nun nicht entschließen könnte, Deinen Wünschen Folge zu leisten?"

Die Züge der Mutter verfinsterten sich. „Du irrst Dich gewaltig, Albertine," sagte sie mit kalter Stimme, „wenn Du glaubst, mich mit dieser Drohung erschrecken zu können. Die Entscheidung über Deine Zukunft liegt allein bei Dir; ich verzichte darauf, irgend welchen Druck auf Dich auszuüben. Bist Du wirklich thöricht genug, ohne den Schatten eines vernünftigen Grundes, blos aus kindischem Trotze ein Glück von Dir zu weisen, das Dir das Leben sicher nicht zum zweiten Male bietet, so thust Du es auf eigene Gefahr, und es werden nicht zwei Monate — was sage ich — zwei Wochen in's Land gehen, bevor Du Deine Weigerung auf's Bitterste bereust. Der Haidhof, liebes Kind, liegt weit ab von der großen Straße menschlichen Verkehrs, seine Einkünfte sind gering und werden sich im Laufe der Zeit vermuthlich noch vermindern. Ich selber bin erst neunundbreißig Jahre alt

und muß, schon um Deiner Schwestern willen, wünschen,
daß es mir vergönnt sein möge, noch lange als Herrin
hier zu walten und Befehle zu ertheilen. Das wird Dir,
Albertine, voraussichtlich von Jahr zu Jahr unerträg-
licher, unser altes Haus stets freudloser, unsere bescheid-
benen Mittel stets ungenügender erscheinen. Du gehörst
nicht zu jenen Frauenseelen, die es als kein hartes Loos
empfinden, in stiller Demuth, dem Heckenröslein gleich,
ungesehen zu verblühen. Nun überlege Dir bis morgen,
was Du zu thun gedenkst; hast Du den Muth, jenen
trefflichen Mann, der Dir vertrauensvoll seinen Namen
und seine Stellung bietet, von Dir zu weisen, und einer
Zukunft, wie ich sie Dir eben schilderte, gefaßt in's Auge
zu blicken, so wollen wir dies Herrn v. Schließmann
unverzüglich mittheilen. Von meiner Seite soll Dich
darum kein Wort des Vorwurfs treffen!"

Sie hatte völlig ruhig gesprochen, ohne merkliche Erregung, von Anfang bis zu Ende. „Ruhig wie die Ver-
nunft," sagte Albertine mit bitterem Lächeln vor sich hin,
während sie der Enteilenden nachblickte. Die Mutter war
nicht böse, nein, nein, gewiß nicht; sie war nur anders
geartet als sie selber, und eben darum wurde Albertinen
das Zusammenleben mit ihr zuweilen so schwer. Wohl
hatte sie Recht, es würde sich mit den Jahren nur immer
schwieriger gestalten. Und hier bot sich unerwartet, ganz
von selbst, ein Ausweg für das junge Mädchen. Mußte
sie denn dem Schicksale nicht dankbar sein, daß es ihr
diesen Mann in den Weg geführt hatte, den offenbar eine
tiefe Leidenschaft unwiderstehlich in ihre Arme trieb? Wie

hätte er sonst den Abstand der Jahre zwischen sich und
ihr so leicht vergessen, den Gedanken, um sie zu werben,
schon am zweiten Tage ihres Bekanntseins fassen können?
Ein Gefühl des Stolzes schwellte plötzlich ihre junge Brust,
daß er, der ernste, vornehme Mann, der die Höflichkeit
der jüngeren Offiziere stets in so gemessener Haltung, als
etwas ganz Selbstverständliches entgegennahm, nun bald
als Bittender vor ihr stehen würde, vor ihr, einem lin-
kischen, schüchternen, weltfremden Kinde. Es dämmerte
sogar in Albertinens unerfahrenem Köpfchen eine Ahnung
auf von der Größe einer Leidenschaft, die des Urtheils
der Welt, die der eigenen grauen Haare spottet, und be-
sinnungraubend, unerbittlich wie das Schicksal, über einen
Mann hereinbricht.

Dann tauchten auch andere, viel thörichtere Gedanken
und Erwägungen in ihr auf; Erwägungen, welchen nur
ihre achtzehn Jahre allenfalls zur Entschuldigung dienen
konnten. Was wohl die Leute in der Stadt sagen würden
über die Frau Oberst? Albertine lächelte ganz wohlgefällig vor sich hin während dieser Träumereien. Und
in der Stadt würde Theodor sie alle Tage dann besuchen
können und nicht mehr so herablassend, wie mit einem
einfältigen kleinen Mädchen, zu ihr reden. Dann erst
könnte sie ihm zeigen, wie lieb sie ihn eigentlich habe;
sie könnten zusammen plaudern von alten Zeiten, und
beim Abschied würde sie ihm freundlich zuflüstern: „Höre,
Theodor, wenn Du vielleicht Geld brauchst — Ihr Studenten braucht ja immer Geld — ich habe in meiner
Schatulle ein paar Rollen Dukaten liegen, für die ich

wirklich sonst keine passende Verwendung weiß!" — Ja,
ja, das würde herrlich sein! Gewiß, die Hoffnung, ihrem
Bruder die Universitätsjahre erleichtern und verschönern
zu können, trug ebenfalls dazu bei, ihr den Gedanken
einer Verbindung mit Herrn v. Schließmann, der ihr im
ersten Augenblicke als etwas völlig Unfaßbares erschienen
war, verlockender zu machen, denn Albertine war von
Natur großmüthigen Sinnes und stets geneigt, Anderen
Freude zu bereiten. So kam es denn, daß, als am
nächsten Morgen die Mutter sich erkundigte, was dem
Obersten für Bescheid zu senden wäre, das junge Mäd=
chen mit gesenkten Augen erwiederte, sie möge schreiben,
was ihr das Rechte dünke.

In jagender Beklommenheit, hin und her getrieben
zwischen wechselnden Gefühlen, wie ein Kind, das versprochen hat, sehr artig zu sein, und noch nicht weiß, ob
es das gegebene Versprechen wird halten können, erwartete
Albertine Herrn v. Schließmann's Kommen. Aber als
dann endlich der gefürchtete Augenblick herannahte, als
sie den Erwarteten mit so glückseligem Lächeln aus dem
Wagen springen und ihr entgegeneilen sah, als sich sogar
ihren unerfahrenen Augen die Wahrnehmung aufdrängte,
wie das Glück ein Angesicht verjüngen und verklären kann,
regte sich doch neben der Beklommenheit ein Gefühl der
Freude, der Rührung in ihrem Herzen. Und rührend
war es in der That mit anzusehen, wie tiefe Gluth die
gebräunten Wangen des ernsten Mannes bedeckte, während
er Albertinens schlanke Gestalt zum ersten Male in seine
Arme schloß.

Was ihre stammelnden Lippen sagten, er hörte es kaum in dem Taumel von Entzücken, der ihn erfaßte, als er seinen Mund auf den ihren preßte, als wollte er die heiße Gluth seiner Mannesleidenschaft in ihre Kinderseele hauchen, die jetzt dafür noch kein Verständniß hatte. Ihm war zu Muthe wie einem Trunkenen, der sich zum ersten Mal in seinem Leben in gierigen Zügen an einem Becher feurigen Weines berauscht und nicht mehr zu begreifen vermag, wie er so lange Jahre nüchtern bleiben konnte. Sie wollte die Seine werden, das holdselige Geschöpf, das hier an seiner Brust lag — war der Gedanke nicht unsagbares, unverdientes Glück! Ob sie ihn liebe, hatte er zu fragen nicht den Muth gefunden; wie hätte er, mit seinem ergrauenden Haar, solches von einem Kinde, das noch in des Lebens Maitagen stand, jetzt schon erwarten dürfen? Aber er vertraute auf die Zeit und seine eigene tiefe Neigung. Hier war in ländlicher Stille, fern von dem Gifthauche großer Städte, eine liebliche Blume für ihn erblüht; ihr Herz war unberührt, rein wie ein weißes Blatt — warum sollte es ihm nicht vergönnt sein, seinen Namen auf dieses weiße Blatt zu schreiben? Diese Gunst durfte er doch erwarten vom Schicksale, das, was es ihm auch sonst bescheert im Leben, das Geschenk einer reinen Frauenliebe ihm bis heute niemals zugewendet hatte.

————

Es war Herrn v. Schließmann's dringender Wunsch gewesen, daß die Hochzeit noch zu Anfang des Winters gefeiert werde. Hausfrauliche Einwendungen von Seiten seiner künftigen Schwiegermutter hatte er nicht gelten

laſſen wollen, ſondern nur lächelnd bemerkt, während er
ſeine Hand zärtlich über das wellige Haar ſeiner ſchönen
Braut gleiten ließ, das Alles ſeien Nebendinge, in ſeinen
Augen kaum der Beachtung werth, und wenn auch Albertine allenfalls noch einige Zeit zuwarten könnte, bevor
ſie ihre jungfräulichen Locken unter der Frauenhaube
berge, für ihn ſelbſt ſeien der Tage des Glückes voraus-
ſichtlich nicht mehr ſo viele, daß er deren muthwillig noch
mehr verſcherzen wolle.

So wußte es denn der Oberſt, ohne viel Worte zu
machen, ja ohne ſelbſt auch nur an Ort und Stelle an-
weſend zu ſein, mit der ihm eigenen zähen Energie durch-
zuſetzen, daß zu Anfang November alle Vorbereitungen
zur bevorſtehenden Vermählung auf dem Haidhofe beendigt waren. Der Bräutigam hatte ſich erſt am Abende
vor der Hochzeit von ſeinen Dienſtespflichten in der Gar-
niſon losmachen können, ſo war für Abſchiedsfeierlichkeiten
in der Familie wenig Zeit geblieben. Bei der Trauung
bildeten der Bürgermeiſter und der Schullehrer des
nächſten Dorfes die Zeugen; der alte Pfarrer vollzog
die kirchliche Ceremonie, die faſt ebenſo raſch vorüberging,
wie das kleine, im engſten Familienkreiſe nachher ab-
gehaltene Feſtmahl.

Wie im Traume verlebte Albertine die kurzen Stunden
dieſes Hochzeitmorgens, wie im Traume wandelte ſie zur
Kirche und von da zurück zum Hofe. Es kam ihr ſelber
gar nicht zum Bewußtſein, daß ſie eigentlich der Mittelpunkt all' dieſer Feſtlichkeiten ſei, ſo unendlich ſeltſam
war ihr zu Muthe. Die Mutter ſchloß ſie beim Abſchied

von der alten Heimath inbrünstig in die Arme, und
flüsterte ihr warme Liebesworte und Ermahnungen zu,
die kleinen Schwestern umstanden sie in scheuer Ehrfurcht,
wie eine ihnen plötzlich fremd gewordene Erscheinung, die
Dienstboten streckten ihr alle noch treuherzig die schwieligen
Hände entgegen; sie hörte und sah das Alles nur wie
durch einen dichten Nebelschleier aus weiter Ferne. Nichts
schien ihr lebendige Wirklichkeit, als die hohe Gestalt des
Mannes an ihrer Seite, der ihr nun in den Wagen half
und mit glückstrahlenden Augen an ihrer Seite Platz
nahm.

Draußen wirbelten nach langen Regentagen die ersten
Schneeflocken vom grauen Novemberhimmel und zerflossen
langsam an den dunstigen Wagenfenstern. Die ganze
Landschaft sah so düster und trübselig aus, daß sich bei
ihrem Anblicke das Herz der jungen Frau unwillkürlich
zusammenkrampfte. Schaubernd drückte sie sich in die
Wagenecke und ein Thränenschleier verhüllte ihr Gesicht.

Ihr Gatte sprach kein Wort und doch schmerzten ihn
ihre Thränen in tiefster Seele; er war der Frauen und
ihrer Art zu ungewohnt und maß ihrem Leide wohl
größere Bedeutung zu, als es im Grunde hatte. Er
mußte sich Gewalt anthun, um nicht die Tropfen weg-
zuküssen, die langsam über ihre Wangen rerlten; ein
Gefühl stummer Scheu hielt ihn davor zurück, sie jetzt
in seine Arme zu schließen und ihr thränenüberströmtes
Angesicht mit Küssen zu bedecken, wie er in den ersten
Tagen seines Bräutigamsjubels oft gethan. Mit welchem
Gefühl der Seligkeit war er zu ihr in den Wagen ge=

sprungen, wie hatte die Wonne dieses Augenblickes seit
Monaten ihm vorgeschwebt in den schlaflosen Stunden so
mancher Nacht — und nun konnte sie weinen über etwas,
das ihn so glücklich machte! Er empfand ihre Thränen fast
wie eine Kränkung. Ein Gefühl zornigen Weh's schnürte
ihm die Kehle zu; stumm fuhren sie weiter. Von Zeit
zu Zeit nur hüllte er die Reisedecke fester um ihre Füße,
denn es war bitter kalt in der schlechtschließenden alten
Postkutsche, die sie bis zur Erreichung der ersten Bahn=
station benützen mußten, und so oft das Fenster an seiner
Seite von trübem Hauche überzogen war, fuhr er lang=
sam mit der Hand über die Scheiben und sah dann nach=
denklich dem Spiele der tanzenden Schneeflocken zu. End=
lich faßte er sanft Albertinens beide Hände.

„Du mußt nicht ängstlich vor mir zurückschrecken, mein
armes Kind," sagte er bittend und blickte ganz verzagt
in ihr bleiches Gesicht mit den schüchtern niedergeschla=
genen Augen. „Ich will sehr gut gegen Dich sein, glaube
mir, Albertine, denn ich habe Dich unendlich lieb. Nur
Eines hoffe und erwarte ich von meiner Frau: die Leute
werden mich einen verliebten alten Thoren schelten; an
Dir ist es, der Welt zu zeigen, daß ich in meiner Wahl
kein Thor gewesen bin!"

Durch eine der nächtlich stillen Straßen der Haupt=
stadt rollte noch zu später Abendstunde ein Miethwagen,
um vor einem großen Hause anzuhalten, an dem kein
erleuchtetes Fenster mehr den späten Ankömmlingen freund=
lichen Willkomm verhieß. Nach ein paar Sekunden ver=

geblichen Wartens, ob kein Anderer ihm diese Mühe-
waltung abnehmen würde, entschloß sich der Kutscher
endlich, vom Bocke zu springen und den Schlag zu öffnen.

„Nun, gnädiger Herr," rief er achselzuckend, „hier
unten scheint sich ein= für allemal nichts rühren zu
wollen! Jetzt frägt sich's nur, wie wir den großen Koffer
über die Treppe hinauf kriegen sollen, wenn weiter Niemand zur Hand ist."

Aus dem Innern des Wagens drang etwas, wie ein
unverständlich gemurmelter Fluch, dann sprang die hohe
Gestalt eines Mannes hastig daraus hervor, der mit einem
zurückgeworfenen: „Entschuldige die lästige Verzögerung,
liebste Albertine," auf die geschlossene Hausthüre zuschritt
und dort förmlich Sturm zu läuten begann. Nachdem
nun abermals einige peinliche Minuten verflossen waren,
hörte man endlich Tritte die Stiege herunter kommen,
der Schein einer Lampe fiel durch die bunten Scheiben
des Oberlichtes, ordentlich widerwillig drehte sich der
Hausschlüssel im Schlosse, und in der Thürspalte, vorsichtig auslugend, erschien etwas, das man im ersten
Augenblicke ebenso gut für ein wanderndes Bündel von
Shawls und Umschlagtüchern, als für eine menschliche
Gestalt hätte halten können, wenn nicht bei näherem Zu-
sehen aus dem oberen Theile der schützenden Hüllen ein
paar scharfe, unfreundliche kleine Augen und eine ebenso
scharfe, aber ziemlich große Nase zum Vorschein gekommen
wären.

„I du meine Güte, der Herr Oberst! Heute schon
und noch so spät, bei nachtschlafender Zeit?" klang es in

scheinbar sehr überraschtem Tone von den Lippen der alten
Dienerin, und ein leichtes Schwanken der in ihrer Hand
befindlichen Leuchte sollte wohl andeuten, daß sie im ersten
Augenblicke nicht übel Lust gehabt, vor Schrecken die
Lampe auf den Boden fallen zu lassen.

„Ja, Lene, ich weiß wirklich nicht, was das Alles
heißen soll," entgegnete der also Begrüßte mit sehr un=
gnädiger Stimme. „Die Treppe nicht erleuchtet, wie ich
es ausdrücklich befohlen, mein Bursche nicht zur Hand,
um die Koffer abzunehmen, und Sie selber augenscheinlich
erst aus den Federn aufgeschreckt! Meine Frau muß
einen guten Eindruck von der Wirthschaft hier im Hause
empfangen! Haben Sie denn meinen Brief nicht recht=
zeitig erhalten?"

„Doch, doch, gnädiger Herr! Der ist heute Morgen
richtig angekommen," erwiederte die Alte, während ein
böser Blick, an dem Obersten vorbeigleitend, nach dem
außen in der Dunkelheit harrenden Wagen spähte; „aber
meine dummen alten Augen müssen mir da wohl wieder
einen schlimmen Streich gespielt haben! Der Herr Oberst
wissen ja, daß ich Geschriebenes meiner Lebtage nur schwer
habe lesen können, und nun gar die Schriftzüge des Herrn
Obersten, die so wirr und kraus sind! Ich hatte mir so
deutlich ‚Mittwoch Abend zwischen neun und zehn Uhr'
herausbuchstabirt, und da wäre dann auch Alles zum
Empfang in der schönsten Ordnung gewesen. Ich wollte
sogar die Schlafzimmerthüre mit Tannenguirlanden und
einem Willkommgruße verzieren —"

„Na, nun ersparen Sie mir gütigst die Aufzählung

Ihrer morgigen Empfangsfeierlichkeiten," unterbrach sie ihr erzürnter Dienstherr mit ziemlich barscher Stimme. „Da soll ja doch —! Jetzt setzen Sie Ihre Lampe gefälligst auf die Erde und helfen Sie dem Kutscher unser Gepäck wenigstens in den Hauseingang schaffen, wo es bis morgen früh stehen bleiben mag, damit der Mann endlich abgefertigt werden kann und meine Frau in ein warmes Zimmer kommt."

„Es ist nur leider in der ganzen Wohnung nirgends eingeheizt," meinte Lene mit kläglicher Stimme, während sie sich anschickte, Herrn v. Schließmann's Befehlen nachzukommen.

Er hatte sich nun wieder der offenen Wagenthüre zugewandt, um seiner jungen Frau beim Aussteigen behilflich zu sein, die in schweigender Verwunderung dem Gespräche zugehört hatte. Ihr schien hier so offenbare Böswilligkeit vorzuliegen, daß sie nicht begreifen konnte, wie ihr Gatte solchen durchsichtigen Entschuldigungen auch nur einen Augenblick Glauben beimessen mochte.

„Du mußt während unserer Verhandlungen halb erstarrt sein, mein armes, liebes Herz," flüsterte er leise, ihre kalten Hände in die seinen nehmend, als er nun mit ihr über die Schwelle seines Hauses trat. „Verzeih' das thörichte Mißverständniß und den unfreundlichen Empfang! Du mußt vorerst große Nachsicht haben mit meiner Junggesellenwirthschaft. Das wird nun Alles besser werden, wenn eine verständige kleine Frau im Hause ist. Meine alte Lene ist ja in vielen Dingen eine treffliche Person, aber fürchterlich beschränkt in Allem, was über Putzen und Kochen hinausgeht. Uebrigens ist sie selber offenbar ganz untröstlich über den stattgehabten Irrthum."

Albertine wollte es nun freilich scheinen, als ob die Untröstlichkeit der Wirthschafterin genau so glaubwürdig sei, wie die traurige Geschichte von ihren „dummen alten Augen", die doch noch so merkwürdig scharf den Leuten in's Gesicht blicken konnten, allein sie hütete sich wohl, solchen Gedanken Ausdruck zu geben, und schritt am Arme ihres Gatten wortlos die frostige, breite Treppe hinauf, welche zu ihrer Wohnung führte. Sie fühlte sich so ab= gespannt und müde von der langen, kalten Fahrt, so durchaus ruhebedürftig, daß sie seit Stunden das Ziel ihrer Reise sehnsüchtig herbeigewünscht hatte, und nun, da es erreicht war, quoll ihr ein Gefühl schmerzlichster Weh= muth in's Herz.

Sie hatte sich ihren Einzug in die neue Heimath so ganz anders vorgestellt, so viel freundlicher und glänzen= der, daß sie sich nun plötzlich zwischen dem ihr fast noch fremden Gemahle und der jedenfalls feindlich gesinnten Wirthschafterin entsetzlich einsam und verlassen vorkam. Wie hilfesuchend irrten ihre Augen über den dunklen, kahlen Flur, um dann fragend an dem mürrischen Gesicht der Alten hängen zu bleiben, welch' Letztere die neue Herrin eben mit prüfenden Blicken musterte. Ein tröstender Ge= danke durchzuckte in diesem Augenblicke Albertinens Haupt.

„Ist mein Bruder Theodor nicht hier gewesen, um sich nach der Zeit unserer Ankunft zu erkundigen?" fragte sie mit sanfter Stimme.

„Es kommen den ganzen Tag über oft so viele Leute,
die nach dem gnädigen Herrn fragen," meinte Jungfer
Lene, bedächtig den Kopf hin und her wiegend. „Es ist
wohl gestern ein junger Mensch hier gewesen, der sich
nach der Ankunft der Herrschaften erkundigte, aber da er
mir weder seinen Namen sagte, noch mittheilte, was er
wünsche —"

„Nun, wenn der ‚junge Mensch‘ wiederkommt," unter=
brach sie Albertine mit zornbebenden Lippen, „dann schicken
Sie ihn nur getrost zu mir; mir wird er seinen Namen
und seine Wünsche dann wohl anvertrauen."

Die Regung des Zornes, die das unfreundliche Be=
nehmen der alten Dienerin in ihr wachgerufen, that
Albertinen ordentlich wohl; ein Hauch von Wärme hatte
sich dabei über ihr frostiges Gesicht ergossen.

Als nun endlich im Eßzimmer die Lampe angezündet
worden und ein lustiges Feuer im Ofen prasselte, dessen
Wärme die frostige Temperatur des Gemaches allmählig
zu weichen begann, am Nebentische das beginnende Summen
des Theekessels freundliche Aussicht auf einen heißen Trank
gewährte, schien auch die leichte Mißstimmung der Ehe=
gatten langsam zu verfliegen. Der Oberst war zu seiner
jungen Frau getreten, die nahe am Ofen stand, hatte ihr
schönes Haupt zwischen seine beiden Hände genommen und
blickte ihr lächelnd in die Augen.

„Arme kleine Frau, kaum von der Hochzeitsreise
heimgekehrt und schon der erste Aerger! Wie manchen
Strauß wirst Du mit der thörichten Person noch durch=
zufechten haben, wie manches unbedachte Wort von ihr

verzeihen müssen, falls Du Dich nicht dennoch zu dem
entschließen willst, was ich Dir gleich zu Anfang unserer
Verlobung vorgeschlagen habe: zu einer Kündigung."

Albertine schüttelte das Haupt.

„Nein, nein!" erwiederte sie fast ängstlich, „ich werde
nach und nach schon mit ihr zurechtkommen; um meinet=
willen soll Niemand aus liebgewordenen Verhältnissen
verdrängt werden.   Zudem kann ich sie gar nicht ent=
behren; wie sollte ich sonst zurechtkommen in dem fremden
Haushalte, in der fremden Stadt."

„Solche Dinge muß man nicht zu schwer nehmen,
liebes Kind," sagte der Oberst munter und versuchte die
leichte Falte fortzustreichen, die noch immer zwischen
Albertinens Brauen lag. „Unser Haushalt ist nicht groß,
ich bin ein anspruchsloser Mann, leicht zufriedengestellt,
wenn ich nur vom Knarren der Wirthschaftsmaschine nicht
zu viel zu hören bekomme und beim Nachhausekommen
ein freundliches Gesicht sehe. Sieh, liebes Herz, das ist's,
worauf ich mich vor Allem freute, eine fröhliche, an=
muthige kleine Fee um mich zu haben in jenen kurzen
Stunden, die der leidige Beruf nicht für sich in Anspruch
nimmt. Denn die süßen, flüchtigen Wochen, in welchen
ich nur Dir leben durfte, in welchen ich an nichts zu
denken brauchte, als an Deinen Liebreiz, mein holdes
Weib, sind leider nun vorüber, und der Dienst, die Arbeit
treten von Neuem in ihre Rechte!"

Ja, der Dienst trat wieder in sein volles Recht; mehr
als sein Recht, wie Albertine manchmal bitter dachte.
Der gute Oberst, in seiner Unkenntniß der Frauen, in

jener völligen Hingabe an einen Beruf, der ihm durch
Jahre lange Gewohnheit zum wahren Lebensbedürfnisse
geworden, hatte sich das Alles furchtbar einfach zurecht=
gelegt: erst pünktliche Erfüllung aller militärischen Pflich=
ten, und in den Erholungsstunden — die kleine Frau!
Aber der Erholungsstunden sind wenige, und der Dienst
ist eine eifersüchtige Gottheit, die sich von einer schönen
Frau fast so wenig abmarkten läßt, wie eine herrschsüch=
tige alte Wirthschafterin von ihren häuslichen Gerecht=
samen. Täglich, stündlich stieß sich die arme Albertine
an jenen beiden, gleich unbeugsamen Gewalten, über welche
sie nur so geringe Macht zu gewinnen vermochte, und der
Oberst war, wenn er des Abends dann oft müde und
verdrießlich nach Hause kam, manchmal schmerzlich über=
rascht, nicht das sonnige Gesicht vorzufinden, von dem er
in seinen Bräutigamstagen sehnsuchtsvoll geträumt. Er
suchte den Grund hierfür, zu seiner eigenen Qual, an
falscher Stelle. Sie langweilte sich an seiner Seite, er
war zu alt für sie: so sagte er sich selbst mit unendlicher
Bitterkeit, vielleicht zu alt zum Glücke überhaupt! Und
diese Angst, zu alt zu sein für seine junge Frau, sie nicht
so glücklich gemacht zu haben, wie er gewünscht hätte,
ließ den ursprünglichen, düsteren Ernst seines Wesens nur
noch schärfer hervortreten. Er wollte sie nicht darunter
leiden lassen, gewiß nicht; sie sollte die Zerstreuungen
haben, wonach ihre Jugend verlangte, sie sollte so viel
als möglich mit ihrem Bruder Theodor verkehren, dessen
Gegenwart in seinem Hause er allzeit willig ertrug, ob=
wohl ihm der junge Mann mit den von den seinigen so

grundverschiedenen Anschauungen und Prinzipien, die er
vor dem so viel älteren Schwager nicht gerade immer in
schonender Weise kundgab, persönlich nicht sehr sympathisch
war. Er gewöhnte sich an ihn, um Albertinens willen,
wie er sich nach und nach an den ihm anfangs fast un-
erträglichen Gedanken gewöhnte, seine Frau im kommenden Karneval in die Geselligkeit der Hauptstadt einzu-
führen. Albertine sollte auf Bälle gehen — warum auch
nicht! War es etwa ein stichhaltiger Gegengrund, daß
ihm derartige Vergnügungen stets ein Greuel gewesen?
Nein, nein, es durfte ihr nicht zum Bewußtsein kommen,
welche Kluft die Jahre zwischen ihren Wünschen und
den seinigen gegraben hatten, das wenigstens sollte sie nie
erfahren!

So erkannte Albertine nicht einmal das Opfer, das
die tiefe Neigung ihres Mannes ihr in diesem Falle
schweigend brachte, und schritt ahnungslos, mit rosig an-
gehauchten Wangen und niedergeschlagenen Augen, schüchtern
und selig zugleich, wie ein richtiges junges Backfischlein,
an Herrn v. Schließmann's Arm die teppichbelegten
Stufen hinauf, die zum festlich erleuchteten Ballsaale
führten. Sie gewahrte nichts von den bewundernden
Blicken, die sich von allen Seiten auf die liebliche Erscheinung hefteten, in den ersten Augenblicken unsäglicher
Bekommenheit verschwamm Alles um sie her in eine
einzige Wolke von Licht, Glanz und schimmernden Ge-
wändern, aus der sich nur da und dort vereinzelte Gestalten im einfachen Civil als dunkle Punkte abhoben.

Albertinens junge Brust hob sich in kindischem Jubel.

Ja, das war das Leben, von dem sie einst geträumt,
draußen auf dem stillen Haidhofe; so glänzend hatte sie
sich damals die Menschen und die Räume in großen
Städten vorgestellt; jetzt durfte sie endlich einmal schauen,
was ihrer Kinderphantasie nur dunkel vorgeschwebt!

„Herr Oberst, darf ich um die Ehre bitten, der
gnädigen Frau vorgestellt zu werden?" — „Gnädige Frau
werden doch jedenfalls tanzen?" — „Um welche Tour
darf ich ergebenst bitten?" — „Gestatten Frau Oberst,
daß ich mir ein Plätzchen auf Ihrer Karte sichere?" . . .
Ein Schwarm von fremden Menschen, von Fragen, von
Namen, die sie nicht behalten konnte, schwirrte ihr vor
Augen und Ohren. Es war wie ein wogendes Meer,
aus dem nur die hohe, ernste Gestalt Herrn v. Schließmann's unbeweglich aufragte. Bei jedem neuen Tänzer
wandte sie sich mit anmuthiger Geberde, halb bittend,
halb fragend, nach ihm zurück, um aus seinen Mienen
die Richtschnur für ihr Gewähren oder Versagen abzu-
lesen. Endlich nahm der Oberst ihr lächelnd Tanzkarte
und Bleistift aus der Hand und zog auf der ersteren
irgendwo einen dicken Strich. „Bis hierher, liebes Kind,"
sagte er freundlich, aber bestimmt, „weiter wollen wir für
heute Abend nicht engagiren. Wir müssen doch erst sehen,
wie Dir die ungewohnte Anstrengung zusagt, und wie Du
Dich auf dem schlüfrigen Parquet des Ballsaales bewähren
wirst."

„Anstrengung?" dachte Albertine bei sich selber, während sie nach den rauschenden Klängen der prächtigen
Militärmusik am Arme ihres ersten Tänzers — den sie

übrigens kaum angesehen hatte — dahinschwebte; „wie kann man so etwas ‚Anstrengung‘ heißen?"

Das war freilich ein anderes Tanzen, als daheim auf dem Haidhofe, wenn sie manchmal, während der Faschings- zeit, in der Wohnstube den großen Eßtisch bei Seite ge- rückt hatten und ein wenig herumgehüpft waren, sobald der Herr Lehrer bei seinen zeitweiligen Besuchen sich dazu herbeiließ, den Mädchen auf dem alten, dünnstimmigen Klavier ein paar Tänze aufzuspielen. Albertine war so völlig versunken in diesen neuen Genuß, daß sie, wie alle sehr jungen Mädchen, nur wenig darauf achtete, an wessen Arm sie gerade durch den Saal flog. Offiziere und Civi- listen, ältere und jüngere Herren, das galt ihr völlig gleich; ein wahrer Taumel des Vergnügens hatte sie er- griffen: sie tanzte, tanzte, tanzte!

Schon war der Abend ziemlich weit vorgerückt, und während der Oberst, kurz vor der Pause, sich mit einigen Bekannten in die Eßsäle begeben hatte, um dort Plätze zu belegen, ereignete sich im Ballsaale mit seiner Frau oder vielmehr ihrem derzeitigen Tänzer ein kleiner Unfall. Derselbe hatte das Unglück, bei einer etwas raschen Wendung auszugleiten, und statt genug Geistesgegenwart zu besitzen, seine Dame sofort loszulassen, riß er diese ziemlich heftig mit sich zu Boden. Da sich der unan- genehme Vorfall in einer verhältnißmäßig leeren Saal- ecke zugetragen hatte, und überdies die meisten der nicht tanzenden Herren bereits in den Restaurationslokalitäten verschwunden waren, fand derselbe nur wenig Zuschauer, aber freilich auch nur wenig hilfbereite Hände. Ein

junger Offizier, der ein paar Schritte entfernt einsam an
einer Säule lehnte und unermüdlich an seinem stattlichen,
hellblonden Schnurrbarte drehte, während seine über-
müthigen, lachenden Augen über die vorbeiwirbelnden
Paare hinglitten, sprang herzu, um Albertinen beim Aufstehen die Hand zu bieten. Auch ihr ungeschickter Tänzer
war rasch wieder auf den Beinen und wollte eben, mit einer
verlegen gestammelten Entschuldigung, von Neuem den Arm
seiner Dame ergreifen, um den Schauplatz seiner Nieder-
lage so bald als möglich zu verlassen, als der junge
Offizier sich zu ihm neigte und ihm einige Worte in's
Ohr flüsterte, die jedenfalls auf seine Toiletteverhältnisse
Bezug hatten, denn ein bestürzter Blick des jungen Mannes
glitt an seinem Anzuge hinab, dann wendete er sich hastig
zu seiner Tänzerin.

„Verzeihung, meine Gnädige! In zwei Minuten stehe
ich wieder zu Ihrer Verfügung. Der Herr Lieutenant
hier wird sich jedenfalls ein Vergnügen daraus machen,
Sie zu Ihrem Platze zurückzubegleiten . . . Ich bin Ihnen
für Ihre Freundlichkeit zu größtem Danke verpflichtet,
mein Herr!"

Mit getötheten Wangen und einer flüchtigen Verbeugung empfahl sich der also von seinem Unstern Verfolgte und gewann in zwei Sprüngen die Ausgangsthüre.

Albertine war im ersten Augenblicke von ihrem Sturze
ein wenig betäubt gewesen und auch viel zu verwirrt, um
ihrem neuen Beschützer vorerst besondere Aufmerksamkeit
zu schenken; eifrig bemüht, mit ihrem Spitzentuche die
Staubflecken von ihren weißen Handschuhen einigermaßen

zu entfernen, nahm sie, ohne aufzusehen, den Fächer wieder
in Empfang, der ihr entfallen war.

„Nach welcher Richtung des Saales befehlen das
gnädige Fräulein geführt zu werden?"

Sie erhob rasch das Haupt bei der ungewohnten An=
rede; ein paar Sekunden lang ruhte ihr Blick auf der
stattlichen Gestalt des jungen Offiziers, auf seinen regel=
mäßigen Zügen und blitzenden Augen; dann senkten sich
unwillkürlich ihre dunklen Wimpern auf die Wangen
herab, die purpurne Gluth jählings übergoß. Fürwahr,
noch nie in ihrem Leben hatte sie so den Eindruck sieg=
hafter Mannesschönheit empfangen, wie in diesem Augen=
blicke! Wie unbedeutend erschien ihr im Geiste ihr
hübscher Bruder Theodor, der bis heute für sie gewisser=
maßen ein Schönheitsideal gewesen, neben dieser hohen
Gestalt mit dem Apollokopfe auf den Schultern eines
Mars!

Auch der junge Offizier blickte überrascht auf die be=
zaubernde Erscheinung, die ihm ein freundlicher Zufall
hier unversehens in die Arme geführt. Wie anmuthig
hoben sich die jugendlichen Schultern, der schlanke Kinder=
hals aus einer Wolke rosig=duftenden Gewebes, wie ent=
zückend war das Geranke wilder Heckenrosen, das sich
durch die braunen Locken schlang, wie verführerisch der
halbgeöffnete rothe Mund, der wie geschaffen schien zum
Lächeln und zum Küssen!

„Wer mag das liebliche Kind wohl sein?" Dieser
Ausruf schien auf seinen Lippen zu schweben, während er
der Antwort auf seine Frage harrte. Bevor dieselbe noch

erfolgte, sagte er haftig: „Mein Gott, verehrtes Fräulein, eben entdecke ich, daß Sie hier am linken Arme bluten! Sie müssen sich im Fallen am Ellenbogen die Haut ge= schürft haben, oder hat Ihr eminenter Tänzer vielleicht Sporen getragen?"

Die junge Frau blickte jetzt, mehr ärgerlich als er= schrocken, auf den verletzten Arm und tupfte mit dem Tuche vorsichtig die Bluttropfen weg, die an der lebhaft gerötheten Stelle langsam hervorsickerten. „Es ist zu albern, im Ballsaale zu fallen," murmelte sie unmuthig.

„Ein Schicksal, das uns ein oder das andere Mal fast Alle trifft," meinte er lächelnd. „Aber, mein Fräulein, das sollten Sie nicht thun," fügte er verweisend hinzu und legte leise seine Hand auf ihre Rechte, die das Tuch auf die Wunde drückte. „Ihr Taschentuch ist vorhin sehr staubig geworden; es klebt daran zu viel von dem häß= lichen Niederschlag des schimmernden Festsaales, und Sie könnten auf diese Weise an einer sehr harmlosen Ver= letzung eine bedeutende Entzündung hervorrufen."

Albertine hatte unter der Berührung dieser fremden Hand unwillkürlich zusammengezuckt und sofort den Arm sinken lassen.

„Lieber Gott, was soll ich sonst thun?" sagte sie un= schlüssig. „Ich kann nicht gut das hervordringende Blut auf mein Kleid abtropfen lassen, und anderweitige Ver= bandmittel sind mir in diesem Augenblicke leider nicht zur Hand."

„Doch, doch, mein gnädiges Fräulein! Ich trage für dergleichen kleine Unfälle stets Pflanzenpapier in meiner

Tasche; wenn Sie gefälligst mit mir in die zwei Schritte entfernte Konditorei eintreten wollten, damit wir die verletzte Stelle vorerst etwas mit frischem Wasser behandeln und dann zukleben können —"

Sie nickte zustimmend und sagte leise: „Sie sind sehr gütig, mein Herr!"

Der junge Offizier stand dicht an ihrer Seite, während sie den langen Handschuh abknöpfte und schweigend den dünnen Wasserstrahl über ihren Arm gleiten ließ. Mit gespannter Aufmerksamkeit verfolgte er jede ihrer Bewegungen und schien in dem kleinen Abenteuer einen ganz besonderen Reiz zu finden.

„Nun ist leider wieder Alles in Ordnung, verehrtes Fräulein," sprach er lächelnd, nachdem die kleine Wunde von Albertine zugeklebt worden. „Ich sage ‚leider‘, da nun, wie ich fürchte, meine Ritterdienste sehr bald zu Ende sein werden; noch ein paar kurze Augenblicke, und das Glück dieser flüchtigen Begegnung ist dahin, aber nicht für immer, wie ich hoffe. Ich werde Sie wiedersehen auf anderen Bällen des heurigen Karnevals? . . . O bitte, liebes Fräulein, sagen Sie, daß ich Sie wiedersehen werde!"

Eben als Albertine die Lippen öffnen wollte, um jetzt endlich einen Irrthum richtig zu stellen, in dem der junge Offizier über ihre Person befangen war, und den sie während ihres kleinen Unfalles ganz vergessen gehabt, erklang plötzlich Herrn v. Schließmann's Stimme am Eingange zur Konditorei: „Aber, bestes Kind, wo bist Du hingerathen? Eben erst erfuhr ich von dem kleinen Mißgeschicke, das Euch betroffen, und daß Dich Herr v. Bohlen

im Schutze eines Offiziers zurücklassen mußte, dessen Name
ihm nicht bekannt war."

Der Oberst blickte bei diesen letzten Worten mit etwas
hochmüthig fragender Geberde zu dem jungen Offizier
hinüber, der es gewagt hatte, einige Minuten länger, als
unbedingt nothwendig gewesen, an der Seite seiner Frau
zu verweilen.

„Um Vergebung, Herr Oberst," sagte dieser, sich in
stramm militärischer Weise vor seinem Vorgesetzten verbeugend, „es liegt kein Grund zu weiterer Besorgniß vor.
Die Verletzung Ihrer Fräulein Tochter war eine so unbedeutende, daß meine Samariterdienste durchaus keine
Schwierigkeiten boten. Darf ich mir übrigens die Ehre
geben, mich dem Herrn Oberst vorzustellen? Lieutenant
Baron Brunn."

„Es freut mich sehr, Ihre Bekanntschaft zu machen,
Herr Lieutenant," antwortete Albertinens Gatte mit so
eisiger Stimme, daß über die Größe und Aufrichtigkeit
seiner Freude kein Zweifel herrschen konnte, und ein
grimmiger Zug lagerte sich um seinen Mund. „Ich bin
der Oberst v. Schließmann, und diese Dame hier, die, wie
ich sehe, Ihre kostbare Zeit leider über Gebühr in Anspruch nehmen mußte, ist meine Frau."

Dunkle Gluth färbte bei den Worten des Obersten
gleichzeitig Albertinens Wangen, wie die des jungen Offiziers, und der Mißgriff, mit dem er, wie er wohl fühlte,
die Gunst eines Vorgesetzten von vorn herein verscherzt
haben mußte, raubte sogar dem weltgewandten Baron
momentan die Fassung.

„Ich bitte tausendmal um Entschuldigung," stammelte er verwirrt, und sein schönes Gesicht trug ein paar Sekunden lang den Ausdruck hilfloser Verlegenheit; „ich bitte tausendmal um Entschuldigung ... die große Jugend der gnädigen Frau ..."

„Ich weiß Alles, was Sie sagen wollen, Herr Lieutenant," unterbrach ihn der Oberst mit etwas spöttischem Lächeln; „geben Sie sich weiter keine Mühe! Die große Jugend der gnädigen Frau und meine grauen Haare ... mein sehr verehrter Herr Baron, das können Sie auch mit zweitausend Entschuldigungen nicht wieder gut machen!"

Die Worte hatten scherzhaft klingen sollen, und die Art und Weise, in welcher Herr v. Schließmann die Hand des jungen Offiziers schüttelte, sah ganz verbindlich aus; trotzdem verblieb diesem Letzteren die deutliche Empfindung, als ob der Humor nicht eben des Obersten stärkste Seite sei. Einen letzten leuchtenden Blick sandte er der jungen Frau nach, die jetzt am Arme ihres Gatten unter dem Säulengange des Ballsaales verschwand, drehte sich mit einer unhörbar pfeifenden Bewegung der Lippen rasch auf seinem Absatze, und murmelte etwas zwischen den Zähnen, was kaum ein Segenswunsch für Albertinens Begleiter gewesen sein mochte.

———

Am folgenden Tage, kurz vor dem Mittagsmahle, saßen Theodor und Albertine fröhlich plaudernd im Salon der Letzteren, während der Oberst mit auf dem Rücken verschränkten Armen etwas mißgestimmt im Zimmer auf und ab ging. Das heißt, er war nicht so eigentlich schlechter

Laune, als vielmehr etwas abgespannt und übernächtig,
obgleich er das den jungen Leuten dort, wie er seine Frau
und seinen Schwager innerlich bezeichnete, um keinen Preis
eingestanden hätte. Die grelle Beleuchtung und die große
Hitze des Ballsaales hatten für Herrn v. Schließmann
recht unangenehme Kopfschmerzen zur Folge gehabt, aber
er zog es bei Weitem vor, ein wenig unliebenswürdig zu
erscheinen, als von einer in seinen Augen so unrühm-
lichen Schwäche etwas verlauten zu lassen. So wandelte
er denn schweigend von einem Ende des Gemaches zum
anderen, ohne sich an dem Gespräche der Geschwister zu
betheiligen, das sich naturgemäß um die Ereignisse des
gestrigen Abends drehte, als plötzlich die Hausglocke mit
ziemlicher Heftigkeit gezogen wurde.

„Wer mag denn jetzt noch kommen?" sagte der Oberst,
etwas mürrisch nach der Uhr blickend, als draußen eine
fremde Stimme hörbar wurde, die sich offenbar nach der
Anwesenheit der Herrschaften erkundigte, worauf Männer-
schritte auf dem Flur sich näherten. „Das ist wieder
eine der liebenswürdigen kleinen Bosheiten unserer trefflichen Lene, die vermuthlich mit dem Essen nicht rechtzeitig zu Stande gekommen ist, und uns deshalb, fünf
Minuten vor ein Uhr, noch einen Besuch auf den Hals
hetzt! Na, meinetwegen d'rauf los!"

Bei den letzten Worten des Obersten war die Salon-
thüre von Seiten der alten Haushälterin dienstfertig geöffnet worden, die noch eben Zeit fand, „Herr Lieutenant
Baron Brunn" in das Zimmer zu rufen, als der Ge-
meldete schon auf der Schwelle stand.

Das Gesicht Herrn v. Schließmann's, wie er nun Albertine einen flüchtigen Blick zuwarf, sah genau so aus, als wollte er sagen: „Nun, das nenne ich doch eine Dreistigkeit von dem jungen Menschen!" — Letzterer aber hatte jedenfalls Zeit gehabt, sich auf einen allenfalls kühlen Empfang von Seiten des Hausherrn genügend vorzubereiten, denn er ließ sich durch denselben nicht wie gestern verblüffen, sondern gab als Grund für seinen heutigen Besuch auf's Unbefangenste den Wunsch an, sich nach dem Befinden der gnädigen Frau zu erkundigen und zugleich in gebührender Weise dem Herrn Oberst seine Aufwartung zu machen.

Ganz besonders entzückt schien Baron Brunn auch über den angenehmen Zufall, den Bruder der gnädigen Frau hier zu treffen. War Herr Bäumer nicht mit einem Lieutenant Schornborff näher bekannt, der vor einigen Jahren derselben Studentenverbindung angehört hatte?

Als Theodor dies bejahte und sich in verbindlicher Weise über ihren beiderseitigen Freund äußerte, schienen sich auch sofort die besten Beziehungen zwischen ihm und Herrn v. Brunn anknüpfen zu wollen, der wiederholt versicherte, daß er seinem innersten Berufe zufolge jeden= falls Medicin studirt haben würde, hätte nicht sein Vater zäh an dem alten Brauche ihres Hauses festgehalten, nach dem stets der Erstgeborene der Familie für die militärische Laufbahn bestimmt war. — Er empfahl sich dann ziemlich rasch, um die Herrschaften nicht etwa vom Speisen abzuhalten, nachdem er noch Theodor gegenüber die Hoffnung ausgesprochen, ihn recht bald im Kaffeehause oder vielleicht auf dem Eisplatze, welchem Sport er doch jedenfalls auch huldige, zu treffen; er selber sei nämlich ein leidenschaftlicher Schlittschuhläufer. Ob die gnädige Frau auch Schlittschuh fahre? Nein — wie schade! Sie entbehre dadurch wirklich ein hervorragendes Vergnügen.

„Gott sei Dank, daß er weg ist," sagte der Oberst, als die Hausthüre hinter dem Besuche in's Schloß ge= fallen war. „Nun werden wir doch endlich etwas zu essen bekommen."

„Weshalb Gott sei Dank?" rief mit ungeduldigem Achselzucken Theodor, dessen leichtbewegliches Herz die Liebenswürdigkeit des Barons im Sturme erobert hatte. „Ich habe kaum noch einen angenehmeren Offizier ge= troffen, gewiß aber niemals einen schöneren Mann! Wie hat er Dir gefallen, Albertine?"

„Mir? O, ich kannte ihn ja schon von gestern," sagte diese ausweichend. „Uebrigens sind ein paar flüchtig ausgetauschte Redensarten doch kaum genügend, um sich über einen Mann ein Urtheil zu bilden. Komm, lieber Kurt, komm, Theodor, wir wollen zu Tische gehen."

Und die junge Frau schob mit freundlichem Drängen, viel zärtlicher, als sonst ihre Art war, den Arm unter den ihres Gatten, ganz wie Jemand, dessen Gewissen nicht völlig rein ist, und der durch äußerliche Liebenswürdig= keit ein innerlich begangenes Unrecht gern wieder gut machen möchte. —

Arme Albertine! Der erste Schritt auf einem Wege, der zum Unrecht, zum Verderben führen mußte, war hier in der That geschehen. Nein, nicht der erste Schritt, nur

der erste Gedanke, der erste, halb unbewußte Wunsch, den
ein Paar übermüthige Männeraugen ihr in die Seele ge=
zaubert, um den Frieden ihres jungen Herzens leicht=
sinnig zu untergraben.

Es war wie ein Verhängniß, das sich von jenem
Ballabend an über ihrem Haupte zusammenzog, und sie
nun immer und überall, ohne ihr Zuthun, ohne ihren
Willen, mit dem jungen Offiziere zusammenführte. Selbst
ihr Bruder Theodor, in seiner jugendlichen Begeisterung
für den neuen Freund, spielte hier, gewiß unabsichtlich,
eine unselige Vermittlerrolle. Wenn Albertine mit
äußerster Selbstüberwindung am Vormittage vom Fenster
ferngeblieben war, zu einer Zeit, wo sie mit Bestimmt=
heit vermuthen konnte, daß Baron Brunn an ihrem
Hause vorübergehen würde, um sehnsüchtige Blicke hinauf
nach den Fenstern der schönen Frau zu schicken, so er=
zählte ihr ein paar Stunden später der Bruder ahnungs=
los von den köstlichen Nachmittagen und Abenden, die er
nun so häufig im Kreise seiner neuen Bekannten verlebe;
was für famose Leute Brunn und seine Kameraden wären,
wie geistreich sie sich zu unterhalten, wie lustig sie zu
leben verständen. Oder sie traf ihn auf den Spazier=
gängen, die sie zuweilen mit ihrem Gatten machte, wo er
sich durch die finsteren Blicke des Obersten, der ihn nie
zu einem zweiten Besuche aufgefordert hatte, nicht ab=
schrecken ließ, das Ehepaar eine Strecke Weges zu beglei=
ten, und dann mit seiner wirklich ausgezeichneten Unter=
haltungsgabe zuweilen sogar ein heiteres Lächeln auf
Herrn v. Schließmann's ernste Züge zauberte.

Wenn Albertine nach solchen Begegnungen des Abends oft schlaflos in ihrem Bette lag und sich vergebens bemühte, das Bild jenes Mannes aus ihrem Sinne zu bannen, von dem sie wußte, daß jedes Wort, das er gesprochen, jedes Lächeln seines Mundes, jeder Blick seiner leuchtenden Augen ihr gegolten hatte, ihr ganz allein, dann überkam sie stets ein Gefühl zornigen Grolles gegen das Schicksal, das ihr das Ideal ihrer Mädchenträume viel zu spät zugeführt. Ja, er wäre der Rechte gewesen, in seiner stolzen Ritterlichkeit, in seiner feurigen Jugendkraft, in seiner heiteren Lebenslust, er, dem ein Gott schon in die Wiege die Himmelsgabe höchster Körperschönheit gelegt! Und dieser Mann liebte sie, sie fühlte es mit dem untrüglichen Instinkt der Frau, sie hätte die Seine werden können, wenn ... wenn nicht ein Anderer ihm zuvorgekommen wäre!

Wie verlor dieser Andere in Albertinens unerfahrenen Augen täglich, stündlich, im Vergleiche mit jenem Götterlieblinge! Er liebte sie vielleicht ja auch in seiner Weise, eine vorwurfsvolle Stimme in ihrem Herzen sprach trotz alledem unablässig zu seinen Gunsten, aber seine Weise war eben nicht die ihre! Was verstand ihr Gatte, mit seinem gemessenen Wesen, mit seinem starren Pflichtgefühl, von jener gewaltig lodernben Leidenschaft, deren sie sich fähig fühlte! Damals freilich, in seinen Bräutigamstagen, als er sie bebend in seine Arme schloß, damals hatte sie geglaubt, daß eine große, heiße Liebe sein Herz erwärmt habe; aber er war ein Anderer geworden in den kurzen Monaten ihrer Ehe! Langsam, anfangs unmerk-

lich, hatte die Wandlung in ihm begonnen, von jenem
erſten, trübſeligen Abende ihrer Rückkehr an, als es ſie
ſchon froſtig angeweht hatte beim Betreten der Räume,
die ihre Heimath werden ſollten. Sobald das gewohnte
Geleiſe des Alltagslebens, die Berufspflichten, ihn von
Neuem umklammert hielten, war die matte Flamme ſeiner
Neigung zu ihr erſtickt! Der Dienſt und immer nur der
Dienſt! Und die kargen Stunden, die dann noch übrig
blieben, mit dieſen mochte ſich ſeine junge Frau begnügen!... Nein, nein! Das war das Rechte nicht! Sie
wollte voll und ganz geliebt werden, mit einer großen
Leidenſchaft, wollte einem Manne Anderes ſein, als das
hübſche Spielzeug müßiger Stunden. Der, dem ſie Treue
halten ſollte für alle Zeit, dem mußte ſie auch mehr
gelten, als Beruf und Pflicht und dergleichen nüchterne
Erwägungen, dem mußte ſie Alles ſein, der mußte ihr
freudig auch das größte Opfer bringen!

Von ſolchen Opfern, von Thorheiten, die aus über-
großer Liebe begangen werden, wußte nun freilich Herr
v. Schließmann nichts, ſo dachte Albertine mit verächt-
lichem Lächeln. Wie war er nur neulich aufgebrauſt,
als ſie ihm, in ihrer Herzensangſt um das Schickſal des
Bruders, über Theodor's voreilige Entſchlüſſe und Zu-
kunftspläne, die ſie freilich ſelbſt unmöglich billigen
konnte, einige vorſichtige Andeutungen gemacht und um
ſeinen Rath gefragt hatte; wie geradezu beleidigend war
er da geworden! Theodor ſei ein dummer Junge, der
offenbar in ſeinen Knabenjahren zu wenig Prügel bekommen habe; wie könnte er ſich ſonſt einfallen laſſen,

auch nur einen Augenblick lang der wahnsinnigen Idee
nachzuhängen, im zweiten Jahre seiner Universitätsstudien
an eine Verlobung, geschweige denn an eine Heirath zu
denken! Wer denn das beneidenswerthe Frauenzimmer
sei? So, so, eine junge Schauspielerin!... Diese herrliche Eroberung habe er vermuthlich seinen vornehmen
Freunden, den Herren Lieutenants, zu verdanken, die ja
meist hinter den Coulissen und in Theatergarberoben so
gut Bescheid zu wissen pflegten! Ueber eine solche Schwieger-
tochter würde Frau Bäumer jedenfalls hochentzückt sein;
da gratulire er von ganzem Herzen, selbstverständlich auch
der glücklichen Erkorenen! Eine Schauspielerin mit ihren
Anforderungen und Gepflogenheiten, die passe ja gerade
zu Theodor's künftiger Lebensstellung und zu seinen Ver-
mögensverhältnissen!

Diese gerade würde wohl nicht allzu anspruchsvoll
sein, hatte Albertine schüchtern eingewendet, weil sie eine
ganz bescheidene Stellung am hiesigen Theater innehabe
und nur kleine Rollen spiele.

„Schön, schön," hatte sie der Oberst höhnisch unterbrochen, „nun, welcher Art ihre dramatische Begabung
auch immer sein mag, im Gimpelsang muß die Kleine
jedenfalls nicht ganz unerfahren sein!"

So war es fortgegangen in kränkenden Ausfällen und
gehässigen Anspielungen auf Theodor und seine neuen
Freunde, über eine halbe Stunde lang; Albertine hätte
ihrem sonst so schweigsamen Gatten eine solche Zungen-
fertigkeit gar nicht zugetraut. Das also war der Trost,
die freundliche Theilnahme, die er ihr zu bieten hatte,

wenn sie je einmal in einer Angelegenheit, die ihr nahe
ging, seines Rathes und seiner besseren Einsicht bedurfte!
Ein anderer Schwager von Herrn v. Schließmann's Alter
und Stellung würde es vielleicht versucht haben, mit
Vernunftgründen und ruhigen Vorstellungen auf Theodor
einzuwirken, und so den verhängnißvollen Schritt zu
hintertreiben, den der junge Mann zu thun im Begriffe
stand. Eine solche wirklich verwandtschaftliche Handlungsweise kam ihrem Gatten natürlich nicht in den Sinn; er
ließ sich höchstens zu Ausbrüchen zorniger Geringschätzung
hinreißen, und damit war für ihn die Sache abgethan.

Damals, an jenem ersten Abende nach der Ankunft des
Obersten auf dem Haidhofe, als Theodor ihn einen hoch-
müthigen, unangenehmen Mann genannt, hatte sie das
Urtheil des Bruders vorschnell und kindisch gefunden und
darüber gelacht; heute war sie nahe daran, sich zu seiner
Ansicht zu bekehren. War, wenn sie Theodor's Worten
in dieser Hinsicht Glauben schenken durfte, seine Ansicht
nicht auch die aller Untergebenen ihres Mannes? Klagten
sie nicht Alle über seine rücksichtslose Strenge im Dienste,
seine Schroffheit im persönlichen Verkehre? Und wie ab-
scheulich war, vom ersten Augenblicke an, sein Benehmen
gegen Baron Brunn gewesen! Es gehörte in der That
die ganze weltmännische Gewandtheit, der vollendete Takt
des jungen Offiziers dazu, um einer solchen Handlungsweise gegenüber eine sich stets gleich bleibende Höflichkeit
zu bewahren!

In immer bitterere Stimmung gegen ihren Gatten
lebte sie sich hinein, in dem uneingestandenen Bedürfnisse,

ihre Gefühle für jenen Anderen zu rechtfertigen und zu beschönigen. Trotz alledem empfand sie es fast als neue Kränkung, daß er so gar nicht zu bemerken schien, was in ihr vorging, wie sie sich ihm immer mehr entfremdete. Freilich lagen schon seit Wochen düstere Wolken auf der Stirne des Obersten, aber Albertine fühlte deutlich, daß sie selbst, ihr Thun und Lassen, daran keinen Theil hatte; es war ja nur der Dienst, der verhaßte Dienst, der ihn zufrieden oder unzufrieden machen konnte! Ob eine Feld=dienstübung im Frühjahre gut oder weniger gut aus=gefallen, das war natürlich von viel größerer Wichtig=keit, als ob er im Stande gewesen, seine junge Frau glück=lich zu machen. Ausbildung der Truppen, Schieß= und Marschübungen, ja, das war sein eigentliches Lebenselement.

Ob er wohl überhaupt merkte, daß der Frühling mit seiner wonnigen Pracht jetzt leise durch das Land zog? dachte Albertine manchmal grollend, wenn sie so am offenen Fenster saß, zu dem die lauen Lenzeslüfte, er=quickend und beklemmend zugleich, hereinflutheten und mit ihren Locken spielten, während ihre Blicke sehnsüchtig in die kleinen Vorgärten hinunterspähten, in welchen Krokus, Schlüsselblumen und Veilchen blühten. Ob er etwas zu empfinden vermochte von jenem schmerzlich seligen Ent=zücken, wie es ihr in diesen Maitagen die junge Brust bewegte? Es war der erste Frühling, den sie in der Stadt verlebte, in dem sie das holde Erwachen von Feld und Wald, den innigen Anschluß an die Natur entbehren mußte. Das fiel ihr schwerer auf die Seele, als sie in Tagen vermuthet hätte.

Während sie so eines Vormittages wieder einsam träumend am Fenster saß, halb und halb einen Besuch Theodor's erwartend, der versprochen hatte, sie einmal in diesen Tagen zu einem ordentlichen, langen Spaziergange in die hübschen Anlagen der Stadt abzuholen, klopfte es plötzlich, ohne daß Albertine vorher läuten gehört hätte, an die Zimmerthüre, und die alte Lene reichte ihr mit einem seltsam lauernden Blicke eine Visitenkarte herein, auf die mit Bleistift einige Worte flüchtig hingeworfen waren.

„Der Herr Lieutenant läßt sich nicht abweisen, obgleich ich sagte, daß nur die gnädige Frau allein zu Hause sei, und bittet hier, glaube ich, schriftlich um eine kurze Unterredung mit der gnädigen Frau."

„Glauben Sie?" sagte Albertine, indem sie ihr die Karte aus der Hand nahm und dieselbe dichter als gerade nöthig an das Gesicht brachte, um vor der Dienerin ein heißes Erröthen zu verbergen. „Glauben Sie, oder haben Sie's vielleicht gelesen? Wenn Ihnen das auf dem dunklen Flur gelungen ist, dann sind Ihre Augen im letzten halben Jahre jedenfalls sehr viel besser geworden."

Die Alte biß sich zornig auf die Lippen und wartete schweigend, bis ihre Herrin das kleine Blatt gelesen.

„Nun, welchen Bescheid habe ich dem Herrn Baron zu bringen?" fragte sie dann mit einer Stimme, in der verhaltener Grimm zitterte.

„Natürlich, daß er eintreten möge," entgegnete Albertine mit anscheinend völliger Gelassenheit, während ihr innerlich das Blut athemraubend zum Herzen strömte.

Da stand er wieder vor ihr in demselben Zimmer,
das er vor mehr als einem Vierteljahre zum ersten Male
betreten hatte, und dann nie wieder bis zum heutigen
Tage. Damals schon war ihm ihr Herz schüchtern und
bang entgegengeflogen, und heute, heute, wo durch das
offene Fenster das volle Licht des Frühlingssonnenscheines
auf sein männlich schönes Antlitz fiel, und sein Lächeln
noch gewinnender, seine fröhlichen Augen noch leuchtender
erscheinen ließ, wo sie sich zum ersten Male ganz ohne
Zeugen gegenüberstanden, fand sie nicht die Kraft, ihm
ihre Hand zu entziehen, die er in fühlbarem Drucke lange,
lange in der seinen hielt.

„Mir ist, als wären Jahre vergangen, seit ich Sie
nicht mehr gesehen habe, gnädige Frau!"

„Ich dächte, wir wären uns vorgestern beim Spazier=
gange begegnet," sagte Albertine lächelnd, während sie ihn
Platz zu nehmen bat.

„Wirklich? Ach ja, in der That," erwiederte er zer=
streut. „Vorgestern, dann letzten Sonntag im Theater
und noch so manches Mal. Doch was will solch' flüch=
tiges Begegnen unter all' den fremden Menschen heißen!
Mir ist trotz alledem, als läge eine Ewigkeit zwischen
heute und jenen kurzen Augenblicken, wo ich Sie damals
im Ballsaale zum ersten Male gesehen. Ja, wenn Einem
das Glück nicht von selber in den Schoß fällt, dann muß
man es eben erringen — erstehlen! Ich habe nämlich
heute recht zudringlich sein müssen, verehrte gnädige
Frau, und mir die Gunst, zwei Minuten lang ungestört
mit Ihnen plaudern zu dürfen, von einem alten Cerberus

an der Hausthüre förmlich erkämpft. Der Zweck meines
heutigen Besuches ist jedoch, Ihnen eine Bitte vorzutragen,
durch deren Gewährung Sie mich sehr glücklich machen
können! — Sie werden durch Ihren Bruder jedenfalls
davon gehört haben, daß eine Gesellschaft von jungen
Künstlern, Offizieren und Studenten in den nächsten Tagen
ein Waldfest in der Umgegend der Stadt zu veranstalten
gedenkt: Wagenfahrt der eingeladenen Familien durch reizende Waldparthien an den Ort der Zusammenkunft,
Mittagstisch im vortrefflichen Wirthshause des in Aussicht genommenen Dörfchens, Maibowle im Walde, gegen
Abend Tanz und noch einige Ueberraschungen, die ich
natürlich nicht verrathen darf. Das Ganze verspricht ein
sehr glänzender, genußreicher Tag zu werden, genußreich
für mich selbstverständlich nur dann, wenn gnädige Frau
einwilligen, das Fest durch Ihre Gegenwart zu verherr-
lichen."

„Wenn es nur auf mich ankäme, ob ich mich daran
betheiligen wolle oder nicht," entgegnete Albertine, welcher
der Wunsch, einmal eine derartige Festlichkeit mitzumachen,
förmlich aus den Augen leuchtete, „so dürften Sie meines
Kommens wohl sicher sein. Aber," setzte sie zögernd hinzu, „mein Mann ist gegenwärtig so sehr in Anspruch genommen, und hat überhaupt so wenig Neigung für solche
Vergnügungen, daß ich fast fürchten muß —"

„Im Falle es dem Herrn Oberst in der That nicht
möglich wäre, Sie selbst zu begleiten," fiel Baron Brunn
so eilfertig ein, als hätte er diesen Einwurf vorausgesehen
und gewünscht, „könnten sich die gnädige Frau ja anstands-

los von Ihrem Bruder begleiten lassen, sobald Sie nur
die Einwilligung Ihres Herrn Gemahls erhalten, um
sich dann an Ort und Stelle einer der anwesenden Offi-
ziersfamilien anzuschließen, die Ihnen sicher nicht unbekannt sein dürften. Da wäre zum Beispiel Frau Major
Engelmann mit ihren beiden Töchtern — wenn ich nicht
irre, habe ich die Damen sogar auf der Straße schon im
Gespräche gesehen — die sich gewiß ein Vergnügen daraus
machen würde, Ihnen ihren mütterlichen Schutz angedeihen
zu lassen. Sie sehen, gnädige Frau, ich habe bereits alle
Möglichkeiten in's Auge gefaßt und bin fest entschlossen,
mich durch keinerlei Ausflüchte aus dem Felde schlagen
zu lassen."

Er halte sich bei diesen mit lächelnder Zuversicht gesprochenen Worten rasch erhoben und faßte nun zum
zweiten Male Albertinens Hand, während er mit freundlicher Bitte ihr in die Augen blickte.

Sie konnte diesem Blicke nicht widerstehen.

„Ja, ja, ich werde kommen, wenn es irgend angeht,
verlassen Sie sich darauf, Herr Lieutenant!"

Er beugte sich zu ihr herab und führte ihre kleine,
zitternde Rechte an seine Lippen.

Wie in einem Traume befangen, stand sie noch immer
unbeweglich in der Mitte des Gemaches, als sich die
Thüre längst hinter ihm geschlossen hatte. Ja, sie wollte
dieses Maifest besuchen, koste es, was es wolle — um
jeden Preis!

Ein schöner Morgen lachte über der waldigen, sonnen-
beschienenen Hochebene, die sich in zuweilen schroff ab-
fallenden Ufern zu beiden Seiten des brausenden Gebirgs-
flusses hinzieht, an dem stromabwärts die Stadt gelegen
war, die mit ihren Thürmen und Spitzen fern im Norden
im lichten Blau des Aethers verschwamm. Im Gebirge
mußten eben unter den heißeren Strahlen der Maisonne
die gewaltigen Massen winterlichen Schnee's zu schmelzen
beginnen, denn brausend, zischend und gelblich trüb wälzten
sich unten in dem breiten Bette des Flusses, das zur
Sommerszeit oft große, wasserlose Sandflächen zeigte, die
schäumenden Wogen heran, da und dort wilde Wirbel
bildend und entwurzeltes Strauchwerk mit sich führend.
Ueberall im Walde blieben noch die hohen, weißglänzen-
den Stämme der Buchen weithin sichtbar, während sich
ihre schlanken Zweige schon mit jenem lichtgrünen, un-
beschreiblich zarten Laubwerke bedeckten, das einen schönsten
Zauber dieser wonnigen Jahreszeit ausmacht.

Und welches bunte, lachende Leben herrschte heute in
dem sonnigen Revier, wie viel lichte Frauengewänder
huschten zwischen den Bäumen hin, wie viel zierlich be-
schuhte Füßchen trippelten raschelnd durch die dürren
Blätter, die der letzte Herbst von diesen selben Zweigen
gestreift, die nun wieder in verjüngter Schönheit prangten!
Da und dort hin zerstreute sich im Walde die muntere
Schaar, froh, für einen Tag wenigstens dem gewohnten
Alltagsleben entrückt zu sein und sich aus vollem Herzen
der herrlichen Natur zu freuen.

Auch Albertine wanderte plaudernd und lachend, Früh-

lingsblumen pflückend, unter den Festgästen. Es hatte
sich Alles so viel leichter, einfacher gemacht, als sie anfangs zu hoffen gewagt. Herr v. Schließmann war allerdings, wie sie erwartet, nicht geneigt gewesen, seine Frau
auf dem beabsichtigten Ausfluge zu begleiten; im Uebrigen
hatte er gegen den Plan seiner Frau, sich einer befreun-
deten Familie anzuschließen, nichts Wesentliches einzu-
wenden gehabt und ihr nur anempfohlen, sich nicht etwa
zu erkälten und sich von Theodor Abends rechtzeitig nach
Hause bringen zu lassen.

Als sie sich in der Morgenfrühe des festgesetzten Tages
von ihm verabschiedete, kam ihr der Oberst fast noch
düsterer und in sich gekehrter vor als sonst, aber der Gedanke an das bevorstehende Vergnügen erfüllte ihr so
ganz Herz und Sinn, daß sie des flüchtigen Eindruckes
bald nicht mehr gedachte.

Ihr thörichtes Herz schwamm in einem wahren Taumel
von Entzücken. Nie noch hatte sie in so fröhlicher Gesellschaft einen ganzen Tag im Freien zugebracht, nie noch
jene sprühenden, neckenden Kobolde kennen gelernt, die
eine im Walde bereitete Maibowle kichernd umschwirren,
Scherz und Lachen auf die Lippen der Theilnehmer zaubern
und zarte Wangen mit heißer Röthe überhauchen. Sie
freilich hatte kaum von ihrem Glase genippt, und doch
blickte sie nicht mit nüchternen Augen in die allgemeine
Festesfreude, etwas von dem sinnbetäubenden Hauche des
kleinen Bacchanals, in dem Keiner mehr auf die Gesellschaft,
Jeder nur auf sich selber und die ihm nächstliegenden In-
teressen achtete, hatte auch sie ergriffen, wie alle Uebrigen.

Sie hätte nicht mehr sagen können, wie es gekommen war, daß sie plötzlich so weit ab von den Anderen, ganz allein mit Baron Brunn auf dem schmalen, einsamen Waldwege dahinschritt; sie wußte nicht, war ihr Weggehen aufgefallen oder nicht. Nur da und dort sah sie, wie im Traume, andere Paare lustwandeln, die zu sehr mit sich selbst beschäftigt schienen, um einen Blick für sie übrig zu behalten. Ihr Herz pochte, ihre Wangen glühten, während ihr Begleiter mit seiner weichen, einschmeicheln= den Stimme süße Worte flüsterte: wie sehr er sich den ganzen Tag gefreut auf dies Alleinsein mit ihr; sie wisse es ja längst, sie müsse es längst wissen, daß er sie unsäg= lich liebe!

Dann streckte er verlangend seine Arme ihr entgegen und zog sie wonnetrunken an seine Brust.

Einen Augenblick ließ sie es geschehen, dann befreite sie sich mit sanfter Gewalt aus seiner Umarmung.

„Nicht so, mein Freund, nicht so!" sagte sie leise, vor ihm zurückweichend. „Wir wollen nicht wie feige Diebe uns unser Glück erstehlen! Hinterhältigkeit hab' ich ver= achtet mein Leben lang! Lieben Sie mich denn wirklich, wirklich von ganzem Herzen?" Mit banger Frage richteten sich ihre großen, klaren Augen auf sein Gesicht. Baron Brunn wurde ordentlich verwirrt unter ihren ernsten Blicken.

„Mehr als mein Leben!" erwiederte er mit etwas un= sicherer Stimme und legte wie betheuernd die Rechte auf seine Brust.

„Nun, dann lassen Sie uns auch den Muth unserer

Liebe haben! Mein ist der schwerere Theil der Schuld,
darum mag auch mir der schwerere Theil dessen zufallen,
was jetzt geschehen muß. Ich will noch heute mit meinem
Gatten sprechen!"

„Wie — wie meinen Sie das, gnädige Frau?" Stam-
melnd kamen die Worte über die Lippen des jungen Offiziers, in dessen Gesicht ungläubiges Staunen mit dem
Ausdrucke höchsten Unbehagens wechselte.

„Es ist der einzige Weg, der für uns zum Heile
führen kann, so unendlich schwer es mir auch fällt, ihn
einzuschlagen," fuhr Albertine hastig fort. „Ein frei-
müthiges Bekenntniß, eine offene Auseinandersetzung mit
meinem Gatten... er ist nicht ungroßmüthig... er wird
mich freigeben!"

Baron Brunn war sehr blaß geworden während dieser
Rede und starrte die junge Frau mit entsetzten Augen an.

„Gnädige Frau," nur mühsam konnte er in seiner
Erregung die Worte finden, „das hieße uns Beide in's
Verderben stürzen! Ein solches Vorgehen ist Wahnsinn —
ein Wahnsinn, der vielleicht Ihrem Herzen alle Ehre
macht," fügte er hinzu, wie um die Rauhheit seiner Aus-
drucksweise etwas abzuschwächen, „der aber mit den Anforderungen des praktischen Lebens in keiner Weise in
Einklang zu bringen ist. Wie könnte ich je die Verant-
wortung auf mich nehmen, Sie aus einer geachteten Existenz, aus der Fülle des Wohlstandes in einen Abgrund
von Elend und Entbehrungen gelockt zu haben!"

Er war innerlich wüthend, daß er ihr dies Alles sagen
müsse, daß es so verdrehte Frauen gäbe, welche die ein-

fachsten Dinge so verzweifelt ernst nähmen; und sie verstand ihn noch immer nicht!

„Die Aussicht auf Armuth und Entbehrung kann mich
nicht schrecken," sagte sie leise. „Ich bin in den aller-
bescheidensten Verhältnissen aufgewachsen, und an Ihrer
Seite werde ich auf jeden Luxus des Daseins gern und
freudig verzichten."

„Gnädige Frau, um Gottes willen, halten Sie ein!
Auf wie seltsame, ganz unausführbare Gedanken sind Sie
hier verfallen! Ich könnte Sie niemals, niemals — als
Ehrenmann bin ich Ihnen diese für mich so schmerzliche
Erklärung schuldig — zu meiner Frau machen! Meine
ganze Carrière wäre vernichtet... ich müßte quittiren."

Er hielt verlegen inne, ohne daß sie ihn mit einer
Silbe unterbrochen hätte. Hochaufgerichtet, mit starren,
weitgeöffneten Augen blickte sie zu ihm auf, den Ausdruck
unsäglicher Verachtung in ihrem schönen Angesicht. Das
also war der ritterliche Held, den ihre thörichte Phantasie
zu einem Halbgotte erhoben, an dessen Liebe sie geglaubt,
an dessen ehrenhafter Gesinnung sie nicht einen Augenblick
gezweifelt hatte! Der Schleier war zerrissen, der ihr un-
erfahrenes Herz getäuscht, jetzt sah sie ihren Götterliebling,
aller Hoheit entkleidet, in seiner kalten, schamlosen
Selbstsucht vor sich stehen; und mit dieser Erkenntniß war
auch die eingebildete Leidenschaft für jenen Mann in
ihrem Herzen mit einem Schlage erstorben, nur Schmerz
und Reue blieben darin zurück. Um dieses Elenden willen
hatte sie ihren Gatten preisgeben wollen, der ihr nie eine
Kränkung zugefügt, der ihr in fester, treuer Liebe zugethan

gewesen, dessen Schuhriemen zu lösen dieser hier nicht
würdig war!

Er erröthete jetzt unter ihren Blicken, wie er vorhin
erblaßt war bei ihren ersten Worten.

„Gnädige Frau," sprach er endlich, „so schmerzlich diese
Stunde für uns Beide gewesen sein mag, so wenig Sie
mir wohl in diesem Augenblicke gerecht zu werden vermögen, es wird eine Zeit kommen, in der Sie mir vielleicht Dank wissen, daß ich — wie es meiner reiferen
Ueberlegung auch geziemt — der Stimme des Herzens
nicht allein Gehör gegeben habe."

„Sie mögen Recht haben, Herr Lieutenant," erwiederte
sie, wie mit sich selber sprechend, „die Zeit wird kommen,
wo ich Ihnen für die Erkenntniß, welche mir diese Stunde
brachte, aufrichtig dankbar sein werde."

Ohne seiner weiter noch zu achten, ohne einen Blick
nach ihm zurückzuwerfen, schritt sie langsam, mit fest-
geschlossenen Lippen den Weg zurück, den sie vor kaum
zehn Minuten mit glühenden Wangen und lächelndem
Munde an seiner Seite gewandelt war. Der Rausch war
verflogen, nur ein Gefühl des Ekels vor ihm und vor
sich selber war in ihr zurückgeblieben.

„Ich will heim, Theodor; Du mußt mich so bald als
möglich heimbringen," sagte sie zu ihrem Bruder, sobald
sie seiner in der Menge habhaft werden konnte. „Ich
habe bei Frau Major Engelmann heftige Kopfschmerzen
als Grund meines Weggehens angegeben; es ist mir auch
ganz gleichgiltig, ob sie meiner Entschuldigung Glauben
schenkt oder nicht, aber ich will unter keiner Bedingung

bis zum Beginne des Tanzes bleiben! Thu' mir den einzigen Gefallen, einmal um meinetwillen auf ein Vergnügen zu verzichten!"

„Ich bin ja ohnedies nur um Deinetwillen hergekommen," gab dieser ärgerlich zurück; „so kann ich auch um Deinetwillen gehen. Nur sage mir, weshalb?"

„Du magst es vielleicht ein anderes Mal erfahren; nur heute quäle mich nicht mit nutzlosen Fragen."

„Wie Du willst," entgegnete Theodor in etwas gereiztem Tone, „ich bin nicht übermäßig neugierig und habe ohnedies den Kopf so voll von meinen eigenen Angelegenheiten! O Albertine, wenn Du wüßtest, wie tief unglücklich ich selber bin!" fügte er seufzend hinzu, bereit, den Kummer, der ihn bedrückte, bei der ersten Aufforderung in die theilnehmende Seele der Schwester auszuschütten.

Aber eine solche Aufforderung erfolgte nicht. Albertine erschien in diesem Augenblicke alles Singen und Sagen von Liebe wie eitel Hohn; sie wollte nichts mehr hören von solchen Dingen und fühlte nur den einen, brennenden Wunsch: allein sein, kein fremdes Gesicht mehr sehen müssen; nach Hause, nach Hause!

Schweigend wurde von den Geschwistern die Fahrt zurückgelegt; Keines von ihnen achtete der Schönheit des lauen Frühlingsabends. Albertine wollte es scheinen, als währte es eine Ewigkeit, bis sie die Stadt erreichten. Zu ihrer bisherigen Niedergeschlagenheit gesellte sich eine unklärliche Unruhe, die immer größer wurde, je mehr sie sich der Heimath näherten.

Als endlich der Wagen an seinem Ziele angelangt
war und die junge Frau sich hastig von ihrem Bruder
verabschiedet hatte, blieb sie tief aufathmend an der Treppe
stehen, während sie mit ihrer Hand über Stirne und
Augen fuhr, als wollte sie eine häßliche Erinnerung weg-
wischen aus ihren Gedanken. Dank, Dank sei dafür dem
Himmel, daß er die unselige Verblendung von ihr genommen, daß er am äußersten Rande des Abgrundes ihr
noch gewaltsam die Augen geöffnet, daß sie noch zurückkehren durfte in ihr friedvolles Heim, nicht schuldlos freilich, aber doch wenigstens nicht entehrt durch eine Schuld,
für die es keine Sühne gibt, die kein Gott mehr von ihr
nehmen könnte!

Wie sie so in Sinnen verloren unten an der Treppe
stand, wurde plötzlich oben in ihrer Wohnung die Thüre
ziemlich geräuschvoll geöffnet, und die alte Lene beugte
sich spähend über das Geländer.

„Sie sind es, gnädige Frau?" rief sie mit gedämpfter
Stimme und warf einen zürnenden Blick auf die Ankom-
mende. „Während Sie da bei Ihrem Feste gewesen sind,
haben wir zu Hause viel Schrecken und Jammer gehabt;
der gnädige Herr —"

Albertine hörte nichts weiter, es flimmerte ihr vor
den Augen, sie taumelte zurück; instinktmäßig griffen ihre
Hände nach dem Treppengeländer, sie hatte zu sehr ge-
litten unter der Aufregung des Tages, um diesem letzten
Schlage Stand zu halten. Nein, nein, es war nicht möglich, so grausam durfte sie nicht bestraft werden für ihre
Schuld, so bettelarm konnte sie das Schicksal nicht machen

wollen, daß es ihr den letzten Trost, die Möglichkeit zu
sühnen, was sie verbrochen, für immer entriß.

In drei Sätzen war die Haushälterin die Stufen
herabgesprungen, tödtlich erschrocken, als sie ihre junge
Herrin bis in die Lippen blaß werden und wanken sah.
Wer hätte denken können, daß sie beim ersten Worte sich
so entsetzen würde!

„So schlimm ist's nicht geworden, liebe gnädige Frau,“
sagte sie jetzt ganz sanft und mitleidig, während sie sich
um Albertine zu schaffen machte. „Der Herr Oberst scheint
jetzt wieder ganz gefaßt, aber er muß eine schlimme Nach=
richt bekommen haben, eine sehr schlimme Nachricht, die
ihn im ersten Augenblick förmlich zu Boden schmetterte.
Ich richtete eben den Nachmittagskaffee für den Herrn
Oberst zurecht, und er selber saß am Fenster und blätterte
in seinen Zeitungen und Schreibereien. Da brachte die
Ordonnanz einen Brief. Weiß Gott, gnädige Frau, ich
dachte, der Herr Oberst würde vom Stuhle fallen, als er
den Brief las. Ganz roth ist er geworden im Gesicht
und die Stirnadern sind ihm angeschwollen wie Stricke,
während seine Finger krampfhaft das Blatt zerknitterten.
Ich bin natürlich herzugesprungen in meiner Seelenangst
und wollte dem gnädigen Herrn Wasser bringen oder sonst
Hilfe leisten, denn ich meinte wahrhaftig, es sei ein Schlag=
anfall, aber da bin ich schön angekommen. ‚Machen Sie,
daß Sie mir vom Leibe kommen!‘ schrie er mir entgegen.
Nun, es sei ihm von Herzen verziehen, daß er mich in
seinem Zorn so angelassen hat; aber lieber wäre es mir
doch gewesen, wenn Sie, gnädige Frau, in dem schlimmen

Augenblicke an seiner Seite gestanden hätten, und dem
Herrn Oberst selber vermuthlich auch."

„Haben Sie keine Ahnung, Lene, welcher Art die Nach=
richt gewesen, die mein Mann empfangen?" fragte Alber=
tine mit zitternder Stimme.

„Nein, das hab' ich nicht herausgebracht," antwortete
kopfschüttelnd die Alte. „Sie werden es nun ja wohl er=
fahren, wenn Sie zu ihm gehen."

Leise, auf den Zehenspitzen trat Albertine in das Zim=
mer ihres Mannes. Er saß auf dem Sopha, das Haupt
zurückgebeugt, mit der Rechten beide Augen bedeckend,
während seine Linke schlaff über die Sophalehne herab=
hing. Sie faßte diese herabhängende Hand sanft mit der
ihrigen.

„Kurt, lieber Kurt, was ist geschehen?"

„Ich bin sehr unglücklich gewesen, während Du heute
fern warst, sehr unglücklich, Albertine, denn ein schwerer
Schicksalsschlag hat mich betroffen," sagte er langsam, die
Rechte von den Augen nehmend. „Nicht unvorbereitet
freilich — ich habe die Wolke lange über meinem Haupte
hängen sehen, es hätte in meiner Macht gestanden, ihr
zuvorzukommen — ich habe mich in meinem Stolze, im
Gefühle meines guten Rechtes nicht dazu entschließen kön=
nen. Noch vor acht Tagen, als mir die alte Excellenz
Walbau auf der Straße begegnete, drohte sie mir lachend
mit dem Finger: ‚Lieber Oberst, das Ungeheuere ist mir
natürlich schon zu Ohren gekommen. Sie bleiben mit
Ihrem leidigen Bedürfnisse, stets unter allen Verhältnissen
die Wahrheit zu sagen, unverbesserlich. Denken Sie an

mich), Schließmann, dies letzte Stück bricht Ihnen den
Hals! Wenn Sie klug sind und auf den Rath eines
guten Freundes hören wollen, so kommen Sie den Er-
eignissen zuvor und gehen selbst.' Ich eigensinniger Thor
habe lächelnd geantwortet: ‚Ich glaube, Excellenz sehen
doch zu schwarz, ich will die Ereignisse ruhig an mich
herankommen lassen.'... Und nun ist das, was ich
für unmöglich gehalten, nun doch eingetreten: man fordert
mich auf, meinen Abschied einzureichen, was dasselbe ist,
nur in etwas schonenderer Form, als hätte ich ihn erhalten. — O Albertine, Du weißt es, ich bin mit Leib
und Seele Soldat gewesen, und der heutige Schlag traf
mich deshalb doppelt schmerzlich, weil ich einer Ungerech-
tigkeit zum Opfer falle. — Du mußt nicht weinen, liebes
Kind,“ sagte er zärtlich, als er gewahrte, daß große
Thränen über Albertinens Wangen rollten. „Sieh, die erste
Bitterkeit der Kränkung liegt nun schon hinter mir. Ich
hätte es ja eigentlich, als ich neulich den Prinzen Joseph
auf der Parade zurechtwies, auch wissen müssen, daß man
den Großen dieser Erde nicht die Wahrheit sagen darf,
auch wenn dieselben etwa einmal in der Stellung eines
Subalternoffiziers uns scheinbar untergeordnet sein sollten.
Das war der Mißgriff, an dem ich zu Grunde ging. Und
doch, trotz der schlimmen Folgen, die sie für mich gehabt,
empfinde ich keine Reue über meine Handlungsweise, denn
mein Gewissen sagt mir, daß ich im Recht gewesen bin.“

Albertine verstand wenig oder nichts von militärischen
Dingen; der Diensteifer ihres Gatten war ihr stets ein
Gräuel gewesen, aber das fühlte sie trotz alledem, daß nur

ein ganzer Mann so sprechen konnte. Noch klangen die feigen, zitternden Worte ihr im Ohre, die sie an anderer Stelle heute gehört: „Meine ganze Carrière wäre verborben, ich müßte quittiren!" Ein Grauen erfaßte sie, wenn sie dieses Augenblickes gedachte. Und dagegen die schlichte, ernste Redeweise ihres Gatten: „Ich empfinde keine Reue über meine Handlungsweise, denn mein Gewissen sagt mir, daß ich im Recht gewesen bin!" — Mochten sie ihn schroff und hochmüthig nennen, mochten sie ihn kränken und verlästern, seine Frau wenigstens würde den tiefinnerlichen Werth dieses Mannes nie mehr verkennen. In aufrichtiger Bewunderung, in tiefster Reue barg sie schluchzend ihr Haupt an seiner Brust.

„Nun, nun, Albertine," sprach er mit sanfter Stimme, des eigenen Leides vergessend, da er sie weinen sah, und seine Arme umschlossen warm und fest die bebende Gestalt, „Du mußt Dich von dem Unglücke, das uns betroffen, nicht allzu sehr zu Boden drücken lassen. Sieh, wir Beide haben uns ja noch, und vielleicht ist es besser für unser Glück, daß Alles so gekommen ist. Wir werden uns nun gegenseitig so viel mehr sein können, als bisher; ich werde einer holden Trösterin nun oft bedürfen. Aber auch die Stunden des Leides gehen vorüber und werden mit der Zeit verwunden; die Zukunft kann uns wieder frohe Tage bringen. Es nimmt ja nicht Alles im Leben eine schlimme Wendung. Sieh, liebes Kind, da ist zum Beispiel die thörichte Geschichte mit unserem Theodor, die, wie es scheint, nun eine ganz befriedigende Lösung findet; ich war nur in der letzten Zeit zu mißgestimmt und auf-

geregt, um ruhig mit Dir darüber sprechen zu können
und Dir zu sagen, daß ich in dieser leidigen Angelegen=
heit, die ich von Anfang an durchschaute, für Deinen
Bruder ein wenig Vorsehung zu spielen gedachte. Du
mußt nämlich wissen, Kind, daß ich vor einigen Tagen
der in Frage stehenden jungen Dame persönlich meine
Aufwartung machte."

„O Kurt," sagte Albertine leise und schlug beschämt
die Augen nieder, „dazu hast Du Dich entschließen können
um meines Bruders willen!" Wie schämte sie sich nun
all' der häßlichen, ungerechten Vorwürfe, die sie ihrem
Gatten über seine scheinbare Theilnahmslosigkeit innerlich
gemacht, ihm, der noch an die Ihren denken, für die
Ihren handeln konnte zu einer Zeit, wo ein schwerer,
keinem Menschen eingestandener Kummer sein eigenes Herz
bedrückte.

„Nun, liebes Herz, es war lange nicht so schlimm, als
Du Dir am Ende vorstellst," antwortete der Oberst mit
einem schwachen Versuche, zu lächeln, der ihm in seiner
jetzigen Stimmung noch nicht recht gelingen wollte. „Da
ich nämlich von der Richtigkeit des alten Erfahrungssatzes
überzeugt bin, daß in Liebesangelegenheiten Ermahnungen
älterer Freunde durchaus unfruchtbar zu sein pflegen, weil
die Jugend in solchen Dingen meist sehr störrig ist und
viel lieber durch eigenen Schaden, als durch weise Lehren
Anderer klug werden will, so beschloß ich von vornherein,
von einer Auseinandersetzung mit Theodor gänzlich abzu=
sehen und mich lieber gleich an eine andere Adresse zu
wenden. Das Fräulein war anfänglich allerdings sehr

überrascht über meinen Besuch, dem sie offenbar in erster
Linie Verehrung für ihre eigene Person und künstlerischen
Leistungen zu Grunde legte. Als ich jedoch meinen Namen
nannte, schien ihr der Zusammenhang zwischen meiner
Person und ihrer bevorstehenden Verlobung ziemlich rasch
klar zu werden, was zur Folge hatte, daß die Temperatur
ihres anfänglichen Entgegenkommens um mehrere Grade
sank und nun fast kühl zu nennen war. Ich ließ mich
jedoch dadurch nicht abschrecken und steuerte muthig auf
den Kernpunkt meiner geplanten Attacke los. Ich fragte
sie, ob sie, die im Begriffe stände, sich mit dem Bruder
meiner Frau zu verloben, denn auch wisse, daß der junge
Mann, der im besten Falle noch sechs bis acht Jahre auf
eine Staatsanstellung zu warten habe, vorderhand über
gar keine und später, in ganz unbestimmter Ferne, über
äußerst bescheidene pekuniäre Mittel zu verfügen haben
würde. Diese meine Behauptung wurde natürlich mit
dem allerungläubigsten Gesichte entgegengenommen. Sie
sei nicht albern genug, versetzte sie schnippisch, um sich
durch derartige Vorspiegelungen von dem Manne ihrer
Wahl, an dem sie mit allen Fibern ihrer Seele hänge,
abspenstig machen zu lassen; übrigens habe sie von Herrn
Bäumer's Freunden ganz andere Aufschlüsse über dessen
Vermögensverhältnisse erhalten. Ein zukünftiger Groß-
grundbesitzer, dessen betagte Mutter doch auch nicht ewig
leben werde, und so weiter. — Na, Albertine, daß ich's
nur offen gestehe, etwas wie Genugthuung habe ich doch
darüber empfunden, aus den Worten der gewandten kleinen
Abenteurerin zu erfahren, daß ich — ohne von meiner

Abneigung gegen diese Herren irregeleitet worden zu sein — sofort das Richtige vermuthet hatte, nämlich daß Baron Brunn und seine Freunde die ersten Beziehungen zwischen Theodor und der jungen Dame angebahnt hatten, vielleicht um sich auf diese Weise die Letztere ein- für allemal vom Halse zu schaffen. Ich weiß zur Begründung dieser Ansicht allerdings nur den Umstand anzugeben, daß die jungen Herren, wahrscheinlich um den bürgerlichen Bräutigam annehmbarer zu machen, von seinen ungemessenen Reichthümern gefabelt haben müssen.

Da gab es nun freilich ein bedenklich langes Gesicht, als ich ihr die Wahrheit klar machte. Einen noch größeren Eindruck als die Schilderung des kleinen Haidhofes machte ihr jedoch die gleichfalls unerwartete Thatsache von drei weiteren Schwestern Theodor's; die Schauspielerin hatte bis dahin nur von Frau v. Schließmann gehört. Als ich nun gar der in verhältnißmäßig noch so jugendlichem Alter stehenden Mutter erwähnte, und daß dieser laut testamentarischer Verfügung bis zu ihrem Tode der alleinige Besitz des Familiengutes zugesichert ist, da hatte ich gewonnen.

„Das sind ja unendlich traurige Aussichten für unsere Liebe," sagte die kleine Spekulantin kopfschüttelnd ein über das andere Mal, mit einem nicht ganz glücklichen Versuche, ihrem Schmerze einen tragischen Anstrich zu geben. Dann murmelte sie etwas von ‚edlem Entsagen‘, welches Stichwort ich mit Freuden aufgriff, um sofort einzufallen:

„Ja, mein Fräulein, Sie haben das Richtige getroffen;

aber wenn es wirklich Ihr unwiderruflicher Entschluß ist, Theodor die Hoffnung auf Ihre Hand zu versagen, so müssen Sie auch den Muth finden, ihm diesen Entschluß selbst mündlich oder schriftlich mitzutheilen, denn eine Einmischung unsererseits würde dem armen jungen Mann jedenfalls durchaus unstatthaft erscheinen."

Was nun geschehen wird, mein liebes Kind, ist leicht vorauszusehen: sie wird ihm kaltblütig den Laufpaß geben, oder hat ihm denselben vielleicht schon ertheilt, da ihr die Spekulation nicht mehr vortheilhaft erscheint; der arme, thörichte Theodor aber wird über die erlittene Täuschung oder Enttäuschung ein wenig Herzweh empfinden und sich vermuthlich ein paar Wochen lang sehr unglücklich fühlen. Doch in der Jugend heilen solche Schmerzen rasch; nur in späteren Jahren darf das Menschenherz in seinen heiligsten Gefühlen keine Enttäuschung mehr erfahren, wenn es nicht an der erhaltenen Wunde langsam verbluten soll. Dank sei dafür dem Himmel," schloß Herr v. Schließmann mit tiefernster Stimme, indem er feuchten Auges die Arme um seine junge Gattin schlang, „daß seine Hand mich nicht getroffen in dem, was mir das Theuerste auf Erden, daß nur meinem Ehrgeiz, nicht aber meinem Herzen heute eine so tiefe Wunde geschlagen worden ist!"

„Dank sei dafür dem Himmel!" wiederholte Albertine leise und lehnte schweigend ihr Haupt an seine Brust.

Die schöne Kosleh.

Ein afrikanisches Frauengemälde aus der Neuzeit.

Von

Ewald Paul.

(Nachdruck verboten.)

Im Osten Afrika's lagert zwischen dem Nilgebiete und dem Meere — von diesem nur durch einen schmalen Küstenstreifen, den Wohnsitz der Danakilneger, getrennt — das mächtige abessinische Bergland, eines der merkwürdigsten und interessantesten Gebiete des Kontinents.*) In mehreren Stufen, die von mächtigen Gebirgen gekrönt sind, erhebt sich das Land aus der Ebene zu einer Höhe von etwa 15,000 Fuß terrassenförmig, zumal im Osten, dem rothen Meere zu, von wo der Aufstieg ungemein schwierig und jede Stufe von hohen Wänden nach auf und abwärts begrenzt ist, mehr allmählig hingegen gen Westen, zum Flachlande Sennaars verlaufend. So stellt sich denn Abessinien gleichsam als eine gewaltige Felsenburg dar, mit mächtigen Wällen ostwärts und einem natürlichen Glacis auf der entgegengesetzten Seite: zum blauen Nil und seinen Nebenflüssen.

*) Vergl. auch Jahrg. 1887. Bd. X.

Am Fuße der Berge herrscht die tropische Waldgegend, und auch auf den untersten Terrassen findet man die Erzeugnisse der Aequatorzone, den Kaffeebaum und den riesigen Baobab, allerlei Palmen und echte Wuchergewächse der Tropen. Höher hinauf liegt die sogenannte „Woina-Degas", in welcher der Weinstock, die Dattel und Orange gedeihen. Aprikosenbäume und schwerbeladene Pfirsichbäume füllen die Gärten und im Schatten der Sykomoren und Oelpalmen liegen zahlreiche Dörfer, von fruchtbarem Lande umgeben, das immergrüner Baumschlag ziert. Noch weiter hinauf aber beginnen die eigentlichen abessinischen Alpen, die Hochebene wird rauher und rauher, die Raubthiere verschwinden, nur hin und wieder zeigt sich eine hungrige Hyäne, der Baumwuchs wird immer dürftiger. Kleewiesen, verkrüppelte Mimosen und eine krautartige Pflanze in Palmenform gewähren allein einige Abwechslung vom kahlen Gestein ringsum. Und hier und da glitzert sogar die schneeige Kuppe einer hohen Bergspitze im blendenden Strahl der afrikanischen Sonne.

Das eigentliche Leben entfaltet sich in den mittleren und unteren Stufen, in denen ein eigenartiger Menschenschlag, ein seltsames Gemisch von Schönheit und Verkommenheit haust. Allzu schmeichelhaft für die Bevölkerung lautet das Urtheil des französischen Forschungsreisenden Achille Raffray, wenn er sagt: „Der Reisende sieht in Abessinien überall eine wirkliche Civilisation, welche allerdings im Laufe der Zeit immer die gleiche geblieben ist. An prächtigen Gestalten ist kein Mangel, sei es, daß wir den Blick auf den herrlichen Mädchengestalten haften lassen, die, mit dem Henkelkruge auf dem Haupte, stolz nach dem Brunnen gehen, oder die ehr= würdigen Greise beobachten, die Fürsten in Begleitung ihrer Krieger und Diener, die Reiter auf ihren reich= geschirrten Maulthieren, mit ihren Wurfspießen, krummen Säbeln, silberbeschlagenen Schilden, in weiße und rothe Gewänder gehüllt. Man findet alle Hautfarben ver= treten, vom Hellgelb bis zum tiefsten Schwarz, doch ist die herrschende Farbe kastanienbraun. Gleich mannig= faltig sind auch die Gesichtszüge, doch nähern sich die= selben sehr dem europäischen Typus, der namentlich bei schönen Frauen auffallend sich kundgibt."

Dieser Franzose sah demzufolge wohl nur die Licht= seiten, und denen läßt sich genug Schatten entgegenstellen. Aber Eines ist wahr: an prächtigen Gestalten ist kein Mangel und besonders an schönen Weibergestalten nicht, wie denn das schöne Geschlecht in Abessinien überhaupt viel sympathi= scher ist, als die Männer, denen man Rohheit und Falsch= heit nicht mit Unrecht vorwirft, während den Frauen das Prädikat der Schönheit, Grazie und Sanftmuth gebührt.

Im Norden Abessiniens — dem einstigen Königreich Tigre und der heutigen Provinz gleichen Namens — ist die Heimath der Heldin unserer Geschichte, an der Grenze zur Amhara, die den mittleren Theil des afrikanischen Alpenlandes ausmacht. Ein einfaches Dorf mit wenig über einem Dutzend Hütten, zwischen Bergen versteckt, dort hauste sie mit ihren Eltern und Geschwistern und Gespielen. Sie war eines jener Geschöpfe, die der afri= kanische Sklavenhändler hochschätzt, eine jener Schönheiten

aus den abessinischen Hochlanden, deren Haut weicher ist
als Atlaß und Sammt und jenen wundersamen matten
Glanz aufweist, der, wenn sich ein Sonnenstrahl mit ihm
vermählt, einen dunklen Seidenflor über goldigem Unter-
grund erscheinen läßt. Geschmeidigen, wohlgeformten
Körpers, mit den feuchtstrahlenden Augen der Gazelle
und dem süßen, ovalen Profil ihres Gesichts, das eine
klassische Nase barg, und einem Mündchen wie ein Kirsch-
kern, zwischen dessen frischen Lippen Perlzähne schimmerten,
konnte sie wohl einen Mann entzücken. Jung schon, wie
dies in Abessinien der Gebrauch, war sie einem Nachbars-
sohne verlobt worden, im zarten Alter von zwölf Jahren.
Aber man reift früh in jenem Klima, weit früher denn
bei uns, freilich, um ebenso viel früher wieder zu ver-
welken. Die Verlobungszeit dauert drei Monate, und
während derselben kam der Bräutigam häufig zu den
Schwiegereltern und zwar niemals ohne ein Geschenk für
dieselben oder seine zukünftige Lebensgefährtin. Der Hoch-
zeitstag war bereits festgesetzt, binnen wenigen Tagen
schon sollten sich die Geladenen einfinden. Da, eines
Abends — es tobte gerade ein fürchterliches Unwetter
draußen, und man pflegte sich unter sicherem Obdach am
prasselnden Feuer, streckte die müden Glieder auf die
riemenbespannten Algas *) und labte sich am selbst-
gebrauten Biere und gegohrenen Honigwasser — brach
ein Sklavenjäger mit seiner Horde in's Dorf und ent-
führte die, welche ihm begehrenswerth erschienen.

_____

*) Ruhebetten.

Am anderen Morgen befand sich Kosleh nebst Mutter und Schwester und etlichen anderen Leidensgefährtinnen auf dem Wege nach Chartum, dem Centrum des nordost-afrikanischen Menschenhandels. Ihr Vater jedoch, ihr Ver-lobter und manche Andere, welche die Ihrigen zu ver-theidigen gesucht, lagen daheim in ihrem Blute.

Wer etliche Wochen später von Korosko, wo der Para-diesesstrom, wie die Egypter den Nil heißen, den ersten größeren Bogen nach Südwesten einschlägt, flußaufwärts gefahren wäre, würde mehreren mit Sklaven angefüllten Barken begegnet sein, auf deren einer sich auch Kosleh befand. Aber schwerlich würde man ihm erlaubt haben, sie zu sehen, die, mit anderen braunen Mädchen in eine besondere Zelle des Schiffes eingesperrt, sich in Thränen der Sehnsucht auflöste nach ihrer Heimath, der Mutter und Schwester. Die Spekulanten in Menschenfleisch kennen kein Mitleid, selbst die europäischen nicht, denn auch „Himmelssöhne", wie der Eingeborene die Europäer be-nennt, treiben im Suban dies schmachvolle Gewerbe.

Ein Grieche hatte Kosleh im verwinkelten Viertel des Suk-el-Bascha zu Chartum, der „Hauptstadt der Hölle", entdeckt und gekauft. Kaltblütig trennte er sie von den Ihren und schaffte sie nach Kairo, wo ihm für seine Waare ein hoher Preis winkte.

Die meisten dieser armen Wesen vergessen übrigens bald ihr trauriges Loos und träumen gar goldene Harems-träume. Aber Kosleh freute sich nicht auf das Leben im stolzen Pharaonenlande, denn sie hing an den heimischen Bergen und verzehrte sich vor Schmerz über ihre Entführung.

Welchem Leben ging auch sie, das freie Kind der Berge, entgegen? Wenn auch einem Leben ohne Sorge und Arbeit, in Pracht und üppiger Fülle, immer doch der Abgeschlossenheit, der Einsamkeit hinter Haremsgittern! Wie in den übrigen mohammedanischen Landen ist auch in Egypten die Frau ein untergeordnetes Wesen, gewisser- maßen die Dienerin des Mannes und nicht seine Ge- fährtin, denn sie muß Alles thun, was er will, das Haus- wesen besorgen, das Vieh hüten und pflegen, die Bedarfs- artikel der Familie anfertigen und schließlich, wenn sie alt geworden, einem jungen Weibe Platz machen und diesem dienen. Wenig besser ergeht es den Frauen der Reichen. Zwar verbringen sie, umgeben von vielen Skla- vinnen, ihr Leben meist im süßen Nichtsthun, doch immer abgeschnitten von der Außenwelt. Wenig Freude und wenig Freiheit wird ihnen zu theil. Selten können sie das lebhaft pulsirende Leben da draußen beobachten, dann aber scharf bewacht und streng verschleiert. Bälle und Konzerte in unserem Sinne haben sie nicht, es sei denn, daß ihnen ihr Herr und Gebieter ein Fest veran- staltet, bei dem sie sich mit Essen und Trinken, Singen und Tanzen vergnügen und zu denen sie sich andere Damen, aber auch nur solche, einladen dürfen.

Und doch ist das goldene Haremsgefängniß vielen Afrikanerinnen ein ersehntes Paradies, in dem sie sich glücklich fühlen, da sie ein besseres Dasein nicht kennen. Unsere Heldin kannte ein besseres! —

Im Frühjahr des Jahres 1880 war der Sklaven- markt der egyptischen Hauptstadt — und Kairo hat noch

heute einen Sklavenmarkt, troß allen europäischen Ein-
spruchs — sehr reich besetzt. Es war gerade eine neue
Sendung aus Chartum eingetroffen und darunter die
schöne Kosleh. Eines Tages machte sich ein schmucker
Offizier, ein junger Türke im Dienste Seiner vicekönig-
lichen Hoheit des Khedive, auf den Weg nach dem Sklaven-
viertel, um dort ein Weib zu suchen nach seinem Gefallen. Es dauerte lange, ehe er an's Ziel gelangte,
ein gewaltiges Gebäude mit vielen Schlupfgängen und
Hinterthüren. Da gab es, versteckt zwischen Ställen und
Waarenräumen, hübsche Höfe, mit Palmen und Bananen
bepflanzt und in der Mitte einen erquickenden Spring-
brunnen, um den sich „pechschwarze" Nubier neben „blauen"
Gallas und „braunen" Söhnen des abessinischen Berg-
landes tummelten, lachend und schwatzend, als seien sie
frei und nicht Sklaven, Waare, um die man mit schnödem
Gelde feilscht.

Aber der Sklavenschech, in malerische Beduinentracht
gehüllt und sehr würdevoll und behäbig ausschauend,
führte den jungen Türken noch weiter zu einem im
Seitengebäude befindlichen luftigen und anmuthig aus-
gestatteten Gemache, das die besseren Sklavinnen barg.
Bald waren sie handelseins und Kosleh, die kaum vier-
zehnjährige Tochter Thyeh's, gehörte dem jungen Türken.
Jedoch sie war schön, zu verführerischer Schönheit erblüht, mit wundersamem Ebenmaß der Formen begabt
und von einem offenen, freundlichen Wesen, das einen
Mann wohl berücken konnte. Der junge Offizier lernte
sie bald lieben, er war bestrickt von ihrer Anmuth und

überhäufte sie mit Aufmerksamkeiten. Und auch sie lernte
den schönen und stolzen Moslim lieben, sie vergaß an
seiner Seite das Drückende der arabischen Sitte, die das
Weib einengt in die Rolle einer Sklavin, denn der Ge-
liebte war frei von den Vorurtheilen seiner Glaubens-
genossen und löste der, die er Gattin nannte, nach Möglichkeit die Fesseln des Sklaventhums.

So vergingen die nächsten Jahre. Der Lieutenant
avancirte Dank seiner in manchen Kämpfen bewiesenen
Tapferkeit bald zum Oberst. Die Regierung am Pharaonen-
strom vertraute ihm und machte ihn schließlich zum Gouver-
neur Kassala's, wodurch Kosleh ihrer Heimath wieder
nahe kam.

Die romantische Umgebung dieses Hauptortes im fruchtbaren Takalande erinnert in Vielem an das südlich daran
stoßende Abessinien. Ueber der Stadt erhebt sich eine
Granitmasse, die mit gewaltigen unersteigbaren Kuppen
geschmückt ist, und ringsum lagert Trümmerwerk und
Geröll. Ein Alpenstrom rollt aus den Hochlanden, in
welchen Kosleh das Licht der Welt erblickt, seine Fluthen
in die Ebene, und an seinen Ufern erhebt sich eine Kette
majestätischer Felsdome, von deren höchstem das junge
Weib oft den wundervollen Ausblick in ihre Heimath
genoß.

Auch eine Reise dorthin unternahm sie mit dem geliebten Manne, der, äußerst thätig für die Erschließung
des an jungfräulichem Boden so überreichen Sudan,
oft seine Expeditionen bis dicht an die abessinische Grenze
ausdehnte. Sie sah und lernte viel, und ihre Wiß-

begierde stieg zugleich mit den Plänen ihres Mannes, den sie immer mehr zu schätzen wußte, und der an ihr allezeit eine treue Gefährtin fand. Aber nur kurzes Glück war ihr beschieden.

Die bösen Zeiten des vom Mahdi entfachten Auf= standes kamen. Immer weiter drangen die Parteigänger des Mahdi, und eine nach der anderen der egyptischen Garnisonen im Sudan ergab sich den Empörern. Osman Digma, einer der gefürchtetsten und unermüdlichsten Generäle des falschen Propheten, warf seine blutgierigen Horden auch vor Kassala, diese wichtigste egyptische Festung im Ostsudan. Tausende und aber Tausende schwarzer und brauner Kämpfer lagerten sich um die Stadt, deren Be= wohner mit Entsetzen dem wilden Treiben außerhalb der Wälle zusahen. Manche Nacht schreckte sie ein Höllenlärm aus dem Schlafe, eine plötzliche Attaque oder eine Fan= tasia (Festlichkeit), welche die Belagerer abhielten, sobald irgend eine Freudenbotschaft eintraf. Und an solchen Nachrichten fehlte es für die Rebellen damals nicht.

Die Sit *) Kosleh war bei ihrem Manne geblieben, der vergebens seine Ueberredungskunst versucht hatte, um sie nach der Hafenstadt Massaua in Sicherheit zu bringen. Sie verließ ihn nicht und verscheuchte durch ihren hohen Muth und die Zuversicht in die Tapferkeit der Ihren die Bangigkeit, die sich der übrigen Soldatenfamilien bemäch= tigt hatte. Die Fellahfrauen — und es hatten viele der egyptischen Soldaten ihre Sits mit sich geführt —

---

*) Sit = Frau.

verzweifeln leicht, aber Koeleh stärkte ihren Muth und ging ihnen in der Unterstützung der Männer beim harten Vertheidigungskampfe voran. Man schaffte Munition an die bedrohten Stellen, schleppte den Mundvorrath dahin, wo man ihn benöthigte, und insbesondere war die Pflege der Kranken und Verwundeten ihre Beschäftigung.

Monate lang hielt man so aus. Der Proviant ging auf die Neige, dennoch verzagten die Vertheidiger Kassala's nicht. Man hoffte ja auf baldigen Entsatz aus der Nachbarschaft. Engländer waren im Verein mit einer egyptischen Armee auf dem Wege, die bedrohten Punkte im Ostsudan zu entsetzen. Bald mußten sie auch nach Kassala kommen! —

Vergebliche Hoffnung! Die Hilfe blieb aus, obschon man die Nothlage kannte, in welcher die kleine Garnison, die sich nun so lange schon gegen die Banden des Mahdi gehalten, sich befand. Immer trüber wurden die Aussichten. Vergebens entsandte der junge Festungskommandant Boten um Boten an die nächsten befestigten Posten. Diese selbst waren in bitterer Noth und einer nach dem anderen fiel. Endlich waren alle Kommunikationen Kassala's abgeschnitten und Jeder, der die Lehmmauern der Stadt verließ, wurde Hyänenfraß, wie es damals im Sudan hieß. Es gab keinen Pardon mehr!

Krankheiten, und nicht zum Mindesten der Hunger, räumten entsetzlich unter den Eingeschlossenen auf. Zu Schatten hatten Entbehrungen, Wunden und Fieber die Soldaten abgezehrt; aber die Verzweiflung um das Schicksal ihrer Familien gab ihnen Kraft, die Waffen noch zu tragen und zu führen.

Die Bergfeste im Takalande hielt sich am längsten von allen Garnisonen im Ostsudan. Aber es ging endlich auch zu Ende. Der wackere Kommandant wußte, daß er fallen mußte, denn die, die ihn hierher geschickt, ließen ihn im Stich. Die Engländer kannten seine Nothlage, auch sie blieben aus. Und nun hieß es, das Leben so theuer als möglich zu verkaufen.

Die Feinde hatten Verstärkung erhalten, und ein neuer Ansturm begann. Koßleh war ihrem Manne in den Kampf gefolgt, unbeirrt um die herumschwirrenden Pfeile und Kugeln. Heulend zerfleischten sich die wilden Gegner und dumpf dröhnten die Schläge des gehöhlten Elephanten- zahnes und die klagenden Laute des Kuhhorns, eine in- fernalische Musik, durch das wüste Geschrei der Kämpfen- den. Plötzlich gellte mächtiges Freudengeschrei ringsum — der Feind war in der Stadt.

Einer nach dem Anderen aus der Heldenschaar der Vertheidiger fiel. Auch den Kommandanten warf ein Säbelhieb zu Boden, und zwei herkulische Arme wollten das junge Weib als gute Beute umfangen. Aber sie er- griff das Schwert des gefallenen Gatten, durchbohrte da- mit ihren Bedränger und kämpfend, gleich einer Amazone, fiel die edelmüthige Afrikanerin an dem Tage, da Kassala den Mahdisten erlag.

Am anderen Tage sandte man das Haupt der schönen Koßleh, gemäß dem Gebrauch jener Wilden, als blutige Trophäe in die Residenz des Mahdi nach Omdurman.

In den Zeitungen aber las man bald darauf die kurze Anzeige, daß eine bildschöne junge Abessinierin, die

Frau des Kommandanten von Kassala — jener Festung,
die beinahe drei Jahre dem Heere des Mahdi wider-
stand — beim letzten Kampfe den Tod gesucht, weil sie
ohne den, welchen sie liebte, nicht mehr leben wollte.

Der erste Schritt in's Leben.

Sitten und Gebräuche bei der Geburt des Kindes.

Kulturgeschichtliche Skizze

von

A. Berthold.

Zwei Momente des Lebens werden überall als die
wichtigsten betrachtet: die Geburt und der Tod, der Eintritt in das Leben und der Austritt aus demselben.
Während es aber kein Volk, und sei es auch das un-
kultivirteste, gibt, welches nicht dem Leichnam eines seiner
Angehörigen besondere Ehren erwiese oder nicht besondere
Feierlichkeiten beim Absterben eines Stammes- oder Fa-
miliengenossen veranstaltete, ist der Gebrauch, die Geburt
eines jungen Weltbürgers festlich zu begehen, keineswegs
so allgemein, als man gewöhnlich glaubt.

Zwar pflegt selbst bei wilden Völkerschaften hier und da eine Ceremonie stattzufinden, die interessant genug ist, um sie dem Leser vorzuführen, wenn man aber einen Ueberblick über die verschiedenen Gebräuche bei der Geburt eines Kindes zu gewinnen sucht, entdeckt man sehr bald, daß ein bedeutender Unterschied zwischen den Völkern besteht, welche in Einzelehe leben, und denjenigen, bei denen die Vielehe eingeführt ist. Ein freudiges Ereigniß, das gefeiert wird, ist die Geburt eines Kindes in der Familie fast ausnahmslos nur in den Ländern, wo der Mann nur eine Ehefrau hat. Wo er dagegen, wie bei den Mohammedanern und anderen polygamischen Völkern, nicht nur mehrere Frauen, sondern außerdem auch oft Sklavinnen gewissermaßen als Frauen zweiter Klasse besitzt, werden sehr wenig Umständlichkeiten gemacht, wenn ein Kind geboren wird. Es mögen diese Ereignisse gar zu oft vorkommen, als daß sie noch ein Interesse einzuflößen vermöchten.

Betrachten wir erst die bei der Geburt eines Menschen gebräuchlichen Ceremonien im Alterthume.

Bei den Griechen und Römern hatte der Vater ein absolutes Recht über Leben und Tod seines neugeborenen Kindes. Er konnte es tödten, unmittelbar nachdem es geboren war, oder er konnte es auch sofort verkaufen, wenn er wollte. Es bedurfte daher eines besonderen Aktes, durch welchen der Vater gewissermaßen dem Kinde das Leben schenkte. In Rom wurde deshalb dem Vater das Kind hingereicht oder vor die Füße gelegt. Schloß er es in seine Arme, so erkannte er dessen Berechtigung auf

das Leben an. Auch durch Streichen über die Brust
deutete er seine väterliche Gewalt und gewissermaßen die
Begnadigung des Kindes zum Leben an, ließ er es un-
beachtet liegen, so war es der Aussetzung verfallen.

Auch der Athener war berechtigt, seine neugeborenen
Kinder nach Belieben dem Tode oder dem Leben zu weihen.
Sobald dieselben das Licht der Welt erblickt hatten, legte
man sie auch dort zu seinen Füßen nieder. Hob er sie
auf, so waren sie gerettet, genügte aber sein Vermögen
zur Erziehung und Erhaltung vieler Kinder nicht, oder
nahm er Anstand an irgend einem körperlichen Fehler
oder Gebrechen des neugeborenen Kindes, so durfte er nur
seinen Blick von demselben abwenden, und das Kind wurde
ausgesetzt oder getödtet.

Insbesondere barbarisch verfuhr man neugeborenen
Kindern gegenüber bekanntlich in Sparta, wo ein Gesetz
befahl, daß alle Kinder, welche irgend einen Fehler oder
ein Gebrechen an sich hatten, sofort nach der Geburt mit
durchstochenen Füßen auf dem Taygetusgebirge ausgesetzt
würden, wo sie bald den wilden Thieren oder dem
Hunger und den Einflüssen der Witterung zum Opfer
fielen.

Nur die Thebaner sollen in Griechenland eine an-
erkennenswerthe Ausnahme von dieser Barbarei gemacht
haben, denn nach dem Zeugniß des Schriftstellers Aelian
war bei ihnen das Aussetzen eines Kindes bei Todesstrafe
verboten. In dem hochgebildeten Athen dagegen herrschte
noch lange die traurige Sitte, daß selbst noch zwei Monate nach der Geburt eines Kindes eine Magistratsperson

dasselbe untersuchte und bestimmte, ob das Kind auszu=
setzen sei oder am Leben bleiben dürfe.

Gleich barbarische Gebräuche finden wir heute nur
noch in Asien, und zwar in China und in Japan.

Die Chinesen verfahren auch heute noch mit ihren
neugeborenen Kindern in einer geradezu fürchterlichen
Weise. Die armen Kinder werden entweder getödtet, in=
dem der Vater das Neugeborene erstickt, sie werden in die
Flüsse geworfen oder auf die Straße gesetzt, wo sie dann
bald durch Ueberfahren, durch Hunde u. s. w. in grau=
samster Weise ihren Tod finden. In den großen Städten
namentlich ist dieses Aussetzen der Kinder am gewöhn=
lichsten, und, wie Missionäre melden, werden in Peking
allein täglich vierundzwanzig, im Jahre also neuntausend
Kinder auf der Straße dem sicheren Tode preisgegeben.
Man wird darnach nicht zu weit gehen, wenn man an=
nimmt, daß jährlich etwa fünfzigtausend Kinder in ganz
China unmittelbar nach der Geburt getödtet werden. Diese
Grausamkeit den Nachkommen gegenüber, die man selbst bei
Thieren nicht findet, ist indeß keineswegs in China ein un=
erlaubtes Ding, vielmehr ist der Vater durchaus berechtigt,
seine Kinder zu tödten. Insbesondere die Mädchen sind
vollständig ohne jeden Anspruch auf das Leben, während
von den Söhnen stets der dritte am Leben gelassen werden
muß. Natürlich machen von diesem grausamen Rechte
nur gefühllose und sehr arme Chinesen Gebrauch; der
gebildete und vermögende Chinese freut sich jedenfalls
ebenso wie der Europäer, wenn die Frau, die er liebt,
ihn mit einem Kinde beschenkt.

Auch in Japan, das ja in seiner Religion und Verfassung China sehr ähnlich ist, hat heute noch der Vater
das Recht, sein Kind gleich nach der Geburt zu ersticken
oder es zu verkaufen. Indessen wird selbst Seitens der
ungebildeten Japaner von diesem Rechte jetzt fast gar kein
Gebrauch mehr gemacht.

Da wir gerade die Gebräuche bei Geburten in Asien
betrachten, müssen wir noch erwähnen, daß in Tibet mit
den neugeborenen Kindern eine Manipulation vorgenom-
men wird, welche stark an unsere Taufceremonie erinnert.
Es muß nämlich bei diesem feierlichen Akt des Eintritts
eines neuen Weltbürgers in das Leben immer ein Bud-
dhistenmönch, ein Lama, anwesend sein, welcher den Neugeborenen in ein Gemisch von Milch und Wasser taucht
und ihm unter Hersagung von Sprüchen aus den heiligen
Schriften einen Namen beilegt. Ein Gastmahl, an welchem die Verwandten des betreffenden Hauses und der
Priester theilnehmen, endigt die Feier.

Die Tataren benutzen die ihnen durch den Mohammedanismus gestattete Vielweiberei nur sehr selten, sie
haben fast ausnahmslos nur eine Frau, deshalb wird
auch von ihnen die Geburt eines Kindes viel festlicher
begangen, als sonst bei den Mohammedanern. Auch bei
den Tataren ist immer ein Priester, welcher Mulla genannt wird, bei dem Akt der Geburt zugegen, der mit
dem Kinde unmittelbar nach der Geburt eine sehr eigenthümliche Manipulation vornimmt. Er legt dasselbe nämlich auf den Boden und flüstert ihm Segenssprüche in's
Ohr, von welchen das kleine, zappelnde Ding natürlich

nichts versteht; dann wird das Kind gefragt, ob es einen Namen haben wolle, und da es meist diesem Wunsche durch Geschrei Ausdruck gibt, ihm darauf feierlichst ein Name beigelegt und mit einem Gebet die Feierlichkeit geschlossen.

Die Jakuten und Tschuktschen nehmen mit ihren neugeborenen Kindern eine ähnliche Manipulation vor, wie die Tataren. Das Kind aber erhält bei ihnen nicht einen wirklichen, sondern einen Schimpfnamen, welcher möglichst gemein, niebrig und schlecht sein muß. Nach dem Glauben dieser halbwilden Stämme lockt nämlich ein schöner Name die Geister herbei, die dem Kinde schaden könnten. Erst in späterer Zeit erhält das Kind dann seinen wirklichen und anständigen Namen, bei dem es jedoch nur von seinen nächsten Verwandten genannt wird. Fremden wird nur der Schimpfname anvertraut, damit dieselben nicht mit dem wirklichen Namen irgend einen Zauber treiben können.

Auch in Hindostan herrschen zum Theil grausame Sitten bei einzelnen Kasten und Ständen. Es war z. B. früher üblich, daß eine Kaste, die Ragekumas, nur wenigen Mädchen das Leben schenkten, alle übrigen aber nach der Geburt achtlos bei Seite warfen und sie durch Entziehung der Nahrung und jeglicher Pflege verkommen ließen. Dieser Gebrauch wurde lange geheim gehalten, und selbst im Jahre 1789 wußte die englische Regierung noch nichts davon. Erst bei einer Reise entdeckte der englische Resident den Sachverhalt, und trotz anfänglicher Mißerfolge gelang es der englischen Regierung, dem fürchterlichen Gebrauch ein Ende zu machen.

In Amerika finden wir insbesondere in Mexico und bei den Indianern einen eigenthümlichen Gebrauch, der uns beim ersten Begegnen außerordentlich überrascht. Es ist dies die Couvade, deutsch Bebrütung, oder das „Männerkindbett". Sobald nämlich eine Frau mit einem Kinde niedergekommen ist, wird ihr nur kurze Zeit zur Ruhe gegönnt, dann muß sie aufstehen und ihren Arbeiten nachgehen, während der Mann sich in's Bett legt und sechs Wochen hindurch auf's Eifrigste und Sorgfältigste verpflegt wird. Während die Mutter des Kindes behandelt wird, als sei gar nichts vorgefallen, wird der Vater auf's Sorgsamste vor Zugluft gehütet, vor Aerger bewahrt und so behandelt, als sei er die Mutter. Dieser Gebrauch ist aber nicht in Amerika aufgekommen, er soll vielmehr von Europa dorthin gebracht worden sein. Meldet doch der römische Schriftsteller Diodorus von Sicilien, daß das Männerkindbett auf Korsika üblich gewesen sei. Strabo behauptet in seiner Geographie, daß die Einwohner Spaniens vor ungefähr zweitausend Jahren diesem Gebrauch gehuldigt hätten, und in manchen Gegenden Südfrankreichs soll derselbe selbst heute noch insgeheim im Schwange sein. Außerdem findet man ihn in einzelnen Theilen China's, in Ostindien, in Westindien, im indischen Archipel und auch in Brasilien. Wodurch dieser Gebrauch entstanden, ist nicht gut zu erklären. Die Indianer geben in der Regel als Grund an, daß das Kind mehr vom Vater, als von der Mutter stamme, und daß daher jede Unvorsichtigkeit des Vaters dem Kinde in den ersten Wochen seines Lebens durch gewissermaßen magischen Rapport oder durch Sympathie Schaden bringen könne. Es wird daher kein Indianer in dieser Zeit auch nur Schnupftabak nehmen, trotzdem sie diesen sehr lieben, weil sie fürchten, das Niesen könnte dem Kinde ebenso schaden, wie jeder Fehler in der Diät. Einzelne Forscher behaupten indessen, diese Ceremonie habe dieselbe Bedeutung, wie das Aufheben des Kindes im alten Rom und im alten Athen, der Vater erkenne das Kind durch jenen Akt gewissermaßen an, oder er erwerbe sich die Eigenthumsrechte auf das Kind, denn bei einzelnen Völkern aller Welttheile erbten die Kinder früher Namen, Besitz, selbst Würden von der Mutter und nicht vom Vater.

Bei den mexikanischen Ureingeborenen fanden früher großartige Festlichkeiten statt, wenn einem Häuptling, einem Kaziken, ein Sohn geboren wurde. Nicht kürzer als acht Tage durfte die Feier währen. Am ersten Tage erschienen sämmtliche jungen Mädchen des Dorfes mit Palmenzweigen in den Händen vor der Hütte, in welcher der Neugeborene lag, umtanzten diese Hütte und klopften mit den Palmen an die Wände und an die Decke derselben. Dieses Anklopfen hatte eine symbolische Bedeutung und sollte bewirken, daß der Neugeborene dereinst ein großer Krieger werde. Gegen Abend lief die stärkste Frau des Ortes, mit einem eigenthümlichen Schurz von Straußenfedern bekleidet, der von der Hüfte bis an die Kniee reichte, in Gesellschaft der Mädchen im Dorfe umher. Mit einem Knüppel in der Hand drang diese Frau, welche man „Spinne" nannte, wohl weil die um ihren Körper flatternden Straußenfedern Spinnenfüßen ähnlich

sahen, in die Hütten ein und prügelte alle Männer hinaus.
Draußen wurden die Männer von den wartenden Mädchen
wiederum mit Palmenzweigen gepeitscht. Am nächsten
Tage fanden Wettringkämpfe der Mädchen und Knaben
statt. Am dritten Tage versammelte sich endlich das ganze
Dorf zum Tanz. Der vierte Tag brachte ein neues Vergnügen, nämlich einen Ringkampf, zu welchem die „Spinne"
genannte Frau alle anderen Weiber im Dorfe heraus-
fordern mußte. Am fünften Tage gab es wieder Tanz,
am sechsten Ringkampf zwischen den Mädchen einerseits
und den Knaben andererseits. An den letzten beiden Tagen
aber traten endlich die Männer in ihre Rechte; dann
mußten sich die Frauen und Mädchen zurückziehen, und
die Indianer hielten Schmausereien und Trinkgelage, bei
denen ununterbrochen Trommeln geschlagen und Gesänge
angestimmt wurden.

In Nordafrika herrscht die Vielweiberei, weil dort
der Mohammedanismus die Hauptreligion ist. Man küm-
mert sich daher dort wenig um die Geburt der Kinder.
Aber auch für die Neger in West- und Ostafrika bedeutet
die Geburt eines Kindes gar nichts. Es ist das ein Ereigniß, das man ebenso gleichgiltig hinnimmt, wie Regen
und Sonnenschein, und zu feierlichen Ceremonien rafft
man sich auch dort nur auf, wenn ein Erwachsener ge-
storben ist. Allerdings bespuckt man die Kinder kräftig
in Ostafrika, wenn sie zur Welt gekommen sind, das geschieht aber nur, weil man dort dem Speichel eine heil-
kräftige Wirkung zuschreibt, der auch gleichzeitig ein
Mittel gegen alle böse Zauberei ist. In West- und Ost-

afrifa fann bie Geburt eines Kindes nur bann Aufruhr
in eine ganze Ortschaft. bringen, wenn bie Geburt unglücklich verläuft, insbesondere, wenn das Kind sofort
stirbt. Sämmtliche Neger Afrifa's sind nämlich von einem
geradezu schauberhaften Aberglauben befangen, und führen
alles Unglück, komme dasselbe nun in der Familie, im
Felde, im Staate, ja selbst in der Natur vor, auf bösen
Zauber zurück. Dieser böse Zauber muß durch einen
Feind verursacht sein, und der Geschädigte hat die Verpflichtung, diesen bösen, feindlichen Zauberer zu ermitteln. Es geschieht dies dadurch, daß z. B. der Vater
oder die Mutter des bei der Geburt verstorbenen Kindes [nachdenken, wer ihnen wohl diesen Zauber an-
gethan haben könnte, und daß sie dann irgend Einen,
auf den sie Verdacht haben, oft aber auch mehrere Personen ohne Weiteres des Zaubers in einer öffentlichen
Versammlung beschuldigen. Gegen diese Beschuldigung
gibt es weder eine Appellation noch einen Gegenbeweis.
Der Angeklagte kann sich vielmehr nur einem Gottes-
gericht unterwerfen, welches in der Weise angestellt wird,
daß unter allerlei Feierlichkeiten dem Angeklagten durch
den Priester aus einer Kokosschale ein giftiger Trank
übergeben wird, den er unter Verfluchungen und Be-
schwörungen trinken muß. Erfolgt nach kurzer Zeit Erbrechen, durch welches der genossene Trank wieder aus
dem Körper entfernt wird, so gilt der Angeklagte für
unschuldig, erfolgt dagegen das Erbrechen nicht, so gilt
der Angeklagte für überführt und stirbt dann an dem
ihm dargereichten Gift, wenn er nicht schon vorher von

allen Ortseinwohnern in barbarischer Weise umgebracht
worden ist. Natürlich hängt lediglich von der Bereitung
des Trankes seine Wirkung ab, und der Bestechung der
Fetischpriester steht hier das weiteste Feld offen.

Wenden wir uns nun zu dem Hauptkultur-Erdtheil,
zu Europa, wo fast ausnahmlos die Einzelehe herrscht,
und wo überall die Geburt eines Kindes mit nur geringen
Ausnahmen, welche durch Armuth und Noth hervorgerufen
werden, mit Freude und Jubel begrüßt wird. Es liegt
ein vortrefflicher Beweis für die fortgeschrittene Kultur
des Europäers in dieser Freude darüber, daß wieder ein
neues Mitglied der Gesellschaft zum Leben gekommen ist,
in dieser Freude der Eltern darüber, daß ihnen der Himmel einen Nachkommen gewährt hat. Es wäre wunderbar, wenn bei solchem wichtigen Ereignisse sich nicht auch
hier der über die ganze Welt verbreitete Aberglaube mit
in's Spiel mengte, und so finden wir denn durch ganz
Europa ausnahmlos die Annahme verbreitet, daß böse
Geister über die Kinder eine ganz besondere Macht haben.

Zum Theil ist dieser Aberglaube auf die alten Götter-
sagen zurückzuführen und speziell auf die Asenlehre unserer nordischen Vorfahren. In dieser spielten eine bedeutende Rolle die Alben oder Zwerge, welche, wie man
annahm, mit den Menschen beständig in Verbindung zu
kommen suchen und deshalb gern kleine Kinder stehlen,
an deren Stelle sie häßliche Albenkinder legen, die man
dann, weil sie mit den wirklichen Menschenkindern ver-
wechselt waren, „Wechselbälger" nannte. Es ist deshalb
in Frankreich, Rußland, Deutschland an vielen Orten

noch jetzt üblich, ein geweihtes Licht an der Wiege des Kindes brennen zu lassen, damit die Alben, die „Unholde" genannt, welche im Christenthum natürlich aus nordischen Erdgöttern zu Teufelsgenossen wurden, keine Macht über das neugeborene Kind haben.

Auch die Geschichte von dem Wärwolf spielt eine gewisse Rolle, und man zündet gleichfalls geweihte Lichter an, oder segnet die Kinder besonders, damit ihnen der Wärwolf nicht schaden könne. Unter dem Wärwolf versteht man bekanntlich einen Menschen, welcher durch Zauberei in einen Wolf verwandelt worden ist, und dessen liebste Nahrung in kleinen, zarten Kindern besteht. Man muß deshalb die Neugeborenen vor ihm schützen, und manche Krankheit, mancher Kindestod wird in Gegenden, in welchen der Aberglaube besonders mächtig ist, noch heute für ein Werk des Wärwolfes ausgegeben.

Daß außerdem in allen den verschiedenen Gebieten des deutschen Reiches verschiedene eigenthümliche Gebräuche bei der Geburt eines Kindes im Schwange sind, ist selbstverständlich. Doch würde es unmöglich sein, auf alle diese oft auf krassem, kindischem Aberglauben beruhenden Ceremonien hier einzugehen, von denen viele dem Leser selbst bekannt sein werden. Ueberhaupt erforderte die halbwegs erschöpfende Darstellung unseres Thema's ein dickes Buch, und es konnte daher an dieser Stelle nur unsere Absicht sein, eine kleine Auslese aus der Fülle der Gebräuche zu bieten, die bei der Geburt des Kindes in Ost und West stattzufinden pflegen.

Eine verhängnißvolle Parlamentsauflösung.

Historische Skizze

von

Richard March.

Glatt wie ein Spiegel, im Sonnenscheine goldig
schimmernd, lag die unabsehbar weite Fläche des Mittel-
meeres, und das Tiefblau des Himmels, der sich gleich
einem Baldachin darüber spannte, war von keinem Wölk-
lein getrübt. Der ganze Zauber des Südens umwob
dieses Bild. Außer einigen wenigen im Hafen verankerten
Schiffen war, so weit das Auge reichte, kein Wimpel zu
erblicken, keines jener vielen Fahrzeuge zu schauen, die
sonst nach Alexandrien strebten oder es verließen.

Aber der Mann, der dort an einem der Fenster des
die Rhede von Alexandrien beherrschenden Kastells stand,
der Mann, dessen nicht gerade ansehnliche Gestalt die
Uniform eines Generals der französischen Republik um-
hüllte, dachte gewiß nicht an die Schönheit der Natur,
denn der Ausdruck seines bleichen, Entschlossenheit ver-
rathenden glattrasirten Angesichtes war finster, die breite,
offene Stirne, hinter der ein eiserner Wille thronen mochte,
kraus, und dräuend der Blick der tiefliegenden, dunklen,

geistvollen Augen. Auch die breite Brust, über welche
er die Arme kreuzte, wogte unter schweren Athemzügen,
so daß nicht zu verkennen war, er kämpfe mit sich und
ringe nach einem Entschlusse.

Und dem war auch so. Napoleon Bonaparte, der
als Oberbefehlshaber der französischen Expedition nach
Egypten im Kastell zu Alexandrien verweilte, stand an
einem Scheidewege.

Was thun?! Im Lande der Pharaonen bleiben und
dessen Unterwerfung vollenden, oder nach Paris zurückkehren, dort Ordnung schaffen, das mit unsicherer Hand
geführte Staatsruder ergreifen und die Feinde Frankreichs unschädlich machen — das ist die Frage! Eine
Frage, deren Entscheidung wohl überlegt werden muß,
denn es steht Großes auf dem Spiele.

Bonaparte ist sich dessen bewußt, er weiß, wozu er am
18. Mai 1798 Toulon verließ, nachdem er vorher seinen
Soldaten zugerufen, die Augen Europa's seien auf sie
gerichtet und sie hätten eine große Bestimmung zu erfüllen.
Ja mehr noch, er selbst war es, welcher der Regierung
Frankreichs, dem Direktorium, sagte: „Wer Egypten
erobert, der beherrscht nicht nur das rothe Meer, sondern
kann auch Indien erreichen." — Er selbst war es, der
den Riesenplan in all' seinen Einzelheiten so verlockend
darstellte, der auch in Abessinien ein Objekt, das des
Eroberns werth, erblickte, der durch Beherrschung seiner
Karawanenstraßen alle Schätze Afrika's, den Goldstaub
und das Elfenbein, an sich reißen und durch den Besitz
der nach Mekka führenden Wege Handel und Wandel

aller der bis an den Senegal hinab gelegenen moham=
medanischen Staaten nach Belieben regeln wollte, der
Alexandrien zum Mittelpunkte des Handels im Mittel=
meere, zum Stapelplatze der reichen Produkte Indiens
bestimmte, und in dem Frankreich der Zukunft nichts
anderes als eine Schatzkammer sah, in die aller Reich=
thum des Orients zusammenfließen sollte.

Und mit all' der Energie seines Wesens hatte er für
die Verwirklichung dieses Planes Blut und Leben ein=
gesetzt. In der Nacht vom 1. zum 2. Juli 1798 war
Alexandrien von etwa 19,000, von ihm, Kleber, Berthier
und anderen Generälen befehligten Franzosen erobert, und
bald darauf Murad Bey mit seinen Mameluken auf's
Haupt geschlagen worden. Kairo war den Siegern in die
Hände gefallen, und der Umstand, daß es der fliehende
Feind geplündert und theilweise in Brand gesteckt, hatte
sie ebenso wenig entmuthigt, wie der vernichtende Schlag,
den Admiral Nelson gegen ihre Flotte am 1. August 1798
bei Abukir geführt. Verloren war die stolze Flotte, ab=
gebrochen die Verbindung mit Frankreich. Aber Bona=
parte hatte nicht gebebt, er hatte Suez eingenommen, war
nach Syrien gezogen, hatte Jaffa erobert und am 16. April
1799 die Türken unter Djezzar Pascha beim Berge Tabor
auseinander gesprengt; er hatte ferner, nicht im Stande,
die Festung St. Jean d'Acre zu Falle zu bringen, seine
Schaaren wieder nach Kairo geführt, und dem durch die
Engländer unterstützten, aus Arabern und Mameluken
bestehenden Feind nach der mörderischen Schlacht vom
23. Juli die Halbinsel Abukir entrissen; kurz, er hatte

mit verhältnißmäßig geringen Mitteln so viel geleistet, daß der vorhin angedeutete Plan in's Stadium der Verwirklichung getreten war.

Freilich wurde das Mittelmeer im Jahre 1799 nur von englischen Schiffen beherrscht, freilich waren alle egyptischen Häfen, also auch Alexandrien, von den Engländern blockirt, freilich hatten die Letzteren mit der Pforte ein Bündniß geschlossen, dessen Zweck nur die Wiedereroberung Egyptens sein konnte, aber welch' geringe Sorge für einen kriegerischen Geist von der Art Napoleon Bonaparte's! — Da ereilte ihn die Kunde, die Regierung Frankreichs sei durch Parteiherrschaft herabgekommen, unthätig, sie habe weder einen festen diplomatischen, noch einen Kriegs- oder Finanzplan, mit einem Worte: kein Regierungssystem, und es drohe nicht nur der Staatsbankerott, sondern auch feindliche Invasion, denn schon seien die Franzosen in Deutschland und Italien geschlagen worden. Und das war es, was ihn beunruhigte, und zwar deßhalb, weil seine hochfliegenden Pläne, die mit Frankreichs Macht und Größe eng verknüpft waren, in Nichts zerfließen mußten, wenn dieses fiel.

Und es konnte fallen. Nicht Deutschland, nicht Oesterreich, nicht Britannien fürchtete Napoleon Bonaparte, aber er konnte nicht ohne leises Beben an Ludwig XVIII. denken. Das war das Schreckgespenst, das vor seiner Seele stand, und nicht die Republik schützen, sondern die Restauration verhindern wollte der Sohn des Prokurators von Ajaccio.

Ueber das Meer hin flog sein gebietendes Auge —

es sah Frankreich, Paris von zahllosem Volke belebt und
sich selbst als Mittelpunkt des allgemeinen Interesses, als
Held gefeiert und als Triumphator begrüßt, als Ober-
haupt des Staates auf den Schild gehoben. Das Bild,
eine Fata Morgana der Phantasie, war entzückend und
berauschend und sein Anblick wirkte entscheidend.

Napoleon Bonaparte trennte seine Augen von dem
Meere, er trennte sie von der Säule des Pompejus, auf
der die Namen jener Franzosen eingegraben waren, die
bei Alexandriens Eroberung ihr Leben ließen, er trennte
sie von dem Grab der französischen Flotte, von Abukir,
er war der Zweifler und Träumer nicht mehr, sondern
wieder der Mann, dessen Entschluß die That bedeutet.

Hochaufgerichtet, blitzenden Auges, als gelte es einer
Armee zu gebieten, stand er am Fenster, Desjenigen
harrend, den er eben durch ein Glockenzeichen gerufen. Derselbe trat ein. Es war Alexander Berthier, der General-
stabschef der Expedition, und mehr noch, der Einzige, dem
gegenüber Bonaparte einen Theil seines Ich, die Zurück-
haltung, verleugnete, dem er Vertrauen schenkte.

Berthier war eine hohe Kriegergestalt, die aber, wo
es geboten erschien, die Geschmeidigkeit des Höflings annehmen konnte. Die beiden Generale besprachen nun die
Lage. Sie wurden einig, daß Frankreich ein Mann fehle,
der das Staatsruder mit starker Hand zu erfassen und
sicher zu führen vermöchte. Und daß dieser Mann Napoleon Bonaparte heiße, dies sprach Berthier direkt aus,
und stellte Napoleon die Rückkehr als eine Nothwendigkeit
dar, der er sich beugen müsse. Es wurde daher von

Bonaparte beschlossen, Unteregypten schnell vollends zu unterwerfen, und dann die Reise völlig überraschend und unerwartet anzutreten. Das Unternehmen mußte, schon um die Soldaten nicht zu entmuthigen, bis zum letzten Augenblicke geheim gehalten werden.

Demgemäß wurde gehandelt. Boten flogen nach allen Seiten, die Operationen begannen auf's Neue, und als sie binnen Kurzem glücklich zu Ende geführt waren, da sah man auch im Hafen von Alexandrien fleißige Hände sich rühren. Zwei Fregatten und ebenso viel leichte Schiffe wurden ausgerüstet und auf die so blutig umstrittene Rhede von Abukir dirigirt.

Kaum waren sie daselbst angelangt, da sprengten von allen Seiten Offiziere hohen und niederen Ranges heran. Sie tauschten flüchtigen Gruß und thaten dann — wie ein Mann — dasselbe, sie öffneten ein Schreiben, das ihnen mit der Weisung zugestellt worden war, es an dieser Stelle zu lesen. Und dieses Schreiben enthielt, von Bonaparte unterzeichnet, den Befehl, sich unverzüglich auf den bereit liegenden Fahrzeugen einzuschiffen. Wie er stand und ging, ohne das mindeste Gepäck mußte Jeder dem Befehle entsprechen. Herrenlos standen die Pferde am Ufer, die Schiffe aber setzten alle Segel auf und strebten in's offene Meer hinaus, nur eine Schaluppe zurücklassend, die sich langsam dem Gestade wieder näherte.

In derselben befand sich ein höherer Offizier. Er hatte ein Schriftenpacket bei sich, das die Adresse des Generals Kleber und den Vermerk: „Nach 24 Stunden zu öffnen" trug. Als dies geschah, als man daraus er-

sah, daß Bonaparte den Adressaten zum Oberbefehlshaber
der Armee und Desaix zum Kommandanten in Ober-
egypten ernannt, sich selbst aber nach Frankreich ein-
geschifft habe, da war das kleine Geschwader schon ferne
der afrikanischen Küste, da floh es, in beständiger Angst
vor den Engländern, gen Korsika.

Am 30. September 1799 war Bonaparte bereits in
seiner Vaterstadt Ajaccio, wo er die hochgehenden Wogen
der Parteileidenschaften zu besänftigen und ganz Korsika
für das gemeinsame Vaterland Frankreich zu begeistern
wußte. Am 8. Oktober stand er auf dessen Boden, einen
Tag später war er in Fréjus. Und hier erfüllte sich der
Traum zum Theile, der ihn am Fenster des Kastells von
Alexandrien gegrüßt, hier sah er sich vom Volke umjubelt
und als Retter und Befreier aus der Noth der Anarchie
gefeiert. Der mit Berthier besprochene Plan, die Macht
an sich zu reißen, war reif, und es galt in Ausführung
desselben vor Allem die Regierung, das Direktorium, zum
Werkzeuge des Umsturzes zu machen.

Von den fünf Mitgliedern desselben, Barras, Gohier,
Moulins, Sieyès und Roger Ducos, gewann Bonaparte
die beiden Letzteren für sich, und so wurde denn jenes an
den Rath der Alten gerichtete, anscheinend nicht bedeutungsvolle Dekret des Direktoriums vom 8. November
1799 erlassen, wonach dasselbe den Sitz des gesetzgebenden
Corps von Paris nach St. Cloud verlegte und die Durch-
führung dieser Maßregel dem General Bonaparte mit dem
Bemerken übertrug, daß ihm zu diesem Zwecke die Garden des
Corps legislatif, sowie die 17. Division überlassen seien.

Sogleich nach Empfang dieses gewünschten Befehles verfügte sich Bonaparte in die Tuilerien, ließ deren Thore sperren und seine Soldaten Revue passiren. Durch diese ungewöhnlichen Maßnahmen bestürzt, berief Barras sogleich das Direktorium zu einer Sitzung, allein es erschienen blos Gohier und Moulins, und diese mußten bald erfahren, daß man ihnen nicht mehr gehorche. Denn der Platzkommandant von Paris erwiederte auf ihren Befehl, über den Grund der militärischen Vorkehrungen nicht nur Aufschluß zu geben, sondern dieselben auch abzustellen, achselzuckend: ein unwiderrufliches Dekret habe dem General Bonaparte das Oberkommando über sämmtliche in Paris stehende Truppen übertragen, und man müsse sich deßhalb der gewünschten Auskünfte wegen nicht an einen Subalterngewordenen, sondern an den Machthaber selbst wenden.

Die Anfrage wurde nun an Napoleon selbst gestellt und die Antwort ließ nicht lange auf sich warten. Das dreiköpfige Direktorium wurde auf Befehl Bonaparte's einfach verhaftet; es war gestürzt, ohne daß ein Tropfen Blut geflossen wäre. Uebrigens ließ der neue Machthaber den Männern gegenüber, die das Staatsschiff in die Gefahr des Scheiterns gebracht hatten, Milde walten. Barras, dem er seine 1795 erfolgte Ernennung zum Divisionsgeneral zu danken hatte, durfte sich auf sein Landgut begeben, Moulins aber wurde so schlecht bewacht, daß er die Flucht ergreifen konnte. Daraufhin erhielt auch Gohier die Erlaubniß, nach Hause zu gehen, und es galt nun den letzten Streich zu führen, das letzte Hinderniß

auf dem Wege zum Ziele, zur Macht, die gesetzgebende
Versammlung zu sprengen.

Dieselbe, auch der Rath der Fünfhundert genannt,
versammelte sich richtig in St. Cloud und sprach lang
und breit über die Ursachen seiner Verlegung und die
Ereignisse überhaupt. Da Niemand wußte, welche Trag=
weite denselben beizumessen wäre, und den beruhigenden
Versicherungen des Präsidenten Lucian Bonaparte nur
wenig Glauben schenkte, da die Mehrheit der Versamm=
lung dafür hielt, es sei eine Verschwörung im Werke,
und da Einer dem Anderen nicht traute, so war man
darüber einig geworden, jedes einzelne Mitglied der er=
habenen Körperschaft habe den Eid auf die Verfassung
nochmals und sofort zu leisten. Und eben sollte damit
begonnen werden, als General Bonaparte eintrat. Sein
Haupt war entblößt, er trug keine Waffen, desgleichen
die Grenadiere, die ihn begleiteten. Er wollte sprechen,
aber es war unmöglich. Wie der Sturm das Meer, so
hatte seine Ankunft die Versammlung aufgeregt. Alles
sprang von den Sitzen auf und die Rufe: „Ein Ge=
neral?" — „Was will Bonaparte hier?" — „Das ist
nicht sein Platz!" — „Fort, wir brauchen keinen Dik=
tator!" — ertönten.

Und da Bonaparte keine Miene machte, dem Andrange
zu weichen, stieß man ihn zurück und bedrohte ihn mit
Dolchen.

Der Deputirte Arena wollte ihn niederstechen, aber
ein Grenadier fing den Stoß mit dem Arme auf. Lucian
Bonaparte drängte sich dazwischen, er wollte die Freiheit

des Wortes für einen General der Republik, und es trat
Ruhe ein. Doch nur auf Momente, dann begann ein
furchtbares Schreien und Toben, und neuerdings sah man
Waffen in den Händen der Volksvertreter, Waffen, deren
Spitzen sich gegen Bonaparte's Brust kehrten.

General Lefèbre entriß ihn mit Hilfe einiger Grenabiere dem Tode, er machte es ihm möglich, den Saal zu
verlassen.

Nun kehrte sich der Grimm der Deputirten gegen
Lucian Bonaparte. „Verräther!" hallte es vielhundert-
stimmig durch den Saal, und zwanzig Grenabiere hatten
Mühe, den Bedrohten aus demselben zu bringen. Auch
dadurch wurde der Sturm nicht nur nicht beschworen,
sondern dessen Gewalt steigerte sich, als plötzlich Trommel-
schlag erklang. Zum dritten Male wurden die Thüren
des Saales geöffnet, bewaffnete Soldaten brangen ein,
und es hatte den Anschein, als müsse es jetzt zu Blut-
vergießen kommen, als sei die gesetzgebende Versammlung
der Vernichtung geweiht. Die Abgeordneten waren sicht-
lich barauf gefaßt, sie standen wie eine Mauer, allein
des zahlreich anwesenden Publikums bemächtigte sich eine
furchtbare Panik. Man riß, von Todesangst erfaßt, die
Fenster auf und sprang in's Freie, während der Anführer
der Eindringlinge mit lauter Stimme sagte: „General
Bonaparte befiehlt, den Saal zu räumen!"

„Niemals!" riefen viele der Abgeordneten und standen
der bewaffneten Macht drohend gegenüber.

„Vorwärts, Soldaten!" hieß es und kaltblütig rückten
die Krieger mit gefälltem Bajonett gegen die Volksver-

treter vor. Fünf Minuten später war von ihnen Keiner mehr im Saale. Die gesetzgebende Versammlung war gesprengt, sie hatte vorläufig zu existiren aufgehört, und die ganze Macht, die Regierung Frankreichs lag in den Händen der aus Bonaparte, Siehès und Roger Ducos — den klugen Direktoren — bestehenden Konsularkommission, einer Kommission, die nach vierundzwanzig Stunden vom Schauplatze verschwand, um dem ersten Konsul der französischen Republik, Napoleon Bonaparte, Platz zu machen.

Der Traum von Alexandrien war erfüllt und es begann der Traum von Paris, der Traum von der Weltherrschaft. Wie derselbe geendet, das weiß alle Welt. Weniger bekannt ist, wie er begonnen durch die Auflösung der gesetzgebenden Versammlung, die wir hier geschildert haben.

Katastrophen in der Firsternwelt.

Ein Blick in das Weltall.

Von

Paul Tunsch.

Zu den erhabensten Zweigen der Naturwissenschaft gehört ohne Zweifel die Himmelsforschung, welche uns lehrt, daß die „Welt" nicht unsere Erde ist, die unserem engbegrenzten Sinnesvermögen schon so gewaltig groß er= scheint, sondern uns zeigt, wie die von uns bewohnte Erd= kugel nur ein verschwindendes Stäubchen ist in der Un= endlichkeit des ewigen Universums, von dem wir wiederum trotz Riesenteleskopen doch sicherlich nur einen verschwindend kleinen Theil wahrzunehmen vermögen. Jedoch auch das, was das kühne Forscherauge des wissensdurstigen Erd= bewohners bisher zu enthüllen vermochte, genügt, um uns mit ehrfurchtsvollem Staunen zu erfüllen vor den unge= heuren Räumen mit ihren schwindelnden Zahlengrößen, darin sich in unermeßlichen Zeiten Vorgänge abspielen, deren Größe und Mächtigkeit das Vorstellungsvermögen unserer nur für irdische Verhältnisse geeigneten Sinne weit übersteigt.

Zu diesen letzteren gehören auch die von den Forschern,

namentlich in neuerer Zeit, beobachteten Riesenkatastrophen in der Fixsternwelt, die im Dasein vieler Gestirne völlige Umwälzungen hervorrufen, von denen wir dem freundlichen Leser in Nachstehendem einiges berichten wollen.

Wenn wir an einem klaren Sternabend unsere Blicke nach dem Himmelsgewölbe richten, um das zahllose Heer von Sternen in ihrem mannigfaltigen herrlichen Glanze zu bewundern, dann geschieht es wohl, daß uns ein besonders hellschimmernder Stern auffällt, welcher alle übrigen an Glanz weit übertrifft. Das ist dann einer unserer nächsten Planeten oder „Wandelsterne", welche, wie unsere Erde, dunkle Körper sind, die nur das von der Sonne empfangene Licht zurückstrahlen und nur wegen ihrer größeren Nähe so hellstrahlend erscheinen. Diese Himmelskörper bilden mit unserer Erde zusammen ein System von Weltkugeln, welches um die Sonne kreist: das Sonnensystem. Anders verhält es sich mit all' den anderen Gestirnen, welche wir in verschiedenstem Glanze am Himmel erblicken. Sie sind Sonnen, d. h. selbstleuchtende Weltkörper, wie unsere Sonne, und haben vermuthlich ebenso ihre Systeme von Planeten, nur daß wir diese kleineren dunklen Weltkörper, welche sie umkreisen, wegen der großen Entfernung nicht sehen können.

Die Entfernung läßt uns auch diese Sonnen oder Fixsterne, wie sie genannt werden (weil sie untereinander eine scheinbar feste Stellung einnehmen), im Verhältniß zu unserer Sonne klein erscheinen. Dies kann uns nicht wundern, wenn wir bedenken, daß der Lichtstrahl, welcher in der Sekunde 41,000 Meilen zurücklegt,

beispielsweise von einem Fixstern im Sternbild des „Cen=
taur", dem nächsten von denjenigen Fixsternen, deren Ent=
fernung bekannt ist, über drei Jahre braucht, um zu uns
zu gelangen. Von dem Polarstern im „kleinen Bären"
kommt der Lichtstrahl erst in 43 Jahren zu uns, während
er von anderen sehr entfernten Fixsternen sicherlich erst
nach Jahrtausenden zu uns gelangt. Die Fixsterne haben
verschiedene Größen, erscheinen jedoch in der Regel kleiner,
je entfernter sie von uns sind. Ist doch der weiße Streifen
der Milchstraße auch nichts anderes als ein unendliches
Heer von Fixsternen. Nach ihrer scheinbaren Größe hat
man sie in verschiedene Klassen getheilt; die größten ge=
hören zur ersten Klasse, zur zweiten Klasse die nächst=
größten u. s. w.

Aber auch in ihrer Beschaffenheit gleichen die Fix=
sterne unserer Sonne, indem sie aus mächtig großen
Feuerbällen bestehen, die sich in glühendflüssigem Zustande
befinden, auf denen sich also fortwährend ungeheure Ver=
brennungsprozesse abspielen, welche, wie auch bei unserer
Sonne, Ursache ihrer Licht= und Wärme=Entwickelung
sind. Diese Gleichheit bezieht sich auch auf die stoffliche
Zusammensetzung, denn dieselben Elemente, welche den
Leib unserer Sonne bilden, hat man auch auf den Fix=
sternen vorgefunden, wie die Zerlegung und Untersuchung
ihrer Lichtstrahlen ergeben hat.

Der Lichtstrahl, dieser eilfertige Bote des Weltalls,
welcher uns über die fernen Vorgänge im Himmelsraum
Bericht erstattet, hat uns aber noch andere Botschaft von
den Fixsternen gebracht. Er hat den forschenden Erd=

bewohnern zu ihrer Verwunderung mitgetheilt, daß die
Sternwelt keineswegs so beständig ist, wie sie erscheint,
sondern daß sich in ihr fortwährend Veränderungen und
Umwälzungen vollziehen. So haben viele Fixsterne im
Laufe der Zeit die Helligkeit ihres Lichtglanzes verändert.
Von den zwei Hauptsternen im Sternbild der „Zwillinge“
z. B. war der eine, welcher den Namen „Kastor“ hat, dereinst heller wie der andere, welcher „Pollux“ heißt; jetzt ist
es gerade umgekehrt. Auch ein Stern im „großen Bären“
hat an Glanz eingebüßt, denn einst war er zweiter, jetzt
ist er vierter Größe. Ebenso hat der Stern „Aldebaran“
im Sternbild des „Stieres“, wie es scheint, an Licht
verloren, während man annimmt, daß der Stern „Altair“
im „Adler“ an Licht zugenommen hat.

Ja man hat sogar periodische Veränderungen in der
Lichthelligkeit der Fixsterne beobachtet. Der erste dieser
„veränderlichen Sterne“ wurde von Holwarda im
Jahre 1639 entdeckt. Er befindet sich im Sternbilde
des „Walfisches“ und wurde schon im Jahre 1596 wahrgenommen, ward jedoch darauf nicht mehr gesehen und
später wieder aufgefunden. Seiner Eigenthümlichkeit wegen
nannte man ihn Mira, den „Wunderbaren“. Für denselben ist jetzt eine Periode von 331 Tagen 10 Stunden
ermittelt, innerhalb welcher er in der Stärke seines Lichtes
von der zweiten bis zur zwölften Größenklasse wechselt.
Später fanden sich noch andere veränderliche Sterne, deren
allmählig immer mehr beobachtet wurden. Jetzt kennt
man weit über hundert solcher Gestirne, die ihr Licht in
bestimmten Perioden wechseln. Die kürzeste jetzt bekannte

Periode ist diejenige, welche man an einem Fixsterne im Sternbilde der „Wage" wahrgenommen hat; sie beträgt nach genauen Messungen 2 Tage 7 Stunden 51 Minuten 20 Sekunden. Bei einem „Veränderlichen" im Sternbild des „Perseus" ist die Periode nicht viel länger, sie ist 2 Tage 20 Stunden 48 Minuten 54 Sekunden lang. Andere veränderliche Sterne haben Perioden von etwa einem Jahre, dagegen andere von vielen Jahren. Ja bei vielen Gestirnen ist die Periode gewiß so groß, daß bis jetzt erst ihre Lichtabnahme oder Lichtzunahme bemerkt werden konnte. Dabei wechseln einige ihr Licht nur wenig, während sich die Lichtveränderungen bei anderen von der zweiten oder dritten Größe bis zum völligen Verschwinden des Gestirns vollziehen. Auch ist die Zeitdauer der Lichtzunahme stets kürzer, als diejenige der Lichtabnahme. Bei manchen Gestirnen ist es noch nicht gelungen, für ihre Lichtveränderungen eine bestimmte Periode zu ermitteln, wie z. B. bei dem Veränderlichen im „Schiffe".

Diese Erscheinungen, die in der Himmelskunde zu den merkwürdigsten gehören, hat man auf verschiedene Weise zu erklären gesucht. So hat man z. B. angenommen, daß sich die Gestirne um sich selber drehen und uns hierbei bald hellere, bald dunklere Theile ihrer Oberfläche zukehren und hat sich dabei auf unsere Sonne berufen, die sich ja auch in 25 Tagen 7 Stunden um ihre Achse dreht und deren Oberfläche vorübergehend auch dunkle Flecke aufweist. Diese Erklärung hat jedoch viel Gründe gegen sich, so daß eine andere Annahme mehr Wahrscheinlichkeit hat. Nach derselben findet auf den Gestirnen ein perio-

bischer Verbrennungsprozeß statt, weil die glühend flüs=
sigen Stoffe dieser Sterne (welche sich aus ihrer einst
nebelartigen Existenz in einem Uebergangsstabium befinden)
noch keine bestimmte beharrliche Lagerung haben und in
dem Bestreben nach einer solchen periodisch Revolutionen
verursachen. Doch sind auch diese Erscheinungen im All=
gemeinen noch räthselhaft, so wissen wir doch so viel, daß
diese Weltbrände in ihrer Größe und Mächtigkeit Kata=
strophen sein müssen, welche uns annähernd vorzustellen
unsere Phantasie erlahmt.

Verwandt mit den vorbeschriebenen Erscheinungen
scheint auch die Eigenschaft mancher Gestirne zu sein, die
Farbe ihres Lichtes zu wechseln. So wurde z. B. Sirius,
der hellste Stern an unserem Fixsternhimmel, im Alter=
thum als rothstrahlend bezeichnet, während er jetzt ein
schönes weißes Licht besitzt. Auch eine Periodicität hat
man in den Farbenveränderungen mancher Fixsterne auf=
gefunden. So verändert ein Stern im „großen Bären"
seine Farbe allmählig von weißgelb in roth und wieder
zurück in der Zeit von 35 Tagen. Diese Erscheinungen,
die ebenfalls zu den unerklärten gehören, scheinen auf
wechselnde Stoffveränderungen im chemischen Verbrennungs=
prozesse der Gestirne hinzudeuten, welche mächtige Um=
wälzungen auf denselben herbeiführen müssen.

Noch mehr Interesse, wie die veränderlichen Gestirne,
haben zu allen Zeiten die unter dem Namen „neue
Sterne" bekannt gewordenen Himmelskörper erregt. Und
das mit Recht, da sich bei ihrem Erscheinen Vorgänge
ereignen, die geheimnißvoll und gewaltig zugleich sind.

An einem Orte am Himmel, welchen die Forſcher genau
kennen, und an dem ſie niemals ſelbſt mit den größten
Teleſkopen auch nur die Spur eines Sternes wahrgenommen haben, taucht ganz plötzlich ein Geſtirn auf,
von gewöhnlich bedeutender Lichtſtärke, das ganz die Eigen-
ſchaften eines Fixſternes hat, jedoch in der Regel nach verhältnißmäßig kurzer Zeit wieder vollſtändig verſchwindet,
ſo daß ſelbſt das ſtärkſte Fernrohr es nicht mehr aufzufinden vermag.

Von den etwa 25 Sternen dieſer Art, welche bis jetzt
bekannt geworden ſind, wollen wir nur folgende erwähnen.

Der erſte neue Stern wurde im Jahre 134 v. Chr.
von dem chineſiſchen Aſtronomen Matuan-lin im Sternbilde des Skorpions erblickt.

Desgleichen wurde im Jahre 389 n. Chr. von Cu-
ſpianus ein Stern geſehen, der, vorher nie erblickt, auf
einmal im Sternbilde des „Adlers“ mit dem Glanze des
Planeten Venus aufſtrahlte, jedoch nach einigen Wochen
ſeines Leuchtens wieder völlig verſchwunden iſt.

Am 11. November 1572 wurde von Tycho de Brahe
im Sternbilde der „Kaſſiopeja“ ein Stern entdeckt, welcher
ſehr großes Aufſehen hervorrief. Sein Licht wuchs und
hatte nach zwanzig Tagen den höchſten Glanz erreicht, ſo
daß der Stern ſelbſt am hellen Tage ſichtbar geweſen
ſein ſoll. Dann wurde das Licht des Sternes allmählig
trüber und zeigte wiederholte Farbenveränderungen. Trotzdem leuchtete das Geſtirn über ein Jahr und erloſch erſt
im März 1574.

Der im Jahre 1600 im Sternbilde des „Schwanes“

erschienene neue Stern ist insofern merkwürdig, als er zwar allmählig von seiner ursprünglichen Helligkeit (dritter Größe) verloren hat, jedoch, nachdem er wiederholte Lichtveränderungen gezeigt hat, seit 1677 als Stern fünfter Größe noch bis heute sichtbar geblieben ist.

Von Kepler wird uns über einen am 10. Oktober 1604 im Sternbilde des „Schlangenträgers" erschienenen neuen Stern berichtet, dessen Glanz größer war, wie derjenige aller Firsterne erster Größe, der jedoch schon nach einem Jahre wieder verschwunden ist.

Auch in unserem Jahrhundert sind wiederholt ähnliche Erscheinungen beobachtet worden, unter Anderem in den Jahren 1848, 1850, 1860 und 1876. Der in dem letztgenannten Jahre im Sternbild des „Schwanes" aufgetauchte Stern dritter Größe leuchtete nur 21 Tage.

Namentlich hat der am 17. August 1885 im Nebelfleck der „Andromeda" zuerst von Gully bemerkte neue Stern das höchste Interesse erregt. Dieser Nebelfleck, welcher auch mit freiem Auge gesehen werden kann, ist jedoch nur scheinbar ein solcher, denn er zeigt sich in einem starken Teleskope als eine ungeheure Anzahl dichtgedrängter Firsterne, die uns nur wegen der ungeheuren Entfernung wie ein matter Nebel erscheinen. Nach der Mitte zu ist der Nebelfleck dichter und hat einen helleren Kern; schräg unter diesem befand sich nun der neue Stern, welcher den Namen „Nora" erhielt. Er war anfangs sechster Größe, wurde jedoch bald lichtschwächer, und war zwei Monate nach seinem Erscheinen wieder gänzlich verschwunden.

Anfang Dezember deſſelben Jahres wurde im Stern=
bild des „Orion“ zuerſt in Irland ein neuer Stern
ſechster Größe wahrgenommen, der jedoch bald eine ſchnelle
Abnahme des Lichtes zeigte.

Man hat vermuthet, daß die neuen Sterne nur ver=
änderliche Sterne ſeien, welche eine ſo große Periode
haben, daß man dieſelbe noch nicht meſſen konnte. Hier=
gegen ſpricht jedoch die Plötzlichkeit, mit der dieſe Phä=
nomene in den meiſten Fällen eingetreten ſind. Hat man
doch z. B. an dem Platze des Sternes, welcher 1866 in
der „Krone“ aufflammte, noch zwei Stunden vor der
Erſcheinung nichts Auffälliges wahrgenommen. Aehnlich
verhält es ſich mit anderen.

Ueberhaupt hat man über dieſe Erſcheinungen ver=
mittelſt des Teleſkopes nur wenig Aufklärung erhalten.
Andere und wichtigere Aufſchlüſſe hierüber hat uns das
Spektroſkop gegeben. Dieſes im Jahre 1859 von Kirch=
hoff und Bunſen für den Gebrauch in der Wiſſenſchaft
dienſtbar gemachte Inſtrument beſteht in ſeinen Haupt=
theilen darin, daß das Licht der zu unterſuchenden Körper
durch einen engen Spalt in einem Rohre aufgefangen
und durch ein Glasprisma in ſeine farbigen Strahlen
zerlegt wird, aus denen man auf die Beſtandtheile und
die Natur brennender oder leuchtender Körper zu ſchließen
vermag. Zum erſten Male wurde dieſes Inſtrument im
Jahre 1866 bei dem in der „Krone“ aufleuchtenden Fix=
ſterne angewandt. Da hat ſich denn ergeben, daß dieſer
Stern einen glühendflüſſigen Kern beſaß, der von einer
mächtigen Hülle brennender Gaſe umgeben war, was ſein

Auflobern hervorrief. Ja man kennt sogar das Gas, welches dabei die Hauptrolle spielte: es ist das Wasser=stoffgas, welches in chemischer Verbindung mit dem Sauer=stoff das Wasser bildet. Dieselbe Ursache hat man 1876 bei dem neuen Sterne im „Schwan" beobachtet, während der 1885 im Nebelfleck der „Andromeda" erschienene Stern kein Vorhandensein entzündeter Gase zeigte, sondern sich während der Katastrophe genau so wie unser Sonnen=körper nur als ein glühendflüssiger Feuerball darstellte. Dies letztere gilt auch von dem neuen Stern, welcher 1885 im „Orion" bemerkt wurde.

Auf Grund dieser Beobachtungen ist man denn zu dem Schlusse gelangt, daß bei dem Aufflammen der Sterne von 1866 und 1876 eine gewaltige Explosion stattgefunden haben muß, bei welcher dem Inneren der Himmelskörper plötzlich ungeheure Massen entzündeten Wasserstoffgases · entströmten, welche dann den ganzen Weltkörper flammend einhüllten und ihn in eine so un=geheure Gluth versetzten, daß sich die Leuchtkraft desselben steigerte, bis die Gasmengen vom Feuer aufgezehrt waren und das Gestirn seine Lichtstärke wieder verlor. Bei den=jenigen neuen Sternen aber, die nach vorangegangener völliger Unsichtbarkeit aufleuchteten und dann wieder gänz=lich verschwunden sind, waren die Vorgänge noch gewal=tiger. Denn diese Gestirne müssen bereits mit einer in=folge Abkühlung erstarrten, mehr oder weniger dicken Rindenschicht umgeben gewesen sein, ähnlich wie unsere Erde, die aber durch die Gasexplosion gewaltsam zer=trümmert und infolge der ungeheuren Wärme=Entwickelung wieder in glühendflüssigen Zustand gerathen ist. Erst nachdem das Gas verbrannt war, konnte sich infolge Abkühlung eine neue dunkle Rindenschicht bilden, durch die das Gestirn wieder unseren Blicken entschwand.

Bei dem neuen Stern, welcher 1885 im Nebelfleck der „Andromeda" erschien, reicht jedoch auch diese Erklärung nicht hin, denn an diesem hat man keine brennenden Gase vorgefunden. Hier schließt man auf einen mechanischen Vorgang als Ursache der Erscheinung, z. B. auf den Zusammenstoß zweier Weltkörper, der allerdings in seiner Gewalt so furchtbar sein müßte, daß er hinreichen würde, durch die dabei entwickelte Hitze die Massen bereits erkalteter dunkler Weltkörper in Glühfluß zu versetzen. Demnach hätte sich bei dem neuen Stern in der „Andromeda" und demjenigen im „Orion" gleichsam vor unseren Augen ein Zusammensturz von Welten ereignet, welcher in seinen Umwälzungen als ein vollständiger Untergang des bisherigen Zustandes jener Himmelskörper bezeichnet werden muß.

Für die Wahrscheinlichkeit der letzteren Ursache spricht unter Anderem auch die an den Fixsternen längst beobachtete Eigenbewegung, mit welcher sie ihren Ort im Himmelsraume verändern. Nur scheinbar nämlich sind sie feststehende Sterne, weil ihre Entfernung von uns zu groß ist, um ihre Bewegung wahrzunehmen, denn es ist festgestellt, daß die Fixsterne insgesammt im Laufe der Zeit ihre Stellung am Himmel verändern. Ja von unserer Sonne hat man gefunden, daß sie mitsammt ihren Planeten 2c. auf einer Weltreise begriffen ist, welche

ungefähr von einer Gegend des Himmels ausgeht, wo wir
an Winterabenden den hellsten Fixstern, den „Sirius",
sehen und sich etwa dorthin richtet, wo wir an sternklaren
Sommerabenden hoch über uns den hellen Fixstern „Vega"
im Sternbild der „Leier" erblicken. Sogar die Geschwindigkeit ist uns bekannt, mit welcher sich Fixsterne im
Fluge uns nähern oder von uns entfernen. So fliegt
der Fixstern „Aldebaran" im „Stier" mit einer Geschwindigkeit von 32 Kilometer in der Sekunde von uns
fort. Desgleichen der Stern „Kapella" im „Fuhrmann"
mit 43 Kilometer und der Stern „Kastor" in den „Zwil-
lingen" mit 40 Kilometer Geschwindigkeit pro Sekunde.
Dagegen nähert sich uns der Stern „Pollux" in demselben Sternbilde mit einer Geschwindigkeit von 41 Kilometer in der Sekunde. Dasselbe ist bei dem Stern des
einen Hinterrades im „großen Wagen" (großen Bären)
mit einer Geschwindigkeit von 43 Kilometer und ebenso
bei dem letzten Stern der Deichsel desselben Sternbildes
mit einer solchen von 12 Kilometer pro Sekunde der Fall.

Sind auch diese Flugbewegungen der Fixsterne für
die ungeheuren Entfernungen verhältnißmäßig geringe, so
erscheint es darnach doch keineswegs ausgeschlossen, daß
in Himmelsgegenden, wo wir Vereinigungen zahlloser
dichtgedrängter Fixsterne erblicken, wie im Nebelfleck der
„Andromeda", Umstände eintreten können, welche einen
Zusammenprall zwischen Weltkörpern herbeiführen.

Wir müssen also zugeben, daß Weltkatastrophen, wie
wir sie in Vorstehendem geschildert haben, sich in unserer
Fixsternwelt, ja in unserem Sonnensystem ebenso gut er-

eignen können, wie sie an anderen Orten des Himmels=
raumes stattfinden, denn es sind dieselben Gesetze, welche
in dem unabänderlichen Verhältniß von Ursache und
Wirkung alle Dinge der Natur beherrschen, bis an die
äußersten Enden des Weltalls. Keines Menschen Geist
oder Hand aber vermag sie in ihrem unerbittlichen Walten
auch nur um ein Partikelchen zu verrücken, denn nach
ewigen ureigenen Gesetzen bauen und zerstören sich die
Dinge der gesammten Erscheinungswelt — im ewigen
Kreislaufe des Naturlebens.

Eine Weihnachtsparthie zur Geburtsstätte des Erlösers.

Reiseskizze

Von

Fr. Wilh. Groß.

(Nachdruck verboten.)

Ein Frühlingshimmel und nicht ein winterlicher Weih=
nachtshimmel war es, der am 24. Dezember 1883 über
Jerusalem hing. Anstatt der weißglitzernden Christfest=
landschaft und der dunklen, mit Schneedraperien verzierten
Fichten= und Tannenwälder, wie man sie in den nörd=
lichen Ländern zu sehen gewöhnt ist, erblickte man aller=

wärts eine lachende, üppige Gartenlandschaft, und wenn
man zu den Fenstern unserer hochgelegenen Wohnung ober=
wärts des Jaffathores hinaussah, konnte man über das
Geflimmer der im Gold der Sonne leuchtenden Zinnen,
spiegelnden Mauern und strahlenden Häuser und Tempel
in Entzücken gerathen.

Aber noch erquickender als diese Lichtspiegelungen war
der Blick über die Mauern von Zion hinweg in das
herzerfreuende Kidronthal, in welchem der Lenz sein Lager
aufgeschlagen zu haben schien. Die im Sommer vielfach
von der Hitze braungefärbte Thalsohle prangte jetzt im
saftigsten Grün. Der Kidronbach, der später gewöhnlich
versiegt, lief nun von dem fruchtbaren Naß beinahe über
und zog sich in seinen gefälligen Windungen durch den
frischen Wiesengrund wie eine silberne Schlange, die sich
fortwährend bewegt, ohne jedoch weiter zu kommen. An
den Ufern blühten Frühlingsblumen, und hier und da
zerstreut erhoben sich einzeln oder in kleineren und größeren
Gruppen zusammengedrängt Oelbäume oder Oelbaum=
gebüsche mit ihren feinen grau=weißen Blättern, oder auch
grüne Cypressen, untermischt mit noch anderen Pflanzen,
wie Palmen und Cacteenarten.

Am schönsten gestaltete sich aber das Bild, wenn man
sich auf der Plattform unseres Hauses befand, wohin wir
uns begeben hatten, um während des Nachmittagskaffee's
die Umschau genießen zu können. Vielleicht zwei Stunden
mochten wir uns an dieser südländischen Winterlandschaft
sattgesehen haben, als ein Mann erschien, dessen ganzer
Typus sofort den Araber erkennen ließ. Es war der

längst erwartete Harun, der uns endlich die Meldung
machte, daß die Pferde bereit ständen und wir unseren
beabsichtigten Ritt nach der Geburtsstätte des Erlösers
antreten könnten.

Da der halbe Nachmittag schon vorüber war und keine
Zeit mehr übrig blieb, so wurde sofort daran gegangen,
uns reisefertig zu machen. Es waren dazu keine großen
Vorbereitungen nöthig, und wir bestiegen, mit Empfeh=
lungen an Herrn Müller in Bethlehem (Direktor des
Waisenhauses) versehen, unsere Pferde und verließen das
Haus. Da uns das Jaffathor am nächsten lag und über=
haupt auf die Straße nach Bethlehem führte, so schlug
Harun, der uns begleitete, direkt die Richtung dorthin ein.

Allein, noch hatten wir uns nicht fünfzig Schritte
entfernt, als sich Harun erinnerte, daß er einen Auftrag
für das Waisenhaus in Nebi=Daud erhalten hatte, das
aber vor dem Zionsthore lag, und da sich der Auftrag
ebenfalls auf den Weihnachtsabend bezog, so mußten wir
uns zu einem kleinen Umweg entschließen und die Rich=
tung nach dem letztgenannten Thore einschlagen, das wir
übrigens in wenigen Minuten erreicht hatten.

Als wir dort anlangten, fanden wir das Thor zu
unserem größten Aerger verschlossen, leider hatte Niemand
daran gedacht, daß der Christtag auf einen Freitag, mit=
hin auf den mohammedanischen Feiertag fiel, an welchem
die Thore — wenigstens während eines Theiles des Tages —
verschlossen gehalten werden. An einem Freitag von elf
bis ein Uhr Mittags sollen ja nach einer alten moham=
medanischen Legende die Ungläubigen, d. h. die Christen,

gegen die heilige Stadt heranziehen und als Eroberer in
die Stadt einrücken. Nach einer anderen Ueberlieferung
soll es sogar der Prophet von Nazareth (Christus) selbst
sein, der um diese Stunde wieder zurückkehren und von
der Stadt Besitz ergreifen würde. Allerdings sollte der
Einzug durch das goldene Thor erfolgen, das gegen den
Oelberg hin gelegen ist und deshalb auch schon seit Jahr-
hunderten zugemauert wurde, allein da man annehmen
kann, daß der Prophet in einem solchen Falle auch nach
einem anderen Eingang ausspähen wird, so haben die
Muselmänner bei aller Hochachtung für den Messias es
doch für gut erachtet, ihm zur Sicherheit auch die übrigen
Oeffnungen zu versperren.

Für uns war das außerordentlich unangenehm, denn
wir konnten nicht hinaus, mußten also wieder nach dem
Jaffathore. Wir ritten jedoch im Bogen durch das Juden-
viertel, da es nach Harun's Meinung nichts Gutes bedeutet haben würde, wenn wir denselben Weg, den wir
gekommen, wieder zurückgeritten wären, und um das nicht
zu thun, wollte er lieber zur Vermeidung von Unheil
einen Kreis beschreiben.

Uebrigens sollte uns der Umweg nicht gereuen, denn
bald zeigte es sich, daß uns dadurch ein Schauspiel geboten wurde, das nicht nur hochinteressant, sondern mir
bisher noch gänzlich unbekannt geblieben war. Von dem
berühmten Tempel ist allerdings nichts mehr als ein
Trümmerhaufen vorhanden, und von der alten Umfassungs-
mauer nur noch ein mangelhaftes Fragment erhalten.
Es ist die einzige Erinnerung an die stolze Stätte Jehova's.

Dennoch wird die Trümmerstätte noch heutigen Tages von den Gläubigen in Ehren gehalten. Juden aus allen Ländern der Welt, jeden Alters und beiderlei Geschlechts gingen und kamen; Andere lagen auf den Knieen, preßten ihre Stirn an die kühlen Steinblöcke der Mauerruine oder an den mit Schutt und zerbrochenem Gestein übersäeten Boden und jammerten in kurzen Zwischenräumen laut auf.

Es war ein merkwürdiger Auftritt. Ein Rabbiner von ehrwürdiger Gestalt, mit langem weißen, über den gebeugten Nacken herabwallenden Haar, zeichnete sich unter den Betenden ganz besonders durch seine verzweifelten Geberden und Verrenkungen aus. Rings um ihn her hörte man nur das leise Wimmern und Gestöhne der Menge, die erst — wenn Jener innige Klageworte ausstieß — im brausenden Chor einfiel.

Einen Moment hielten wir an, um die Scene zu beobachten, als der Rabbiner sich mit einem Male aufrichtete, seine Augen zum Himmel wandte und mit den Armen mehrere Bewegungen in der Luft ausführte, als ob er etwas erhaschen wollte. Einige Male wiederholte er dieses krampfhafte Ringen, worauf er mit durchbringender Stimme ausrief: „Um des Tempels willen, der hier wüste liegt —“

„Sitzen wir einsam und weinen!" fiel die Menge ein.

Sobald der Chor wieder schwieg, hob der Rabbiner abermals an: „Um der Mauern willen, die zerbrochen sind, um unserer großen Männer willen, die im Grabe liegen, um unseres Volkes und der Priester willen, um unserer Könige wegen, die sich versündigt haben —“

„Sitzen wir verlassen und klagen!" fiel der Chor von
Neuem ein, als ob die Mauern von Jericho hätten nieder-
gesungen werden sollen, bis das Wehklagen wie früher
zum Gewinsel erstarb, daß sich ein Stein hätte erbarmen
mögen.

Nicht ohne Mitgefühl ritten wir davon und schlugen
den Weg nach dem Jaffathore ein, das schon geöffnet
war. Nachdem wir uns nur mit Mühe und nicht ohne
Selbstüberwindung einiger Angriffe auf unsere Mild-
thätigkeit von Seiten mehrerer Bettlerhorden erwehrt
hatten, lag das Thor bald hinter uns. Ueberall nahmen
historisch merkwürdige Orte oder Denkwürdigkeiten unsere
Aufmerksamkeit in Anspruch. Dicht vor uns lag Talitha-
Kumi oder das Mädchenwaisenhaus, an dem wir vorüberritten, um uns links gegen das Thal der Hölle zu wenden, durch das sich der Pfad hindurchschlängelt. Der
letztere, der sich schon vom Thore ab etwas senkte, fiel
jetzt sogar bedeutend und war von Steinen übersäet, rauh
und derart uneben, daß er nichts weniger als zum Lustwandeln einlud. Nicht anregender war die Umgebung,
die weit eher einen traurigen Eindruck machte, als daß
sie hätte in eine Weihnachtsstimmung versetzen können.
Die Palmen, die in uralter Zeit das Innere und Aeußere
der Stadt schmückten, sind leider nicht mehr vorhanden.
An ihrer Stelle stehen höchstens noch hier und da Krüp-
pel von Palmenbüschen, Mandelsträucher oder mit einem
Schnee von Blüthen überschüttete Mandelbäume, die in
ihrem Schmuck ohne Zweifel das Auge entzücken. Der
natürliche Schnee, der unter unserem Himmelsstriche den

Tannenwäldern einen so märchenhaften Putz verleiht, wird aber selbst von jenem Blüthenreiz doch nicht ersetzt.

Nur einige Minuten waren wir im Thale hingeritten, als wir an der griechischen Kirche vorüber kamen und die Ueberreste der mehr als dreitausend Jahre alten Wasser= leitung erreichten, welche der ebenso kunstsinnige wie prachtliebende König Salomo aus einer Quelle bei Hebron nach seiner Residenz führen ließ. Drei große, in Stein gehauene Bassins, welche das Wasser aufnahmen und die Leitung speisten, haben selbst der Zerstörungswuth römi= scher Soldaten widerstanden.

Eine kleine Strecke weiter befanden wir uns in gleicher Höhe mit dem Zionsberge, der uns zur linken Hand liegen blieb. Das Thal wurde jetzt immer enger und drängte sich zu einer Felsschlucht zusammen. Hier wird auch noch der Ort gezeigt, wo das götzenlüsterne Judenvolk mit seinen zu Ausschweifungen geneigten Königen Ahab und Manasse dem Moloch einen Altar errichtete, und dem glühend gemachten Götzenbildniß kleine Kinder in die Arme gelegt wurden.

Ganz in der Nähe führte ein Pfad nach dem Zions= berg hinauf, und so beschlossen wir, daß Harun hier ab= zweigen und nach Nebi=Daud reiten sollte, um sich seines Auftrages für das Waisenhaus zu entledigen. Das kleine Dörfchen, das seinen Namen nach dem Grabe David's erhalten hat, schloß sich dicht am Zionsthore an, und besteht aus ärmlichen Hütten, in welchen ebenso arme Bewohner ihr Leben fristen, die dort mit dem Ackerpfluge den Boden bestellen. Daneben liegt auch der griechische

Friedhof und die Ruhestätte der Deutschen, deren Denk-
mäler von kleinen Olivenpflanzungen beschattet werden;
aber von der königlichen Pracht, die David so lobpreisend
besungen hat, ist keine Spur mehr aufzufinden.

Während der wackere Harun seines Weges zog, ritten
wir langsam weiter, um die Zeit so gut wie möglich mit
der Besichtigung der Umgebung auszunützen. Rechts vom
Wege blieben uns der unterwärts von Zion liegende Unter-
teich und etwas entfernter das jüdische Hospital liegen.
Nicht weit davon befanden wir uns am Fuße eines anderen Berges. Es war der Berg des bösen Raths, auf
dessen Gipfel sich zur Zeit des Messias das Landhaus des
Hohenpriesters Kaiphas befunden haben soll, wogegen
unterhalb der Blutacker lag, wo der Verräther Judas
sein Leben endigte. Es war auch der Ort, an welchem
wir nach Verabredung warten wollten, bis Harun zurückkehren würde. Die Zeit wurde uns nicht lang, und noch
hatten wir nicht einmal Alles in Augenschein genommen, als
unser treuer Begleiter wieder eintraf und wir nun unseren
Weg gemeinsam fortsetzen konnten.

Der Pfad schlängelt sich an der rechten Thalseite fort,
steigt dann wieder bedeutend bergan und führt zu einer
fruchtbaren Ebene. Die Landschaft wurde etwas freundlicher und war an einzelnen Stellen auch angebaut, jedoch
immer noch wenig von Gebüsch unterbrochen. Wir ritten
an zwei alten, in Fels gehauenen Wasserreservoiren, in
welche sich seit undenklichen Zeiten eine krystallhelle Quelle
ergießt, vorüber, sowie an der Ruine des griechischen
Eliasklosters. Sie ist — wie meist alle Ruinen des

Morgenlandes — vom Zahn der Zeit stark benagt, bietet
jedoch wenig Bemerkenswerthes. Ein eigenthümlich ge=
formter Stein, der mit einer Statue große Aehnlichkeit
hat und dem Propheten Elias öfters zum Ruhesitz gedient
haben soll, ist Alles, was die Neugierde des Pilgers be=
schäftigen kann.

Die Besichtigung nahm uns daher nicht lange in An=
spruch und bald lag auch diese Stätte im Rücken. Wenn
jetzt die Fernsicht nicht etwas durch Höhenzüge verlegt
gewesen wäre, so hätte man das kleine Bergstädtchen
Bethlehem schon sehen können, denn die Hälfte des kurzen
Weges war schon zurückgelegt. Je mehr wir uns dem
Ziele des Tages näherten, desto freundlicher wurde die
Landschaft, und öfters zeigten sich kleine und größere
Felder — die Spuren einer ackerbautreibenden Bevöl-
kerung. Nur eine Fläche, an der wir vorüberritten, unter=
scheidet sich von diesen erfreulichen landwirthschaftlichen
Kulturbildern auffallend durch trostlose Unfruchtbarkeit
und ist von kleinen Steinchen dicht übersäet. Es soll der
Erbsenacker sein, von welchem erzählt wird, daß einst die
Mutter Gottes mit dem Jesusknaben auf dem Wege nach
Jerusalem an dieser Stelle vorübergegangen sei und dort
einen mit Säen beschäftigten Bauern angetroffen habe,
den sie gefragt haben soll, was er säe, worauf dieser grob
zur Antwort gegeben habe: „Steine!" Die Gottesmutter
wäre darüber unwillig gewesen und habe darauf erwie=
dert: „Nun, was man säet, wird man auch ernten!" Und
von der Zeit an trug der Acker diese Fülle von erbsen=
artigen Steinchen, die man noch gegenwärtig antrifft und

besonders schon deshalb beachten muß, weil die mäßige Fläche sich in der Mitte fruchtbarer Länder befindet und von diesen auffallend abgrenzt.

Allein ein Bild verdrängt das andere. Etwas rechts vom Wege sehen wir die Kuppel einer Kapelle sich erheben, und einen Augenblick später standen wir vor der angeblichen Ruhestätte der schönen Rahel. Mehrere Stufen führten zu einer engen Oeffnung, durch welche sich nur mit Mühe ein Mensch hindurchzwängen kann, wenn er in das Innere des kleinen Mausoleums gelangen will. Ein aus einem Felsenblock gemeißelter Sarkophag mit oben abgerundeter Wölbung und von etwa zwei Meter Höhe, ein wenig länger und vielleicht halb so breit, bildet das eigentliche Ruhebett der jüdischen Ahnenmutter, über welche sich früher ein aus mächtigen Steinblöcken zusammengefügtes Grabmal aufthürmte. Außer seinem historischen Nimbus bietet jedoch das jetzige Mausoleum kaum etwas Beachtenswerthes. In alter Zeit war noch ein anderer bequemerer Zugang vorhanden, der in das Innere führte, doch ist derselbe schon seit langer Zeit zugemauert.

Hier an diesem Denkmal stehen wir bereits auf bethlehemitischem Boden, und dem jetzt wieder merklich bergan steigenden Wege noch eine kleine Strecke folgend, haben wir den Rücken des letzten Höhenzuges erstiegen. Die Aussicht ist eine wundervolle und mag früher gewiß noch viel freundlicher gewesen sein, allein auch jetzt ist das Rundgemälde noch ein sehr stimmungsvolles. Man kann recht gut begreifen, daß alte Judenkönige sich hier Luftschlösser und Burgen aufführten. Vor uns zu Füßen oder — uns

gegenüber lag an dem Gelände eines Doppelberges das
gepriesene Geburtsstädtchen des Erlösers, das, von der
untergehenden Sonne beleuchtet, aus freundlichen Wein=
gärten und Oelbaumpflanzungen herauszuwachsen schien
und zu uns herüber grüßte. Das Bild übte in diesem
Augenblick einen gewaltigen Eindruck aus, und würde
wohl jeden Fremden — wie uns — an die Stelle gebannt
und einen Moment zum Verweilen eingeladen haben. Die
kleinen, weißen, mit Ruinen untermischten Häuschen
nahmen sich aus wie Schwalbennester, die bis auf den
Gipfel des ziemlich steilen Bergabhanges angebaut zu sein
scheinen.

Das war Bethlehem, das bei aller Kleinheit doch
weltgeschichtliche Bedeutung erlangt hat. Etwas abseits,
in östlicher Richtung, aber noch im Bereich des Städtchens
und auf einem weniger hohen Hügel, scheint sich ein von
hohen Mauern umgebenes Festungswerk zu erheben, in
dessen Inneren sich bedeutende Räumlichkeiten vorfinden.
Ein kleines Pförtchen, das sich zur Noth erkennen läßt,
vermittelt den einzigen Aus= und Eingang. Diese ohne
Thore erbaute scheinbare Veste ist das mit einigen Thürm=
chen verzierte große Kloster, das sich über der angeblichen
Geburtsstätte Jesu Christi wölbt.

Noch weiter östlich wird man auf einen Punkt auf=
merksam gemacht, wo sich der Legende nach die Grotte
befindet, in welcher sich in der heiligen Nacht die Hirten
aufhielten, als ihnen die Stimme des Engels die Geburt
des Heilandes verkündigte. Ein anmuthiger Weg führt
durch ein leiblich gepflegtes Thal mit Oelbaumwäldchen

dorthin, und auf einer etwa fünfzehn Fuß tiefen Stein=
treppe steigt man zu der Grotte hinab. Ein wenig ab=
wärts bemerkt man eine ziemlich im Viereck gelegene
Mauer, die einen größeren Platz umschließt, auf welchem
sich noch verwitterte und zerbröckelte Ruinentheile vor=
finden. Es sollen dies die letzten übriggebliebenen Ueber=
reste des ehemaligen Hirtendorfes, das dort im Alterthum
gestanden haben soll, sein. Ebendort soll auch der musika=
lische Hirtenknabe David die Schafe gehütet haben, als
ihm die Botschaft von der Königswahl überbracht wurde,
und noch früher hatte der Legende nach auch Abraham
an jener Stelle eine Hütte errichtet, und Jakob nach seiner
Rückkehr nach Bethel oder Ephrata sich längere Zeit auf=
gehalten.

Weniger bietet dagegen die westliche oder rechts ge=
legene Seite von Bethlehem. Obschon auch sie nicht arm
ist an ähnlichen Stätten der Erinnerung, so entziehen sich
dieselben doch den Augen, oder liegen über den Bereich
des Städtchens hinaus. Nur ein Haus, am Rande der
Stadt und am Fuße des Berges gelegen, fällt etwas mehr
in die Augen und übt bald einen magischen Zauber auf
uns aus, denn es ist — wie Harun erklärte — das christ=
liche Waisenhaus, wo wir Herberge finden sollten.

Aber neben diesem glücklichen Ziel dürfen wir doch
noch einen Punkt nicht zu beachten vergessen. Im Hinter=
grunde des eben beschriebenen Gemäldes tritt nämlich ein
Berg hervor, der durch seine imposante Gestalt auffällt
und die ganze Umgegend beherrscht. Sein Gipfel bildet
eine kahle Kuppel, die auf das kleine, friedlich daliegende

Bethlehem herabschaut. Es ist der Ferdes- oder Paradiesesberg, auf dessen Höhe sich ehemals die befestigte Burg Herodes des Großen befand, wo er auch den Befehl zur Kinderschlächterei ertheilt haben soll, die in und um Bethlehem vollzogen wurde. Jener Horst war der Lieblingsaufenthalt des jüdischen Königs. Von dieser Hochburg überblickte er die ganze Gegend bis jenseit in die öden Gestade des todten Meeres.

Die Veste ist längst von dem Plateau des Berges verschwunden, aber der Berg selbst, der allen Zeiten trotzt, erinnert noch als unvergängliche Pyramide an die erste Christnacht von Bethlehem. Eine ganze Welt von Gedanken wird bei dem Anblick dieses Berges angeregt. Ein Mord grausamster Art, der dort oben geplant wurde, bezeichnete vorbedeutungsvoll die ersten Tage des Christkindes. Ein Herodes erwürgte die Kinder, als der Messias auf die Welt gekommen war, ein anderer Herodes gestattete den Kreuzestod des Erlösers.

Der Raum, auf dem sich das Alles vollzog, hat kaum einige Meilen an Umfang, obgleich der Vorgang selbst ganz Europa in Mitleidenschaft zog. In zwei Stunden kann man an der Geburtsstätte des Erlösers jubeln und an seinem Grabe trauern.

Allein wir jubelten in diesem Augenblick und jubelnd eilten wir dem Städtchen entgegen, und noch war der Himmel des Weihnachtsabends nicht ganz verglüht, als wir zwischen den Reben-, Oliven- und Feigengärten hinritten, welche Bethlehem auf dieser Seite umgeben. Von einer festlichen Rührigkeit war freilich noch nichts wahr-

zunehmen, obgleich unter den fünftausend christlichen Bewohnern sich kaum einige Hundert Muselmänner befinden,
wohl aber herrschte eine weihnachtliche Stimmung in der
Familie Müller's im Waisenhause, wo wir die gastlichste
Aufnahme fanden.

Mannigfaltiges.

Der Lieblingsmarsch Kaiser Wilhelm's ist der „Hohenfriedberger", an den sich so glorreiche Erinnerungen für die
preußische Armee knüpfen. Wo immer Militärmusik vor dem
Kaiser spielt, sei es bei Paraden, sei es aber auch selbst bei
Diners und bei Festlichkeiten, jedesmal steht auf dem Programm
der „Hohenfriedberger", welchen der hohe Herr von allen Mär-
schen der Armee und insbesondere von den historischen am
meisten liebt. Dieser Marsch ist auch sehr vornehmen Ursprungs,
denn kein Anderer als Friedrich der Große selbst hat ihn kompo-
nirt und ihm zuerst den Namen „Grenadiermarsch" gegeben. Es
durfte ihn niemand Anderes als die Grenadierbataillone der
Friedericianischen Armee spielen, bis er ausschließliches Eigen-
thum und Vergünstigung des Regiments wurde, das die Schlacht
von Hohenfriedberg entschied und dem Könige am 5. Juni 1745
zu einem glänzenden Siege über die vereinigte österreichisch-
sächsische Armee verhalf.

Es war gegen das Ende der Schlacht, als der General
v. Geßler, der sich hinter dem rechten Flügel der preußischen
Infanterie befand, entdeckte, daß diese Infanterie sich dem An-

sturm der Oesterreicher gegenüber nicht mehr länger behaupten konnte. Die Mannschaften hatten sich verschossen und waren zum Tode erschöpft; sie hielten zwar muthig auf ihren Plätzen aus, aber es war vorauszusehen, daß binnen ganz kurzer Zeit der rechte Flügel der preußischen Infanterie total geworfen werden müsse. In diesem Augenblick setzte sich General v. Geßler an die Spitze des zehn Schwadronen starken Regiments Bayreuther Dragoner, jagte mit diesem Regiment, in zwei Treffen formirt, durch die Infanterielinien hindurch, ließ die Schwadronen aufmarschiren und warf sich wie eine Wetterwolke auf den Feind.

Der furchtbare Ritt, der von diesem Regiment gemacht worden ist, steht fast einzig da in der Kriegsgeschichte aller Zeiten. Eine Wiederholung erlebte er nur noch in nicht gleich großem Umfange bei dem Todesritt der Milhaub'schen Küraffiere bei Waterloo und durch den Todesritt der preußischen Kavallerie bei Mars-la-tour. Das Regiment ritt 21 feindliche Bataillone vollständig nieder, eroberte 67 Fahnen und 5 Kanonen, machte 2500 Gefangene, darunter allein 3 feindliche Generäle, und fügte dem Feinde ungeheuerliche Verluste zu; das Regiment selbst verlor 6 Offiziere, 14 Unteroffiziere und 74 Mann. Die Oesterreicher, welche sich sieben Stunden lang auf's Tapferste geschlagen hatten, vermochten diesem rasenden Ansturm des Regiments nicht zu widerstehen. In ihre Schlachtstellung wurde eine breite, klaffende Lücke gerissen, in welche sich jetzt die preußische Infanterie ergoß. Es blieb den Oesterreichern nichts Anderes übrig, als Kehrt zu machen und in voller Auflösung das Schlachtfeld zu verlassen.

Dieser Sieg war erfochten durch die herrliche Waffenthat des Regiments „Bayreuther Dragoner", eines Regiments Kavallerie, von der Friedrich der Einzige bis zu jenem Tage absolut nichts hielt. Ja, er verachtete damals noch geradezu die Kavallerie und nannte sie noch vier Jahre vorher „das unbe-

hilflichste und zugleich muthloseste Corps, welches es in allen
europäischen Armeen gebe." Es galt jetzt natürlich, dem tapferen
Regiment und vor Allem auch seinen heldenmüthigen Führern
den königlichen Dank auszusprechen; und für eine solche außerordentliche Leistung gebührten auch außerordentliche Gnaden-
beweise. Friedrich der Große aber war gerade mit Lobsprüchen
und Dankesbezeugungen für Tapferkeit im Felde sehr zurück-
haltend, von dem richtigen Grundsatz ausgehend, daß Mannschaften und Offiziere nichts weiter als ihre Pflicht thun, wenn
sie sich so tapfer als möglich verhalten. Auch mußte dem Könige daran liegen, die Gnadenbezeugungen so einzurichten, daß
sie nicht allzuviel kosteten.

Zum ersten Male erhielt damals von ihm ein preußisches
Regiment (eben die „Bayreuth-Dragoner") einen „Dank- und
Gnadenbrief", in welchem die außerordentliche Tapferkeit des
Regiments und seine Thaten anerkannt wurden und in welchem
diesem Regiment eine Vergünstigung zu Theil wurde, wie sie der
folgende Theil dieses Briefes verspricht:

„Heldenmäßige und desto ruhmwürdigere That von diesem
Regiment! Da solche unter den Augen ihres Königs und Kriegs-
herrn, und zwar an solchen Kriegsvölckern geschehen, welche von
undenklichen Jahren her des Sieges gewohnet, solchen beynahe
wie ihr besonderes Erbtheil gehalten, und kaum durch eine Fünf-
jährige Zeit, mit ihrem größesten Schaden. einem so eitelen
Wahn, auf denen Schlachtfeldern selbst, so feyerlich verlassen
müssen.

Tapffere und kluge Auffassung von Offiziers! Die ihre er-
worbene Kriegserfahrenheit, dem ihnen anvertraueten Regiment
in so großem maße mitzutheilen gewußt, daß durch derselben
Ausübung ihrem Könige Sie ein so herrliches als glaubliches
Meisterstück vorzeigen können.

Aus diesen Uhrsachen, durch eignen Trieb und Neigung

gerühret und bewogen, haben Wir es, bey der Uns ohnedem vorbehaltenen königlichen Gnade, und dem besonderen thätlichen Erkennen, gegen vorbenannte hohe und niedere Offiziers auch Dragoner dieses tapfferen Bayreuther Regiments nicht vermögen bewenden lassen, sondern bey einer so außerordentlichen Vorfallenheit auch auf solche Mittel gedacht, wodurch dieselbe anjetzo und bey der Nachwelt auf eine solenne Weise, in beständigem Andenken erhalten, und außerordentlich möchte verewiget werden.

Wir haben demnach allergnädigst beschlossen, nicht nur dem ganzen Dragoner-Regiment von Bayreuth, wegen dieser tapfferen Action vor allen anderen Dragoner-Regimentern Unserer Armee jetzo und zu ewigen Zeiten, den erhabenen Unterschied, Vorzug und Ehrenzeichen beyzulegen, daß das Regiment jeder Zeit, im Zug und Marsch, es sei im Felde oder Garnisonen, den Grenadier-Marsch mit ihren Pauken schlagen zu lassen allein befugt sein solle, sondern wir wollen auch, um das Andenken dieser glorieusen Action ansehnlicher zu machen, dem ganzen Regiment die Befugniß geben, die eroberten Trophaes und Fahnen und Canons in ihrem sogenannten Regiments-Siegel zu führen."

Seit jenem Tage also hat das Regiment Bayreuther Dragoner das Recht, den von Friedrich dem Großen komponirten Grenadiermarsch allein zu schlagen und zu blasen, wenn es mit anderen Regimentern zusammen in der Front steht, und nach der Schlacht von Hohenfriedberg, um deren willen der Marsch dem Regiment Bayreuther Dragoner verliehen worden ist, heißt der Marsch noch heutigen Tages „der Hohenfriedberger". Natürlich blasen ihn jetzt auch andere Regimenter, sowohl von der Infanterie, als auch von der Kavallerie und Artillerie, aber natürlich nur, wenn sie nicht mit dem Regiment zusammen sind, dem der Marsch seit jenem Tage allein gebührt und gehört. Die Erinnerung aber an die glorreiche That und an diesen eigenthüm-

lichen Gnadenbeweis hat sich noch bis heute erhalten, denn der
königliche Brief, der die Tapferkeit des Regiments anerkennt
und ihm infolge dessen jene Vergünstigung gewährt, wird alljähr-
lich dem in Parade aufgestellten Regiment am Tage von Hohenfriedberg verlesen.

Heute ist dieses Regiment Bayreuther Dragoner zu Kürassieren
geworden und zwar zu den bekannten Pasewalkern, bei denen
auch à la suite der Kronprinz des deutschen Reiches und von
Preußen steht, und in dessen Uniform ihn Angeli bekanntlich gemalt hat. Das Regiment Bayreuther Dragoner wurde nämlich
im Jahre 1806 zum Dragonerregiment der Königin ernannt,
und Preußens hochverehrte Königin Luise war der Chef und
Inhaber des Regiments. Im Jahre 1819 wurde dasselbe in
ein Kürassierregiment umgewandelt und im Jahre 1860 erhielt
es den Namen „Kürassierregiment Königin, Pommersches Nr. 2."
Die Königin von Preußen ist der jedesmalige Chef des Regiments, und so hat auch noch heute die Kaiserin Augusta als
preußische Königin die Stelle des ersten Chefs inne. Zweiter Chef
ist ihr Sohn, der Kronprinz.

Auf den Hohenfriedberger Marsch und auf die glorreiche
That, die er belohnte, bezieht sich auch eines der bekanntesten
Kriegsbilder der Neuzeit, nämlich das große Bild von W. Camp-
hausen: „Der Vorbeimarsch der Bayreuth-Dragoner nach der
Schlacht bei Hohenfriedberg." — Das Bild stellt den Augenblick
dar, in dem das Regiment mit den 67 eroberten Fahnen bei
Friedrich dem Großen vorbeidefilirt, den Augenblick, in dem der
große König, um sein tapferes Regiment zu ehren, den Hut vor
ihm abnimmt und ihm seinerseits das Honneur erweist. Das
Bild ist auf Veranlassung der verstorbenen Königin Elisabeth
von Preußen gemalt und von ihr dem Regiment in Pasewalk
geschenkt worden, wo es heute noch seinen Platz im Offiziers-
kasino hat. Diejenigen der Leser, welche das Bild kennen, wer-

ben sich erinnern, daß auf demselben ein Offizier nicht mit dem Degen, sondern mit der Reitpeitsche salutirt. Es ist dies der Oberst v. Schwerin, der infolge eines Gelübbes die furchtbare Attaque nicht mit dem Degen, sondern nur mit einer Reitpeitsche in der Hand mitgeritten hat und auch unversehrt davongekommen ist.

So knüpfen sich denn an diesen Marsch glorreiche Erinnerungen, und wir glauben, daß jetzt der Leser mit ganz anderen Gefühlen die Feierklänge dieses Marsches anhören wird, wenn er weiß, welche Tradition und Geschichte sich an ihn knüpft. Wunder kann es natürlich nicht nehmen, daß Kaiser Wilhelm, der mit seinem ganzen Herzen der Armee und ihren glorreichen Erinnerungen angehört, diesen Marsch vor allen anderen liebt, erinnert er doch an eine der Thaten, die den Weltruf der preußischen Armee begründet haben, und war doch dieser Weltruf wiederum die Basis, auf welcher sich der Kriegsruhm und die von der ganzen Welt geachtete Größe der deutschen Armee aufgebaut hat. A. O. Klaußmann.

Klugheit einer Katze. — In einem Mönchskloster zu Rom war eine Katze, die nach verbürgten Berichten auf folgende Weise sich zu guten Mahlzeiten zu verhelfen wußte. Eines Tages hatte der Koch das Mittagessen der Väter zurecht gesetzt, war dann aber zur Thüre gelaufen, da es plötzlich geschellt hatte, und ward bei seiner Rückkehr gewahr, daß ihm eine Fleischportion fehlte; er glaubte also, daß er sich verrechnet hätte, und eilte, die nöthige Anzahl voll zu machen. Des andern Tages findet er wieder eine Portion zu wenig. Diesmal kommt ihm sein Versehen noch seltsamer vor, und er denkt, hinfort schon besser Acht zu geben. Er setzt also den folgenden Tag seine Schüsseln mit der größten Aufmerksamkeit zurecht, und zählt zweimal, um gewiß zu sein, daß keine fehle. In diesem Augenblick klingt wieder die Glocke der Pforte. Er läuft hin, aufzumachen,

fieht Niemand, kehrt zurück und wünscht die Glocke sammt dem
Klingelnden zum Henker. Beständig mit seinen Portionen be-
schäftigt, übersieht er sie von Neuem und sieht, daß eine fehlt.
Was soll er von einem so schnellen Verschwinden denken? Es
war Niemand als er in der Küche. — Den folgenden Tag geht es
ebenso. Wer mag doch wohl die Glocke angezogen haben?
Kurz, er beschließt, sich auf die Lauer zu legen. Zur gewöhnlichen
Stunde hört er klingeln; anstatt aber nach der Pforte zu laufen,
versteckt er sich in eine Ecke und sieht die Katze des Klosters zum
Fenster hereinsteigen, mit einer bewundernswürdigen Geschwindigkeit auf den Eßtisch springen, eine Fleischportion wegnehmen und
gleich auf demselben Wege zurückkehren, den sie gekommen war.
Den Dieb hatte man nun entdeckt, und es kam nun noch darauf
an, den Klingelnden zu erforschen. Man versteckte sich am nächsten
Tage und sah die Katze mit den Pfoten an dem Draht ziehen
und dann augenblicklich nach dem Küchenfenster zu laufen. Dieser
schlaue und wohl überlegte Streich der Katze ward bald allen
Mönchen bekannt und von ihnen beobachtet. Sie hatten viel
Vergnügen daran, und einmüthig wurde verabredet, daß in
Zukunft zu der gewöhnlichen Anzahl von Portionen noch eine
hinzugefügt werden sollte. Die Katze setzte ihr Kunststück ferner
fort und ward von der Zeit an als dazu berechtigt betrachtet.

H. Th.

Die Meerseide. — Unter manchen Neuheiten, welche die
Industrie aus dem Meere erhält, ist das Gewebe, welches aus
dem Byssus der Stockmuschel (Pinna) des mittelländischen
Meeres gewonnen wird, eine der merkwürdigsten. Diese Muscheln,
im Allgemeinen sehr zerbrechlich, sind lang und schmal nach der
einen Seite, nach der anderen von beträchtlicher Breite. Dieses
Muschelthier besitzt die Fähigkeit, eine zähe Seide zu spinnen,
doch nicht in derselben Art, wie wir es bei der Raupe kennen.
Während diese das Gespinnst nur zum Schutz und für eine ge-

wiffe Lebensperiode herſtellt, macht die Pinna dauernd davon
Gebrauch, ſie ſpinnt es auch nicht, ſondern zieht es aus einer
Art Teig, der ſich in einer Zungenſpalte befindet, aus. Dieſen
Byſſus, das iſt ein Bündel mehr oder weniger dünner Fäden,
beſißt eine große Anzahl von Zweiſchalern; er dient dazu, das
Thier an fremden Körpern feſtzuhalten. Der Byſſus der Pinna
iſt aber allein von ſo ausgezeichneter Feinheit, daß er als Stoff
für Gewebe einen ganz bedeutenden Artikel für den ſicilianiſchen
Handel bilden kann. Die Pinna wird in großer Menge im
Mittelmeer in einer Tiefe von 6 bis 9 Metern geſucht; man
bedient ſich hierzu eines gabelartigen Inſtrumentes mit vertikalen
Zinken von 2½ Metern Länge, die 15 Centimeter auseinander
ſtehen, „Krampe“ genannt. Troß ihrer Zartheit bilden die
Fäden doch ein ſo feſtes Büſchel, daß große Anſtrengungen
nothwendig ſind, die Muſcheln von den Felſen loszubringen.
Dieſe Seidenbüſchel, lana pinna genannt, werden von der
Muſchel losgelöst und in Seife und Waſſer gewaſchen. Dann
werden ſie im Schatten halb getrocknet, die nußloſen Wurzeln
ausgeſchnitten und das Uebrige, nachdem es mit der Hand ge-
rieben, vollſtändig getrocknet und geordnet, erſt mit einem weiten,
dann mit einem engeren Kamm gekämmt. Hierbei wird aus
einem Kilo groben Geſpinnſtes etwa ein Drittel ſeines erhalten.
Man ſpinnt darauf mit der Spindel zwei oder drei dieſer Fäden
mit einem Faden Seide. Das Geſpinnſt wird in Waſſer gewaſchen, dem etwas Citronenſaft beigemiſcht iſt, dann mit der
Hand geſtrichen und mit einem heißen Eiſen geglättet. Es iſt
ſchön·gelbbraun, goldglänzend, und wird zu verſchiedenen Artikeln,
wie Shawls, Strümpfen, Mützen, Handſchuhen, Börſen ꝛc. ver-
arbeitet. Palermo iſt der Hauptſiß dieſes Fabrikationszweiges,
ſowie Lucca, wo im Waiſenhoſpital die feinſte Waare hergeſtellt
wird. Man kennt fünfzehn Species von Pinna; die Hauptarten
ſind P. rudis und P. nobilis. Tridacna gigas, die Rieſen-

muschel, deren 1 bis 1¹/₂ Meter lange Schalen man bisweilen
in katholischen Gegenden als Weihbecken benutzt, hat einen äußerst
starken Byssus, der aber trotz seiner Stärke (er muß mit Beilen
zerhauen werden) sehr elastisch ist. Auch aus den Eierschalen
des Glattrochen, Raja batis, und des Stachelrochen kann ein
Faserstoff ausgeschieden und ein seidenartiges Gespinnst gewonnen
werden.   Dr. A. Berghaus.

Der Krieg um eines Fensters willen. — Als Colbert,
der Minister Ludwig's XIV., starb, beschäftigte sich der Kriegs-
minister Louvois auch mit den Finanzen und erhielt die Ober-
aufsicht über die öffentlichen Gebäude. Im Schlosse zu Trianon
entdeckte der König eines Tages, daß eines der Parterrefenster
beträchtlich breiter sei als die anderen, mit denen es in einer
Reihe lag. Er bemängelte diesen Umstand seinem Minister
gegenüber, welcher gerade im Schlosse anwesend war. Louvois
wurde sehr aufgebracht über die königliche Rüge, widersprach
derselben energisch und meinte, der König sei mit seiner Behauptung im Unrecht. Ludwig XIV. verdroß dieses Benehmen.
Er brach das Gespräch mit dem Minister kurz ab, kehrte ihm
den Rücken und setzte seine Promenade fort. Am anderen Tage
begegnete der König seinem Architekten Le Nôtre in der Gallerie
des Schlosses, er theilte ihm die an dem Fenster gemachte Entdeckung mit und befahl ihm, die Stelle zu untersuchen. Weil er
aber zugleich des Ministers Widerspruch erwähnte und der Architekt
dessen Einfluß für seine Stellung fürchtete, so schob dieser die
befohlene Untersuchung hinaus. Den König erzürnte dieses Benehmen in der Stille. Er beschloß, die Sache um keinen Preis
aufzugeben, sondern berief einmal den Minister sowohl als den
Architekten, und befahl Letzterem, das beregte Fenster gewissenhaft
zu messen. Der Architekt gehorchte, wenn auch mit Widerstreben.
Seine Untersuchung ergab, daß der König völlig im Rechte sei.
Der Minister bestritt trotzdem das günstige Resultat und reizte

den König, ihm „gründlich den Kopf zu waschen", wie die Schriftsteller jener Zeit berichten. Weil dieser Auftritt aber in Gegenwart einer zahlreichen Hofgesellschaft stattfand, so war Louvois
auf's Höchste empört, suchte Zuflucht bei einigen Vertrauten,
machte seinem Zorn über die Behandlung durch den König in
den unverhohlensten Ausbrüchen Luft und schwur, sich bei Letzterem
dadurch zu revanchiren, daß er einen Krieg anzetteln werde.
„Mit dem Könige und mir ist es aus," rief er auf's Höchste er-
grimmt, „um der wenigen Zoll, welche dieses Fenster breiter ist
als die anderen, vergißt er alle meine bisherigen Dienste, welche
ihm Eroberungen und Siege brachten. Ich werde ihm einen
Krieg erregen, der ihn lehren soll, daß er meiner bedarf und ihn
die Schlösser und die Fenster darin vergessen lassen wird." Louvois hielt Wort. Seinem Zorn über dieses Fenster war es zu-
zuschreiben, daß Frankreich im Jahre 1688 in einen unseligen
Krieg mit Deutschland verwickelt wurde.   X. P.

Ein Tausendkünstler. — Im Jahre 1837 erschien in
Mailand eine Ankündigung, welche an überschwänglicher Markt-
schreierei wohl Alles übertrifft. Sie lautet: „Rafael Mele, erster
und einziger italienischer Akrobat, erster Tänzer und Bassist des
Theaters in Athen. Da derselbe entschlossen ist, einige Zeit in
dieser Stadt zu bleiben, so setzt er das Publikum in Kenntniß
von den Geschicklichkeiten, welche er besitzt, und die nachstehend
angeführt sind; wer davon Gebrauch machen will, wird ihn
bereit finden, sie mit aller Präzision, welche die Künste er-
fordern, in Anwendung zu bringen. Maler und Porträtist in
Oel, bürgt er für die genaueste Aehnlichkeit; wenn das Porträt
nicht zum Sprechen dem Originale gleicht, fordert er keine Be-
zahlung. Er ist Zeichenmeister, sowohl in Landschaft- als Figuren-
zeichnen. Er unterrichtet im Flöten-, Guitarre-, Klarinett- und
Fortepianospiele, sowie in der schwierigsten Gesangskunst. Er
reparirt jedes gebrochene oder verdorbene Saiten- oder Blas-

instrument. Er stimmt Klaviere. Er ist Kupferstecher und gravirt in jedes Metall alle beliebigen Inschriften und Wappen, sowohl hohl als erhaben. Er ist Tanzmeister und lehrt die Tanzkunst so, daß man's in der kürzesten Zeit zu einer seltenen Vollkommenheit bringt. Er gibt auf Verlangen eine Akademie physikalischer und mathematischer Unterhaltungen; er verspricht jedes Publikum darin zufrieden zu stellen, und besonders als Bauchredner zu unterhalten. Er restaurirt alte Gemälde, und fügt auch verwischte oder sonst ruinirte Theile so bei, daß sie von dem Originale nicht zu unterscheiden sind. Er verfertigt Elektrisirmaschinen, Cameras Obscuras, mittelst welcher man zeichnen kann, ohne es je gelernt zu haben. Er reparirt jedes gebrochene Möbel und setzt es in den früheren Stand, gibt ihm auch jede Politur von jeder beliebigen Farbe. Er ist bereit, von allem Angeführten Proben abzulegen, welche von der Wahrheit des Gesagten Jeden überzeugen werden." — Mehr kann man allerdings nicht verlangen! C. T.

Der Marzipan, dieses beliebte Gebäck, welches besonders zur Weihnachtszeit mit Vorliebe gekauft, verschenkt und verspeist wird und aus einem sorglich geriebenen Teige von Mandeln, feinem Gewürz und Zucker besteht, ist sicherlich Jedermann bekannt, aber die Entstehungsgeschichte desselben kennen wohl nur Wenige. Im mittelalterlichen Latein hieß Marzipan Marci panis (Marcusbrod), was den gelehrten Hermolaus Barbarus veranlaßte, den Kardinal Piccolomini, der ihm einige dieser „panes" als Geschenk übersendet hatte, über den Ursprung des Namens zu fragen. Balthasar Bonifacius meint, sie hätten ihre Benennung von dem berühmten römischen Feinschmecker Marcus Apicius; andere Gelehrte wollten den Ursprung von Mars herleiten, weil die Kuchen, Brode und Flaben in den frühesten Zeiten fast immer mit einem Kastell (oder auch in der Gestalt eines solchen selbst) und vergoldet dargestellt wurden. Am wahrscheinlichsten ist aber, daß der Marzipan in Ostpreußen, wo ja auch heute noch Königsberg wegen seines Marzipans berühmt ist, erfunden wurde. Im Sommer des Jahres 1409 herrschte nämlich in West- und Ostpreußen eine furchtbare Hungersnoth. Durch die Nässe und Kälte des Frühjahrs war die Ernte total mißrathen. Die Theuerung war so groß, daß das Roggenbrod bissenweise in Wallnußform für schweres Geld verkauft wurde. Die Armen backten sich daher, um das Leben zu fristen, Brod aus einem Teige von zerhacktem Heu und Gras, sowie von zerstoßener junger Baumrinde, und setzten demselben, des Wohlgeschmackes wegen, etwas Milch, Salz und Kümmel zu. Dieses Brod nannte das Volk, um sich den herben, zähen Bissen doch in etwas zu versüßen, zu Ehren des Evangelisten Marcus, der damals sehr hoch gehalten wurde, „Marcusbrod" oder „Marci panis". Als nun unter vielen Thränen und Aengsten diese schwere Leidenszeit endlich vorüber gegangen war und das Frühjahr 1410 eine gedeihliche und gesegnete Witterung gebracht hatte, dachten die Preußen daran, dem Evangelisten Marcus für die Errettung aus der Theuerung ein Dank- und sich ein Freudenfest zu bereiten. In der Erinnerung an das ehemalige dürre Hungerbrod bereiteten die preußischen Hausfrauen jetzt aus geriebenen Mandeln, Zucker und feinem Gewürze nußförmige Brodbissen, die ebenfalls „Marci panis" (Marcusbrod) genannt, und, da sie vortrefflich schmeckten, als neuer Leckerbissen bald allgemein wurden. Der Volksmund aber, der für den Gebrauch des gewöhnlichen Lebens gerne die Worte kürzt und assimilirt, machte gar bald aus Marci panis — Marzipan.   G. Pf.

Walter Scott bei der Arbeit. — Höchst ergötzlich ist es, eine Schilderung zu vernehmen, die Sir Adam Fergusson von einem bei Walter Scott in Abbotsford zugebrachten Morgen gibt und woraus hervorgeht, daß der berühmte Dichter selbst unter den ungünstigsten Umständen zu schaffen vermochte. Es war zur Zeit, wo Walter Scott sich gerade seinen schönen Landsitz an dem reizenden Ufer des Tweed ausbauen ließ. Abbotsford war noch unvollendet und wimmelte von Zimmerleuten, Malern und Maurern. Selbst das Zimmer, worin Scott mit seinem Besucher saß, befand sich noch in einem rohen Zustande, der neue, erst halbfertige Kamin rauchte unerträglich und braußen vor der Thür war der ganze Raum ein Chaos von Ziegelsteinen, Schieferplatten, Mörtel und Gerüstbalken. Ein schwerer Nebel hüllte das liebliche Tweedthal ein und tröpfelte bald als kalter, feiner Regen hernieder. Maida, der Lieblingshund des Dichters, schlüpfte beständig zur Thüre ein und aus. Walter Scott saß am Schreibtisch und rief alle fünf Minuten aus: „Ei, Adam, das arme Thier möchte gern hinaus!" oder „Ei, Adam, das arme Geschöpf winselt und möchte gern herein!" Sir Adam öffnete alsdann jedesmal die Thür, um den durchnäßten Hund hinaus oder herein zu lassen, wobei immer die naßkalte Luft in das Zimmer hinein strich; und der Dichter saß dabei mit geschwollenem Gesicht, denn er hatte Zahnweh und hielt die linke Hand gegen die Wange gepreßt, während er mit der rechten die unnachahmlich humoristischen Anfangskapitel seines „Antiquars" schrieb. Blatt für Blatt füllte sich in rascher Folge und von Zeit zu Zeit schob er die beschriebenen Blätter seinem Freunde zu mit den Worten: „Nun, Adam, ist's so gut?" — Ein köstliches Bild, dieser unter den widrigsten Umständen arbeitende Dichter! Bauleute, Kaminrauch, kalte Zugluft, ein unruhig auf und ab laufender Hund, Zahnschmerz — und er leistet mit das Beste, was er je geschrieben!　　　　　　　　　　　　　　　　　　　M—l.

Gewinn im Verlust. — Der griechische Philosoph Krates, nächst Diogenes der berühmteste der Kyniker, welche lehrten, daß der Mensch um so glücklicher sei, je weniger er bedürfe, gewann durch eine unvermuthete Erbschaft eine große Summe Geldes und alle Anwartschaft auf ein behagliches, ja üppiges Leben.

Der Wechsel der Verhältnisse blieb nicht ohne Einfluß auf seine Gewohnheiten; er fing an, sich den Genüssen des Reichthums hinzugeben und die Philosophie zu vernachlässigen. Da besann er sich plötzlich inmitten einer Gesellschaft von Lebemännern und Schwelgern auf sich selbst. Er fühlte, daß er seiner Ueberzeugung gänzlich untreu zu werden im Begriff stand, raffte den ganzen Schatz zusammen, fuhr in einem Nachen auf's Meer hinaus und warf das Geld in's Meer, indem er sprach: „Fahrt hin, verhängnißvolle Schätze! Nie schaue mein Auge Euch wieder! Ich verliere Euch, um mich selbst zurückzugewinnen!"

L. B.

Eine merkwürdige Urkunde. — Im Mittelalter war es bekanntlich, wie noch jetzt in manchen orientalischen Ländern, ein häufiger Gebrauch, Verbrecher zur Strafe ihrer Unthaten zu verstümmeln, indem man ihnen Nase, Ohren oder Hände abhieb, wodurch sie für Jedermann als gemeingefährliche Individuen gekennzeichnet wurden. Auf diese Sitte bezieht sich auch eine merkwürdige Urkunde, die sich in den Registern des Bisthums Durham im nördlichen England erhalten hat und welche ihres sonderbaren Inhaltes wegen erwähnt zu werden verdient. Sie ist vom 26. Mai 1313 datirt und ihr Aussteller ist der damalige Bischof von Durham, Richard v. Kellawe. Derselbe thut durch dieses Schriftstück allen Christgläubigen zu wissen, daß ein gewisser Wilhelm le Lorimer in Aukeland nach dem Zeugniß vieler glaubwürdiger Personen daselbst ohne das linke Ohr zur Welt gekommen sei und daß er seit seiner Geburt in diesem Orte geweilt habe, ohne je mit dem Gerichte in Konflikt gerathen zu sein. Der Bischof bestätige daher urkundlich, daß dem genannten Wilhelm le Lorimer der Mangel des einen Ohres von Natur aus anhafte, damit derselbe deshalb nirgends einen unbegründeten Verdacht auf sich lade oder sonstige Belästigungen zu erleiden habe.

B—y.

Was sich aus einem Journal Alles herauslesen läßt. — Einem Rechtsgelehrter, der ein Journal herausgab, schrieb einst ein Schriftsteller, der darin nicht auf die vortheilhafteste Art bedacht war: „Mein Herr, aus den Anfangsbuchstaben des Wortes J o u r n a l zeigt sich der Werth des Ihrigen: Ich Offerire Und Referire Nichts Als Lügen." Der Redakteur antwortete: „Wenn ich das Wort J o u r n a l von rückwärts lese, so schmeichle ich mir, auf Ihre Zumuthung die treffliche Antwort gefunden zu haben: „Laß Alle Narren Reden Und Ochsen Judiciren."

　　　　　　　　　　　　　　　　　　　　　　J. St.

Unausführbare Instruktion. — Rußland besitzt ungeheure Waldungen, seine Forstwirthschaft liegt aber überall noch in den ersten Anfängen. So kommen z. B. nach den Berichten v. Hochstetter's im Ural auf einen Förster 150,000 bis 600,000 Dessätinen, auf einen berittenen Waldheger 60,000 Dessätinen. Letzteres Areal ist nach unserem Maße = 664 Quadratkilometer, d. h. mehr als zweimal so groß, als das Fürstenthum Reuß älterer Linie. Und diese Waldfläche soll der Waldheger am Ural laut seiner Dienstinstruktion „täglich auf das Gründlichste besehen!"

　　　　　　　　　　　　　　　　　　　　　　Dr. A. B.

Prompte Antwort. — Den berühmten, 1792 als General-Chirurg gestorbenen Geheimrath M. in Berlin ersuchte ein Unterarzt um eine frei gewordene Stelle. „Die Leute sagen aber, Er säuft so, und das ist für einen Arzt eine schlechte Eigenschaft!" meinte M. — Jener aber entgegnete schlagfertig: „Herr General-Chirurg, die Leute sagen viel, sie sagen auch, Sie seien ein sackgrober Kerl, aber ich glaube es d'rum doch nicht." — M., dem diese Antwort gefiel, gab ihm sofort die vakante Stelle.

　　　　　　　　　　　　　　　　　　　　　　—dn—

Herausgegeben, gedruckt und verlegt von Hermann Schönlein in Stuttgart.